U0133095

金英马最好读小说影视互动系列

*最感人的最残酷的最悲剧的爱情故事*

# *LOVE OF THE AEGEAN SEA*

（台湾）陈琼桦 著

九州出版社
JIUZHOUPRESS

# 序

　　尽管晓彤也觉得有点荒唐,但她确实是因为一个梦才展开她的旅程的。

　　那是一个迷离的梦。

　　湛蓝的大海,四溅的水花,落入海中的她一袭白衣,长发飞舞,成串的气泡宛如晶亮珍珠,把她团团包围。她奋力想浮出水面,双手盲目地挥舞着,想抓住什么,却触不到一线生机。在恐惧与死亡的临界点中,她终于停止了无望的挣扎,随波逐流。就在这时候,她看到海面上透出一道光,像天国之门般圣洁,她感到一双手,一双强而有力的手,轻轻托着她的腰,将她缓缓推起,浮上水面。就在破水而出的一刹那,她看到眼前的远山,山腰上的雅典卫城真实地映入眼帘……

　　晓彤时常想,或许那双手,正是女人都渴望的——爱情!

AEGEAN SEA

LOVE OF THE

## 一

闹钟响了,晓彤"噌"地一下从床上跳起来,猛地拉开落地窗帘。清晨的阳光映着晓彤充满朝气的脸庞。晓彤快速做了一个深呼吸,然后刷地一声撕下日历。新日历上的日期被红线明显地框了起来,旁边还写着"希腊之旅启程日"几个大字。晓彤将手中的旧日历揉成一团,兴奋地自言自语:"终于盼到这一天了。"

瞥见闹钟,晓彤吓了一跳,冲着卧室喊道:"表姐!表姐……来不及啦,快起来!"一边喊着,一边跑进了厨房,手忙脚乱地做早餐。

表姐慧玟却一夜辗转难眠。她可没有晓彤这么兴奋,只是透过未关严的门缝,倾听着门外晓彤的一举一动。她轻轻翻了一个身,将脸埋在棉被中,轻叹了一口气,似乎是做了一个沉重的决定。

早饭做好了,晓彤推开了门,来到慧玟床边:"起床了,懒虫!再赖床就赶不上飞机了。"见慧玟没反应,晓彤猛地掀开慧玟的被子,"表姐,你听到没?再不起床我要挠你痒啰。"

被子下面是慧玟苍白的脸,还有慧玟虚弱的声音:"晓彤……"

晓彤觉得慧玟的声音不对劲,随即收起笑颜,紧张地打量慧玟:"你怎么了?"

慧玟用手捂着胃,眉头紧皱,嗓音沙哑:"晓彤……我……胃痛……"

"你你你……什么?"晓彤目瞪口呆。

人来人往的机场里,董大伟小心翼翼地从口袋中取出一枚闪亮亮的戒指,反复演练着在心里重复了多少遍的台词:"慧玟,我们认识也好多年了，再这样下去也不是办法，你……愿意接受我的定情之物，答应正式跟我交往吗？"

晓彤突然从他身后冒了出来："大伟哥，你一个人在念叨什么？"

大伟吓了一跳，回头看见是晓彤，赶紧将戒指收起来，掩饰着笑道："没……没事儿！"接着他看看晓彤的身后，"慧玟呢？怎么没见到人？上洗手间了吗？她的行李呢？要不要我先替她搬？"

晓彤简单明了地说："她不能来了。"

大伟怔了半晌："不、能、来？她怎么可以不来？"

晓彤懒得跟他多解释："你不会去问她？别说了，我心情够坏了。"

"有我坏吗？"大伟的声音里已经带了哭腔，"她怎么可以放我鸽子？为了配合她，我好不容易才请到长假啊。没有她，这趟旅行还有什么意思？"

晓彤没好气地说："我不是人啊！要跟你去自助旅行我也很痛苦呢！"

大伟根本没理会晓彤在说什么："慧玟……你怎么可以这样对我……"

晓彤不耐烦地打断他："别丢人现眼了。你那个同行的朋友呢？来了没？我们该办登机手续了。"

大伟失神地摇头："我不知道……"

晓彤耐着性子说："喂，拜托你镇定点好吗？你的朋友呢？在哪里？"

"我不知道……我也不认识他……"

"什么什么？你……在跟我开玩笑吧？你不是说他是你的朋友吗？"

大伟吞吞吐吐地说："是你们说……两女一男不好订房，所以

LOVE OF THE

要我多找一个伴……"

晓彤结结巴巴地问:"然……然后呢?"

"我找不到人,就上网去募集了一个伴。这个人我压根儿没见过,只知道他叫黎耀翔……"

这回轮到晓彤傻眼了。

眼看着飞机起飞的时间就要到了。晓彤和大伟失魂落魄,坐在行李边发呆,一脸愁云惨雾的。

晓彤有气无力地问:"你那个素未谋面的网友,到底来还是不来?"

大伟脸如死灰:"应该快了吧,你再等一等。"

晓彤没好气地说:"你别再敷衍我了行不行? 就快上飞机了,你好歹也去找找人。"

"我不认识他你要我怎么找?"

一听这话,晓彤火气来了:"难道我就认识吗? 早知道你是这样找伴的,我就不会答应让你跟我们去旅行。"

大伟强词夺理:"你大惊小怪什么? 上网结伴有什么不对? 这才叫做自助旅行。"

"是! 连人家是圆的扁的都不知道。万一他是个坏人呢?"

大伟得意地说:"坏人有时间会去做坏事赚钱,不会有闲工夫跟我们去希腊。"

就在这时,一个举着写有"董大伟"三个字的牌子的小伙子从两人身边一闪而过。

晓彤与大伟见状都不做声了,呆望着那个小伙子。这是一个将所有最奇怪的行头不伦不类地全披在自己身上的另类年轻人,看起来吊儿郎当的。

还是小伙子眼尖,马上回身指着董大伟:"喂! 你! 是不是叫董大伟?"

大伟怯怯地点头。

小伙子又问:"去西班牙?"

大伟先是点头,想想不对又马上摇头:"不……不是,是希腊!"

小伙子无所谓地说:"反正意思差不多。跟黎耀翔?"

大伟再次点头:"您是……"

"终于找到你们了,等等啊!"小伙子边说边往外跑。

晓彤转过头瞪着大伟:"你要我跟这样的人去旅行?"

大伟讪讪地说:"其实……除了样子看起来怪了一点,还算行吧……"

"行个头!连自己要去哪都不清楚,你要我怎么跟这种人同行?"

"只要他能跟我们分摊费用就好了。这我都有事先说明,他不会赖我们的。"

晓彤捂着自己的脑袋:"我觉得有点头痛……"

大伟见那个小伙子又回来了,低声说:"算了,人都来了,别给人家脸色看,让人家难堪……"又对小伙子说,"喂,黎先生,快把护照拿出来,我们就等你办登机了。"

小伙子笑道:"我可不是什么黎先生,我叫小三,我哪有这个福气去享乐啊。"

大伟一愣:"那……黎先生在哪儿?"

小三吹了一声口哨,冲大门的方向吆喝着:"快点,这儿,别慢吞吞的,跟老牛拉车似的。"

大伟顺着小三的视线望去,只见两个人推着一辆行李车,上头歪斜地堆着行李,还蜷着一个庞然大物,上面盖着一堆衣服。

大伟问推行李的两个人:"你是黎耀翔?还是你?"

小三说:"都不是! 黎耀翔在这儿……"他揭开那堆衣服,露出

AEGEAN SEA

LOVE OF THE

一个睡得东倒西歪的男人。

晓彤诧异地问："这是……"

小三拍拍男人的脸："耀翔哥，睁开眼瞧瞧，机场到了。"

那男人扒拉开小三的手："别吵我！给不给人好觉睡啊，操！"

说话间，一股酒气扑面而来。晓彤连忙捂着鼻子退了几步："他喝酒啦？"

"可不！我这耀翔哥天不怕地不怕，就怕坐飞机，打昨晚就拼命把自个儿灌醉。连带我们兄弟都被折腾了一晚上。是吧兄弟们？"

身旁的两个小弟打着哈欠，无辜地点头。

那个叫黎耀翔的男人突然间对着晓彤大叫起来："我敬你一杯，祝你福如东海寿比南山！干啦！"

晓彤盯着蜷在行李推车上睡得流口水的黎耀翔，感到生不如死。

排队办登机手续的时候，大伟思忖了半晌，突然眼珠子一转，偷偷摸摸转身问小三："喂，兄弟，我问你，你那哥们儿值不值得信赖？"

"值啊！他除了酒品不好外，其他都行。没我们的事了吧？我们闪人啦。"

大伟喜滋滋地目送小三等人远去，心中打着算盘。

柜台前，晓彤正拿出护照、机票，搬出托运行李。

小姐问："就两件行李吗？"

晓彤指着耀翔："这个人能不能顺便托运？"

这时大伟面有难色地对晓彤说："晓彤……完了……"

晓彤不耐烦地问："又怎么啦？"

"我……忘了带护照！"

晓彤顿时如五雷轰顶。

　　飞机终于起飞了。机舱内,耀翔趴在晓彤脚边吐个不停,两人合力拿着呕吐袋。一旁的旅客纷纷逃离。

　　晓彤一边拍着耀翔的后背,一边窘迫地对脸色难看的空中小姐解释:"对不起! 对不起……我也不知道他会这样……其实,我也不认识他,真的!"

　　岂料耀翔头一歪,吐到晓彤手上和地上。耀翔抱歉地说:"对不起! 最后几口没吐准……"

　　晓彤委屈得直想哭。


　　良平落寞地坐在长廊里,缓缓摊开手上的设计图,怅然而颓丧。慧玟缓缓走到他身边。见他这个样子,心里也有了答案,轻叹了一口气。

　　良平听到身边有动静,抬起头,却看到了慧玟,有点吃惊地说:"你不是去希腊了吗?"

　　慧玟摇摇头,轻声说:"出了一点意外。延期了。"

　　"噢。"良平心不在焉地点头应了一声。

　　慧玟知道良平难过,安慰道:"我们的设计图也不错,是他们没有眼光。"

　　良平勉强笑了笑:"比赛本来就有胜负的。这一次输了,表示我还不够用功,还要加把劲。"接着他又叹了口气,"我都这把年纪了,不知道还有多少时间,可以等待我实现梦想……"

　　正说着,大伟迎面走过来。

　　"大伟……你怎么来了?"

　　大伟却没有理会慧玟,而是怒气冲冲地朝良平走去:"喂,你虐待员工啊! 慧玟现在是急性肠胃炎啊,都已经病到不能去旅行了,你还要她来上班? 老板就是这么当的?"

LOVE OF THE

良平诧异地望向慧玫,慧玫窘迫得脸都红了:"大伟,你在说什么……"

良平歉意地对慧玫说:"我不知道你身体不舒服!这样吧,你先回去休息,其他的事情交给别人去做就行了。"

慧玫刚要解释,大伟却抢着说:"算你还有点人性。若是慧玫有个三长两短,我绝不会放过你。"

良平打量了大伟一眼,礼貌地点点头:"对不起。我还有事,慧玫小姐就麻烦你了。"说罢,走进了办公楼。

看着良平的背影,大伟哼了一声:"算你们老板识相!"然后转头关切地望着慧玫,"你还好吧?"

慧玫的脸沉了下来:"我看不识相的是你吧。我要真的病了,还能好端端站在你面前吗?"

"对啊!"大伟上下打量慧玫,"你看起来是挺正常的……"

慧玫质问:"飞机早飞了吧?你又为什么会在这里?晓彤呢?"

大伟和慧玫坐在咖啡厅里,慧玫一个劲地埋怨:"真是的,本来还指望你照顾晓彤的,谁知道……你那个朋友是怎么样的人?"

大伟语塞:"啊?他啊……"

"怎么啦?他不是你朋友吗?"

大伟怯怯地说:"老实说……我也不认识他。"

慧玫差点跳起来:"什么?董大伟!你开什么玩笑啊?你让晓彤跟陌生人一起出国?这孤男寡女、人生地不熟的,你……你脑袋是不是坏了?"

"当初可是你告诉我说两男两女比较好订房,又省钱,我才去找的!"

"那还不都是你死皮赖脸要跟着去。"

"好好好,都是我不对!"大伟有点受伤,反问道,"那我请问你,

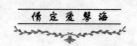

你现在肚子不疼了吧?"

慧玟不说话了。

大伟悻悻地说:"你还不是为了你们老板的一个图纸,骗晓彤放她鸽子。"

慧玟有点愧疚:"这个方案是我们公司的年度大作。我们全公司的人都看着它孕育,当然也希望能看它成长,没想到……"

大伟打断她的话:"没想到你脑袋也坏了。你们老板一个月付你多少薪水,值得你这么为他卖命?"

大伟无心的一句话点到慧玟心坎里,她黯然摇头:"总而言之,你不会懂的。"

## 二

经过一段灾难般的旅程,晓彤和耀翔终于看到了雅典。繁忙的港口,各式各样的船只,异国风情的街道和建筑……

坐在公车上,耀翔惬意地伸了个懒腰。"啊……真是他妈的舒服。没想到这么快就到了。"边说边望着窗外,"这就是雅典城? 国外的空气果然是比较不一样……"又用力吸了一口气,"嗯……新鲜!"

晓彤铁着一张脸,不想跟耀翔说话,自顾翻看旅游书。

耀翔说:"喂,你干吗不说话啊? 出来玩要开心……"

晓彤指指自己的眼睛:"你看到我的黑眼圈没有? 我连个觉都睡不好,怎么开心?"

"你也能睡啊。有人碍着你吗?"

"就是你碍着我! 你吐得全机舱都臭死了,你知不知道?"

耀翔恍然:"有这回事……其实这是正常的生理反应,喝多了当然会吐……"他突然指着窗外,"喂! 希腊的女孩身材很好呀!"

晓彤叹气:"我怎么会跟你这种人去旅行!"

"好啦,别计较了行不行,女孩子就是小心眼。等一下!"耀翔突然像是明白了什么,大叫了一声,然后东张西望,"我们不是有四个人才对吗? 另外两个人呢?"

晓彤双手捂住脑袋,简直要崩溃了:"我看你……真的是醉到什么都不知道了!"

晓彤和耀翔拖着行李狼狈地下了车,街道上车水马龙,熙来攘往。

"都是你! 怎么看的? 害我坐错车。"晓彤埋怨道。

"你自己说开头有个 e,尾巴有个 h……"耀翔理直气壮,"这车子是这么写的。"

"我的天,你只管对照前后,不管中间吗? 哪有人这样看车牌的?"

"这外国人也真麻烦,像我们几个字就搞定了,他们就非得搞个一长串字,看得很累啊!"

"请问你知不知道什么叫自助旅行? 我到底跟了一个什么样的人出国?"晓彤无可奈何,"亨利·米勒在小说《马洛西的大石像》中曾经写过,'任何人到了希腊都会发生不可思议的事情',他说得果然一点都没错!"

晓彤望着眼前人来人往的市集,"天啊,这是什么地方?"

正在这时,前方走来一个警察。晓彤灵机一动,向警察招手:"公安……"

"公安?"耀翔听见这两个字,拉起晓彤就跑。

晓彤莫名其妙:"为什么要跑?"

耀翔边跑边喘气："跑就对了。"

远处的警察见状，疑心反起。

耀翔死命拉着晓彤跑，边跑边拉着行李车。

晓彤气喘吁吁："喂，我们到底在跑什么？"

"别吵，待会儿再跟你解释。"

两人冲过了人潮密集的街道，晓彤已经累得头昏眼花。"喂，你不跟我说清楚，我不跑了。"说着停住了脚步。

"快了快了！躲过了这一次，就没事了……"耀翔还在死命地跑，边跑边回头安抚晓彤，突然间耀翔停了下来，松开了手，他拉着的居然是一个一脸惊愕的当地妇女。两人对视片刻，同时惊叫。

耀翔张口结舌："怎么是你？那晓彤呢……"

耀翔四处张望，只见晓彤挤在后方的人群中冲耀翔挥手："我在这儿……"

女人还在尖叫不止，耀翔一急，忙捂住她的嘴："别叫，是误会、误会……"

远处的警察见耀翔捂着妇女的嘴，更觉有鬼，吹着哨子追上来。

耀翔自语："毁了毁了……"接着对晓彤喊，"你站在那里别动，我一会儿来找你……"


怡倩刚从市集出来，手里捧着大大小小的牛皮纸袋，突然几个男子也笑吟吟地朝她逼近。

为首的男子说："嘿，女孩，做个朋友吧。"

怡倩脸一沉，转身就走。

几个男人互视一下，为首的男人说："我打赌一定追到她。"

怡倩始终甩不掉那几个无聊男子的跟踪，终于忍无可忍，转过身正视他们："你们再跟着我，我要喊救命了。"

AEGEAN SEA

LOVE OF THE

几个男子互视一下，笑笑，并不理会。

怡倩索性大叫："救命啊……"

才喊着，耀翔沿着弯路跑来，在转弯处冷不防把怡倩撞倒在地，水果、蔬菜掉了一地，耀翔则失足扑倒在怡倩身上。

怡倩没看清撞她的人，惊慌地推开耀翔，大声叫道："救命啊……救命啊……"

几个男子看见后头紧随而至的警察，知趣地跑了。警察揪起耀翔："总算抓到你了。"又对怡倩说，"小姐，他欺负你了吗?"

怡倩狼狈地站起身，这才看清耀翔："咦? 你……"

耀翔赶紧澄清："喂，我不是故意的啊，你要说清楚啊……"

怡倩回头找刚才那几个搭讪的男子，他们早已不见踪影。她又看看吓呆的耀翔，张口结舌不知如何向警察解释。


在人头攒动的古董拍卖会场上，主持人用英文宣布："这是一只来自千禧坑的翡翠玉饰。起标价为 15 万欧元。增额每次 5000元。"

会场上的政商名流们窃窃私语，随即有人举牌。

主持人喊："15 万 5 千。"

雍容华贵的美龄优雅地举牌。

主持人喊："16 万。"

竞买者纷纷举牌，主持人逐一喊价："17 万，17 万 5 千，18 万……"

衣冠楚楚的恩祈缓缓走入会场，不疾不徐地坐下，随之向主持人做了个手势。

主持人喊："20 万。"

众人纷纷回头寻找出价的人。

恩祈气定神闲，显得信心十足。美龄回头望着恩祈，神色紧

张。

一个买主毫不示弱，再次举牌。

主持人喊："20万5千。"

美龄也举牌，又回头望望恩祈，似乎准备铆上了。

恩祈思忖一会儿，也举起牌子。

主持人喊："22万。"

几个竞买者犹豫了。恩祈则观察着众人的反应。

美龄身后的买主势在必得般地望向恩祈，随即举牌。

主持人喊："22万5千。"

恩祈思忖片刻，决定放手一搏，举起了手……

主持人喊："25万。"

会场内少数人惊呼起来。

美龄瞠目，握着牌子的手微微颤抖。显然她决定放弃了。

主持人喊道："25万一次，25万两次……"

没想到，美龄身后的买主一咬牙，举起了牌子。

主持人喊："25万5千。"

在场的人顿时哗然。恩祈也叹了一口气。

主持人一槌落下："成交！"

美龄回头找恩祈，可是恩祈不知在何时已经悄悄离开了。

恩祈开着跑车，飞驰在雅典的街道上，他的嘴角微微露着一丝笑意。

手机响了。恩祈拿起电话，话筒中传来美龄的声音："你最后那一注可真是够狠呐。"

恩祈笑道："不放手一搏，怎么能飙到高价？"

美龄笑了："差点被你吓死了。万一没卖掉，看你怎么办？"

"你还信不过我吗？你儿子不会做没把握的事情。"

"看来我这儿子，已经是青出于蓝了。你现在在哪里？"

"我去给怡倩买礼物。这一次若不是用她的名义帮我们当卖方,我们也不会这么顺利。"挂了电话,恩祈踩了油门加足马力呼啸而去。

晓彤茫然失措地站在十字路口,到处不见黎耀翔的踪影。犹犹豫豫走到马路中间时,行李车的轮子脱落了。

"啊……毁了……"晓彤立刻蹲下来调整轮子。

一辆跑车从转弯处疾驰而来,晓彤闻声抬头,一声惊叫。

跑车上的恩祈看到晓彤,猛踩刹车,车轮发出刺耳的尖叫,同时也传来"砰"的一声……

恩祈被吓了一大跳,顿时脑子里一片空白。这时耳边传来哎呦哎呦的呻吟声。

恩祈打开车门,原来晓彤为了躲车,使劲往边上一跳,狠狠地摔了一跤,晓彤挣扎着站起身,气愤地望着恩祈:"你是怎么开车的?"

恩祈自知理亏,望着被撞坏的行李箱和散落一地的物品,想帮忙捡,晓彤蹒跚地走过来推开他,径自收拾起来。

恩祈见她惊魂未定、楚楚可怜的样子,感到有些内疚:"对不起……"

晓彤无力地说:"算了!反正我……已经倒霉一整天了,也不差你这一个。慧玟姐,你要是在,我就不会那么倒霉了……"晓彤愈想愈委屈,忍不住趴在行李箱上哭了起来。

跑车来到旅馆外面缓缓停下。恩祈问晓彤:"就是这里吧?"

晓彤比对了一下门牌,松了一口气:"对!没错!

因为行李车被撞了一下,走起来歪歪扭扭的,晓彤拉着有些吃力。恩祈对她说:"你的行李车坏了。我应该赔你一个才对。"

晓彤说："你把我送到这里,大家扯平了。"说罢拉着行李就要走,恩祈突然想起什么:"等一下。"立即回车上拿出礼物盒,转而递给晓彤。

"你这是……"晓彤有些诧异。

恩祈说："就当是赔你一个行李箱。"

"这怎么可以……喂……"没等晓彤再推让,恩祈已经开车离去。

这时旅店内隐约传来一个男人的声音:"I say……my room,you know……"

晓彤仔细听了一会儿,顿时火冒三丈,咬牙切齿:"黎、耀、翔……"

晓彤气冲冲进了旅店,只见耀翔正在与老板娘比划:"room,房间,you know?"

晓彤喊道:"姓黎的!"

耀翔回头一看:"呵,你跑哪去了,急死人了你知不知道?"

"你还怪我,要不是你莫名其妙地跑,我会走丢吗?"

老板娘说："嘿,别吵。先听我说,你们已经超过预定时间,所以我将房间让给了别人。"

耀翔在一旁问道:"她说什么? 没房间了对不对。都是你,路痴又爱带头,这下好了吧。"

晓彤恨恨地说："对,我路痴,所以才要找警察问路啊,结果是谁害我们没房间住的?"

老板娘赶快劝解说："别吵了,我女儿刚好去外岛度假,她的房间先借你们住吧。"

晓彤眼睛一亮:"真的?"

老板娘笑着点点头。耀翔摸不清状况,追问道:"喂,她说什么?"

晓彤不疾不徐地说："她说……有一间房可以让我住。"

耀翔问："那……我呢？我怎么办？"

晓彤指指沙发。

　

璀璨夺目的手链让晓彤傻了眼。"这太贵重了吧？这礼物我怎么能收，不行。一定要还人家……"转念一想，"我连他叫什么名字都不知道，怎么还？"

女老板轻轻敲了敲门，端着茶点走进来。"这里还可以吗？"

晓彤礼貌地回答："好极了！谢谢你！"

"不用客气。对了，你让你的朋友睡在客厅？"

晓彤点点头："他的住宿费我一样会付。"

女老板摇摇头："不是钱的问题。而是……你怎么能这样对待你的 paréa？"

晓彤不知其意："paréa？什么意思？"

"paréa，就是朋友的意思，也就是家人。出门在外，paréa 会像家人一样彼此关心、照顾。这是身为 paréa 的责任。"

晓彤以为女老板误会了，想解释几句："可是我跟他……"

女老板却自顾往下说："你应该珍惜你的伙伴，要知道，希腊人并不鼓励独居或是独自度假。那都不是独立的象征，而是自暴自弃。"末了，女老板还善意地拍拍晓彤的肩膀，"你想一想吧。要好好珍惜你的 paréa。"

女老板出去了，晓彤瞠目结舌："这是什么民风？我自暴自弃？"她向客厅探了探头，自言自语，"我让他睡客厅很过分吗？"

　

耀翔抱着棉被走进来，一只脚踩上了打好的地铺："我还以为你多好心，原来是让我打地铺。"

晓彤哼了一声："要不是那句什么 paréa，我才不会让你跟我同

住一间房。"

"什么 paréa？"

"说了你也不会懂。"想了想，晓彤盯着耀翔正色说，"我可是丑话说在前头，你要是敢乱来……"

还没说完耀翔就火了："别在那里装腔作势的。"他刻意逼近晓彤，恶狠狠地说，"我要真想怎样，你斗得过我吗？"

晓彤踉跄着退了几步："你敢！"

"怎么不敢？是老子不想！"耀翔吓完了晓彤，坐回地铺，"我向来对你这种女人最没兴趣。"说完就在地铺上躺了下来。

晓彤这才松了口气："这样最好，你可要记住你说的话。"

耀翔懒得理她，翻身闭眼。

晓彤突然想起了什么，拿起身旁的背包一通乱翻。"咦，怪了，怎么不见了……唉呀，一定是丢了。"

耀翔不耐烦地问："又怎么了？"

"记事本不见了。这下惨了，那上面记着音乐会的场次，现在怎么去听音乐会啊。"

耀翔不以为然："就算听不成音乐会也不会少块肉。"

晓彤白了他一眼："你懂什么？"

"对，你们这种豆芽菜的素质好、水平高，我不懂，但麻烦你安静一点行不行？"

"你想睡就睡嘛……我真想不通，像你这种人怎么会想要来希腊旅行。"

耀翔一听又不高兴了："干吗？国家有规定哪些人不能来吗？"

"向往到希腊的人总渴望可以见到历史悠远的民俗民风、人文精神或是艺术景观。但你走马观花的一点准备也没有。你到底为什么来希腊？"

"很简单，就是为了快点把钱给花了。"

晓彤一愣:"什么?"

耀翔嘿嘿一笑:"我呢,不小心发了一笔横财,我老爸觊觎我那笔钱很久了,可我偏不让他花,就这么巧,我上网见有人要出国,怎么盘算出国都比喝酒花掉那笔钱快,所以我就来了。"

"就……就这个原因?"晓彤简直不敢相信自己的耳朵。

"可不!理由简单扼要,哪像你有那么多长篇大道理。什么人文艺术风景的,真要比咱们中国会输给希腊吗?"

晓彤怯怯地问:"请问……你……到底是做什么的?"

耀翔大大咧咧地说:"准确地说,现在应该算是待业青年吧。平日哪里有搞头我就往哪儿钻,运气好的时候随便做一笔还能撑几个月,倒霉的时候一整年捞不到半个子儿也是常有的事情。"

想到他见到警察就跑的情景,晓彤有点担心,下意识地将随身物品悄悄往枕头边塞。

耀翔还是觉察到了,有些伤自尊,直言问道:"你干吗藏东西?怎么?你怕我偷?"

"哪有啊……"晓彤尽量掩饰。

"你当我瞎啦!"耀翔干脆坐起来。

"你要是心中没打这主意,你管我想怎么做。"晓彤抢白。

"可你这防小偷似的行为很伤人啊。"

"出门在外本来就要小心点。再说,我跟你又不熟,我防你也是天经地义的事,你也可以防我啊。"

"你这口气分明是看准我没值钱的东西。哼,别瞧不起人。"耀翔随即从胸前拉出一条俗气的黄金链,上头还刻着一个福字,在晓彤面前摇晃着,"识货的都该知道这值钱吧。我、也、有!"

"真无聊。"晓彤翻身用被子蒙住了头。

"不好意思,我这么晚才回来。美龄阿姨,你一定饿了吧。"怡

倩一进屋,就看见美龄优雅地坐在沙发上。怡倩忙着将食物拿到厨房去。

美龄说:"没关系,你慢慢来。恩祈也还没回来。"

"啊?拍卖会不是早就结束了吗,他去哪里了?"

"说是去给你买礼物了。"

怡倩有些不好意思地说:"我们两家人都认识这么久了,何必这么客套。美龄阿姨,一定是你叫恩祈这么做的吧?"

美龄笑道:"我可是什么都没说,这完全是他的意思。"

怡倩有点不大相信:"这木头变啦?"

美龄说:"他说要好好谢谢你。你跟恩祈也一年不见了,他现在可是变得更像个大人,更绅士了。"

怡倩微微有些失望,低声道:"原来……是为了谢谢我……"

美龄走上前来关心地问:"怡倩,你怎么啦?"

怡倩勉强笑笑:"没什么。"低下头整理手中的食品袋,"这几天是希腊的宗教日,餐馆都没开,只好委屈你们尝尝我的手艺了。"

美龄说:"能尝到你这个千金大小姐的手艺是我们的福气。没想到你也学会做菜了。"

正说着,恩祈推门进来了。

怡倩连忙笑着打招呼:"恩祈,你回来了。"

美龄问:"怎么这么晚才回来。怡倩还在担心你呢。"

恩祈敷衍道:"嗯……就是开着车四处逛逛。"

怡倩说:"你怎么不跟我说。我可以当你的导游啊……饿了吧,你等一下,马上就开饭了。"

恩祈疲惫地说:"对不起,我今天没什么食欲。你们吃就好了,我想休息了。"

恩祈径自回房去了,两个女人互视一眼,怡倩顿时意兴阑珊。

# 三

水龙头的水潺潺流着,耀翔冲着脸,拿毛巾往自己的脸上胡乱一抹,算是结束了一早的盥洗。打量着镜子里的自己,耀翔自语:"这张脸是哪里长坏了,为什么那女的老觉得我是个坏人!"

走进房间,晓彤还在睡,耀翔喊:"喂,起床了!"见晓彤没反应,正要伸手推她,却发现晓彤尽管睡意正浓,但拳头紧揪着枕头下的背包,样子颇为滑稽。

"连睡个觉拳头都能握这么紧?防窃力超强啊!"耀翔连声咋舌,"厉害!"

看着看着,耀翔顿时有一种似曾相识的感觉,他不自觉地贴近晓彤的脸,想看个仔细。正在这时,晓彤睁开眼,突然看到耀翔一张大脸正对着她,吓得惊叫一声,猛地坐了起来。耀翔躲闪不及,砰的一声闷响,两人的脑袋撞在一起。

"哇靠,一大清早你练铁头功啊!"耀翔眼冒金星。

晓彤头发蓬乱,双手还紧紧护着她的背包:"你干吗盯着我,你想干吗?"

耀翔揉着脑袋:"我就是觉得你睡觉的样子像我死去的妈,多看了几眼而已。"

"你死去的妈……你说我像你死去的妈?"晓彤气急败坏地将枕头扔向耀翔。

晓彤寒着一张脸在市集里信步逛着,耀翔则吊儿郎当地尾随在她身后。晓彤看见一个橱窗里摆着手链一类的饰品,突然停住

了脚步。跟在后面的耀翔没发现，不小心又撞上晓彤。

晓彤回头瞪着耀翔："你又想干吗？"

"走路嘛！光天化日的我能干吗？"耀翔老大的不高兴。

晓彤也自觉有点小题大做，但仍不客气地说："你最好离我远一点。往后退，再退两步！"

耀翔挺委屈："我是哪里招惹你啦？"

晓彤气哼哼地说："谁叫你跟个瘟神似的，跟你在一起就不会有好事发生。还是保持距离为妙。你，再退一步。"说罢转过身，仔细端详着橱窗里的一条璀璨耀眼的手链。接着她从背包里拿出恩祈送她的手链，跟橱窗里的比对了一番。一模一样。

耀翔好奇地探头过来："你什么时候买的？呵！搞半天你昨天偷偷去逛街啊？"

晓彤白他一眼："你懂什么？往后站！"回望橱窗，发现手链旁边的牌子上还写着一行字："Plato's eternity（柏拉图的永恒）。"

一个当地人经过晓彤身边，晓彤刚好转身，两人撞在一起。耀翔随即上前，指着那个人："喂，你做什么！"

对方连声道歉。

晓彤说："算了！他不小心的。"对那人做了个没关系的手势。

耀翔不服，气哼哼地说："你有种族歧视啊。对老外这么好，对自己同胞却这么恶劣。"

"谁叫你一开始就没给我好印象！"晓彤找了个地方坐下休息，忍不住再次拿出手链仔细欣赏，还自言自语，"Plato's eternity……愈看愈漂亮。"

"神经病。"耀翔嗤之以鼻。

晓彤一边把玩着手链一边说："你知不知道，你就是这德性才让人生气。我看个东西碍到你什么啦？"

"我真不懂，你们女人是不是有病啊？有个喜欢的东西，就当成宝,动不动就拿出来看,跟我妈一样。"耀翔也有点累了,干脆一屁股坐在地上。

晓彤怒目而视:"又拿我跟你妈比!"

"我妈在世时,只要有点值钱的东西,就不时拿出来看,看完笑完再找个地方藏起来,要不就是睡觉时紧紧攥着,跟你今天早上一模一样。"

见他不像说谎,晓彤问:"原来你今天早上是说真的?"

"骗你我会多块肉吗? 喂,我问你,是不是女人都这么没安全感,所以神经兮兮的? 你们不嫌累吗?"

"只要是自己珍惜的东西就不嫌累。女人都是这样的,这心情我能理解。"

耀翔想了想,也点点头:"或许你说得也有点道理,我妈这辈子真没过过好日子。她跟我一样,一有点钱,就怕被我老爸给抢去用。她紧守着宝贝跟我急着要把钱花掉的心情是一样的。"说着他叹了口气,"想想我妈命也真苦……"

晓彤纳闷:"你怎么把你爸说得像个土匪似的?"

耀翔往地上一躺,轻描淡写地说:"你这养尊处优的大小姐怎么能了解世态炎凉啊,家家有本难念的经啊。"

女人都是天生有同情心的,听了耀翔的话,晓彤想像着耀翔幼年时贫寒的家境,心中有些歉疚,语调也转为柔和:"看来你的日子真的不好过。"

耀翔转脸看着晓彤:"干吗用这种同情的眼神看我? 不必了,我活得可快活呢。你还是恢复你原本那个样子我看了习惯点。"他模仿着晓彤的语调,"你又想干吗? 你退后,再退! 离我远一点!"

看着耀翔的模仿,晓彤突然发觉这两天对他实在不友善,有点不好意思:"别学了,难看死了。"

耀翔还拿着架子:"你终于知道你这样子有多难看啦?"

晓彤点点头，转而有点讨好地说："怎么样，要不要看看这条链子。这个设计真的很漂亮。"

耀翔一愣："不防我啦？"

"仔细想想，你也不是想像中的那么坏，对吧？"

"这就对了嘛！我本来就不是坏人。"耀翔接过链子端详着，"什么破铜烂铁要那么贵，简直就是坑人。"

"你真是没品位，这链子代表柏拉图的永恒，就是忠于真爱一生一世的意思。"

"这都是商人赚钱的名堂。狗屁不通嘛！"

晓彤无奈地叹了口气："唉，早该知道牛牵到北京还是牛，我干吗对牛弹琴。"

"又来了！反正你就是嫌我水平不够啦。无所谓，反正我也不是第一回被人瞧不起，习惯就好了。"

晓彤抱歉地说："喂……昨天晚上……我那番话没恶意，你别放在心上。"

耀翔大度地说："算了！我不记仇的。只要你别把我当坏人看就好。"他突然摊开手掌，"咦，链子呢？链子跑哪儿去了？"

晓彤吓了一跳，紧张地望着耀翔："怎么不见了，你丢到哪儿去了？"

耀翔伸出另一只手，手链还在他的手心里："瞧你紧张的。在这里！"看见晓彤又瞪起了眼，耀翔说道，"开个玩笑嘛，为了庆祝我们俩关系好转，送你个娱兴节目聊表我的心意，别生气呀！"

晓彤拿他没办法："那我就礼尚往来，请你喝汽水好了。"起身找钱包，却发现钱包不见了。"我的包哪？"

耀翔马上说道："该不会是刚才那个撞你的人……"

两人横穿马路，追了几条街，终于在不远处见到刚才撞了晓彤的人，他背对着他们，正在与人谈话。耀翔冲上前去一把揪住他：

AEGEAN SEA

LOVE OF THE

"喂,把钱包拿出来。"

那人一惊,不知所措地望着耀翔,用希腊语问耀翔要做什么。

耀翔听不懂,转头对晓彤说:"喂,翻译!"

晓彤用英语怯怯地说:"请问……你是不是拿了我的钱包?"

那人听懂了,感到受了污辱,哇里哇啦地说着希腊话,还将口袋翻出来给晓彤看,意思是他没有偷东西。

耀翔恶狠狠地说:"叫他别装了。这种把戏我见多了。告诉他,老子也是混过的,要是再不老实点,我就秀一段中国功夫给他看。"

晓彤望着那人的肢体语言,约摸知道了对方的意思,只见那人气呼呼地骂了几句,转身走了。

耀翔急了:"喂,你怎么不翻译啊,怎么就让他走了?"冲着那人的背影喊,"给我回来!"说着就要追上去。

晓彤制止他:"算了!别追了!"

"什么? 算了?"耀翔喊道。

"就算他是存心的,我们两个外地人斗得过人家吗?"晓彤说着眼泪都快掉出来了,"我怎么那么倒霉啊,我所有的旅费几乎都在那皮夹里啊。"说着不由得蹲在地上,脸上愁云惨雾的。

耀翔安慰她:"好啦,别难过了。总会有办法的,还好你还有链子,最起码没有损失太多。"边说耀翔边找链子,找了一会儿,脸色沉了下来,"毁了。"

晓彤抬头问:"怎么了?"

耀翔尴尬地说:"你那链子……不见了……"

晓彤带着哭腔说:"别再耍了,这个时候谁还有心情跟你玩游戏。"

耀翔怯怯地说:"不是闹着玩的,是真的……不见了……"

　　"砰"的一声，晓彤将行李箱合上，边啜泣着边收拾其他东西。

　　耀翔不知如何是好："喂，你干吗这样？"

　　晓彤抽噎着说："这地方还能留吗？我就说嘛！跟你在一起就不会有好事发生，果然一点都没错！早知道刚才就不要跟你和好！"

　　"我哪知道会把你的东西弄丢了，我去找就是了！你用不着气成这样嘛。"

　　"找？你说得容易。反正这一趟旅行我已经坏了兴致倒足胃口了，我投降了，我离你远一点总行吧。"

　　耀翔抗议："喂，你很偏心啊。老外偷你钱包你可以算了，我弄丢你链子你就对我大呼小叫，我为什么会弄丢？还不是为了帮你追贼。说你种族歧视你还不承认，你这样做没道理嘛！"

　　晓彤气呼呼地瞪着他，却无言以对，提起行李，愤愤地说："随你怎么想，总而言之，我不想再看到你。我回家总可以吧。"

　　"回家？我们还有很多地方没去哪。"

　　晓彤掏出身上仅剩的小钞："我身上就剩这些了，还能去哪里？我认了！我宁愿放弃旅行，也好过再跟你这个衰鬼耗下去。"

　　耀翔一听又火了："说我是衰鬼？好啊，你走！有种你就不要再回来。"

　　晓彤提着行李转身就走，迎面遇见了女老板。"嘿，怎么啦？你们吵架啦？"

　　晓彤不答话，愤而离去。

　　女老板问耀翔："这是怎么回事？"

　　耀翔气呼呼地对女老板说："你来评评理嘛！自己掉了东西还怪我害了她，有没有道理啊？"

　　女老板听不懂他的话，皱着眉问："你说什么？"

　　耀翔也不管女老板听得懂听不懂，自顾自地说着："哼！耍小姐脾气,老子偏不吃这套……"突然又拍拍女老板的肩膀,"你放心啦,她会回来的。"

女老板望着耀翔一头雾水。耀翔拉开柜子前的小抽屉:"她没带护照,我谅她插翅都难飞!"突然耀翔发现晓彤的钱包就在抽屉里。

游了好几个来回,恩祈才从游泳池里爬上来。美龄把浴巾递给恩祈:"我想跟你聊聊。"

恩祈猜到母亲要跟他说什么,不情愿地跟着母亲坐在泳池边的阳伞下。美龄喝着果汁:"你知道我这一回为什么坚持来希腊吗?"

"不就是为了拍卖会。"恩祈回答。

美龄微微一笑:"傻儿子。拍卖会全世界都有。再说卖古董只是我的娱乐,我又不缺钱,有没有卖掉对我根本没影响。"

恩祈思忖片刻,明白了母亲的意思。

美龄开门见山地说:"我想你也看得出来,怡情很喜欢你。"

"我一直把她当妹妹看。"

"把这么好的女孩当妹妹看,岂不可惜了?"

"妈……感情不能勉强。"

"但是可以培养啊。论家世、人品,怡情都是上上之选,打着灯笼恐怕也找不到更好的了。我不懂你还在犹豫什么,只要你勾勾手指头,这女人的心就全向着你了。你不好好把握,莫不是要等她被别人追走了才后悔?"

"我现在还不想去考虑这个问题。"恩祈不愿意再谈论这个话题,起身想走。

美龄正色道:"如果我要你立刻做个决定呢?"

恩祈停住脚步,为难地说:"妈,我……"

美龄柔声劝道："向来只要你想做的事,没有做不到的。我相信你不会让我失望的。对不对?"

美龄的声音虽然柔和,但恩祈看得出,母亲说话时的表情却非常坚定。恩祈心知,母亲一旦决定的事,他也就没有反驳的余地了。

美龄接着说："我这是为你好啊。恩祈,为你打造一个完美的人生,也是我这个做妈的责任,你懂吗? 我等着你给我好消息。"

晓彤坐在汽车上,气恨难消。

身边的小朋友睨着晓彤,晓彤与小孩互望,想冲他笑笑,却笑不出来。

小朋友将手上一大束玫瑰花给了晓彤,小声对晓彤说:"Yasas(你好)。"

晓彤苦笑着接过花:"Esis(谢谢)!"

当晓彤慌慌张张捧着花跟行李下了车,顿时又傻眼了:"我的天! 这又是哪里?"

晓彤看着希腊文的站牌发愁。一辆敞篷车从远处开过来,在红绿灯处缓缓停下,车里的音乐放得震天价响,晓彤无心瞥了一眼,发现车里坐着的竟然是给她手链的人。

愣了一下,晓彤大喊:"喂,喂——"边喊边追了上去。绿灯亮了,敞篷车的油门一声轰鸣,向前开走了。

晓彤甩下行李,捧着花就追:"喂,说中国话的! 喂,柏拉图!你等等我啊……"

但是音乐声太大,车里的人浑然不知。

一辆摩托车经过,晓彤情急之下拦了车,奋不顾身地跳上后座,把骑车的人吓了一跳。

晓彤指着前面的车,语无伦次地说:"请帮我追那辆车,拜托!"

骑摩托的人见是一个漂亮姑娘,尽管有点莫名其妙,但还是按照她指的方向开了车。

追了一段路,前面的车又停在一个红绿灯下面。晓彤灵机一动,跳下车,往一旁的天桥跑过去。跑到天桥上面,眼见得红灯变了绿灯,敞篷车又要启动了,晓彤大叫一声:"嗨——"把手中的玫瑰抛了下去。

玫瑰花瓣在空中片片飞舞,敞篷车里的人终于抬起头。

恩祈和晓彤并肩坐在海边,晓彤讲了事情的经过,最后歉意地说:"本来要还你那条手链的,可是现在……"

恩祈说:"既然送你了,那个东西就是属于你的。你不用对我感到抱歉。倒是你,真的要回去了吗?"

晓彤黯然:"不回去还能干吗? 本来我还向往去圣托里尼岛呼吸一口新鲜空气,现在连这都泡汤了。"说罢站起身来,"不好意思,耽误你很多时间。我该走了。很高兴还能遇到你,我们两个……也算是有缘吧?"

晓彤对恩祈礼貌地一笑,转身离去。恩祈望着晓彤的背影,突然灵机一动,起身喊道:"喂,我们……一起去吧!"

# 四

臭水沟里的污水潺潺流动。耀翔撬开水沟盖,捂着鼻子寻找,仍一无所获,不由得唠叨:"简直是大海捞针嘛! 这种小东西怎么找?"

耀翔垂头丧气地瘫坐在地上,无奈地叹了口气,突然发现一双

脚出现在眼前。猛然一抬头,站在他面前的居然是怡倩。

耀翔与怡倩伫立在橱窗前,看着陈列在里面的手链。

耀翔指着那条标签上写着"柏拉图的永恒"的手链:"就是这个样,看清楚了没?"

怡倩轻轻念道:"Plato's eternity,好漂亮的链子……"

耀翔立刻打断她:"喂,不是叫你来夸这链子的。是请你来帮忙找这链子的。"

怡倩说:"既然还有,干脆买下来不就得了?"

耀翔瞪着眼睛:"你瞎啦!你看看它有多贵,买一条已经是傻子了,买两条是白痴呐。"

怡倩对着橱窗思索了一会儿:"可是这种东西掉了恐怕很难找得到了。"说着,索性找出钱包,拿出钱来,递给耀翔,"念在同胞的分上,拿去吧。"

耀翔不解地问:"你做什么?"

"买一条吧。"

耀翔大声说:"开什么玩笑!我跟你又不认识,怎能让你出这笔钱?"

怡倩无所谓地说:"你可以回去之后再还我。"

耀翔指着自己:"你看我这穷酸样也应该知道我没钱还。"边说边摇头,"不行!这种方法我不能接受。"

怡倩上下打量他,对他有了些好感:"你还挺有骨气的嘛!"

"废话,人穷志不穷,这是身为一个男人该有的气魄。"

"你不想用我的钱也可以,要不然……"怡倩突然看到了他脖子上的金链子,"这条金链子应该还算值钱。"

耀翔退了一步:"喂,你想干吗?"

怡倩说:"把它当了不就有钱了。这样就能解决你的问题啦。"

耀翔的头摇得像拨浪鼓："这不行！这链子对我有重大意义。"

怡倩指指橱窗："这条手链不也有重大意义，要不然你也不会像无头苍蝇似的拼命找，不是吗？"见耀翔沉默不语，怡倩又说，"我现在还能帮你，别等到我走了，你想卖都找不到翻译。"

刚刚走出当铺，耀翔就看见老板将他的金链子挂在橱窗里。

"干吗！还舍不得啊？"看见耀翔依依不舍的样子，怡倩说，"那条金链子除了够重之外，实在是俗气得可以了。你卖了也是对的。"

耀翔多少有点苦涩地说："那金链子是我妈留给我的遗物。"

怡倩一愣："什么？那怎么能卖？我去要回来。"说罢就要回去。

"算了。"耀翔制止。

"怎么能算了？这是有纪念意义的东西呀！"

耀翔豁达地说："卖都卖了，别出尔反尔让人家老外笑我们做事不干脆。你不也说那链子俗气吗？卖了也好，省得我老挂在脖子上都快得五十肩了。"

怡倩闻言，大约看出耀翔是爱面子的，也不再勉强，但她还是说："如果我是你，就不会把我妈留给我的遗物卖了。"

"反正我妈的宝贝卖掉的也不止这些了。拿着这种遗物有什么用，生不带来死不带去的，重要的是脑子里没把这个人忘了那才较真重感情。"说着耀翔叹了口气，"算啦，活着的人开心比较重要，我妈会体谅我的。"

终于买到了手链，耀翔拿着手链反复端详，嘴里没好气地唠叨着："说人家是傻子，结果现在自己倒真去当了白痴，哼……"

"帮你搞定了，现在安心了吧。"怡倩打量着手链，"这条链子还

AEGEAN SEA

真好看,连我都想买一条了。"

"我就看不出这到底有什么好。什么'柏拉图的永恒',到底柏拉图是个什么东西?"

怡倩纠正他:"他是个人不是个东西! 柏拉图是历史上最有名的哲学家,人家常说的柏拉图式的爱情,难道你没听过吗?"

"管三餐温饱都来不及,哪来心思管这种风花雪月的事……"但毕竟是有些好奇,耀翔忍不住又问,"他到底是怎么爱的?"

"简单地说,人们只是把柏拉图对哲学那份超脱的专情和执著运用在爱情上,就有了这么一个名词。"见耀翔不明白的样子,怡倩继续解释,"所谓柏拉图式爱情,就是对所爱的人有着绵密的爱,同时又是收敛矜持的,爱慕者致力追求永久与不朽,使得短暂的美好升华到永恒……"说着,怡倩不觉有点伤心,她觉得柏拉图式的爱情仿佛正是自己此刻的心情。

耀翔已经在打哈欠了。"够了够了,怎么回事啊,怎么大家一到这地方全爱讲这种饶舌话? 啰啰嗦嗦一长串,听起来很累人啊。"

"你好运呢,能让我解释哲学给你听。哪天要是你爱上一个人却得不到这个人,日日在精神上忍受折磨,你就知道什么叫柏拉图式的爱情了。"

"不必! 老子现在想不到那么远。"

怡倩低声自语:"你真幸运。哪像我……现在就在体验这种折磨……"

耀翔没听清楚,"你说什么?"

怡倩马上转了话题,"我说啊,你女朋友真幸福,有你这么体贴的男友。"拍拍耀翔的肩,"加油! 早日把女朋友娶进门,等下次再来希腊度蜜月时,顺便把那条金链子赎回去,这样也挺浪漫的。"

耀翔翻了个白眼:"女朋友? 我跟她是什么关系你都没弄懂

呢。亏你想得那么远。"

恩祈倚靠着船舷,迎着海风,望着炫目的阳光下波涛不惊的湛蓝的大海,感到从未有过的心旷神怡

身边的晓彤对他说:"真美,对不对?"

恩祈点点头。

晓彤说:"你知道吗?有个旅行家说,人的一生有两个地方一定得去……"

恩祈接过话:"一个是希腊,一个是印度,"他指着左眼,"这只眼睛看天堂,"又指指右眼,"这只眼睛看地狱,你就不枉来这世界一遭了。"

"你也知道?"晓彤有点意外。

恩祈点头笑道:"我们很有默契啊。"

晓彤说:"就是啊。对了,你为什么来希腊?"

"我啊……"恩祈支吾了一下,"来看个朋友。"

晓彤羡慕地说:"真好,有朋友在这里,你以后可以随心所欲爱来就来了。"

恩祈苦笑,又问:"你对希腊很了解?"

"要自助旅行本来就要做功课。谁像那个猪头……"提起耀翔,晓彤就忍不住要发火,"不说他了,提到他我就生气。"她望着海面,"我们现在应该在地中海域了吧?"

"没错,这里就是爱琴海!"

晓彤突然兴奋地对着大海狂叫:"爱琴海,我终于看到你了!"

恩祈看着晓彤无拘无束的样子,笑了。

"别光笑,该你了!"

"我?"恩祈有点为难,"不用了吧……"

"试试看,很好玩的,而且大叫有益身体健康。"

在晓彤的力邀下,恩祈也试着做出他从未有过的疯狂举动:"爱琴海,我终于看到你了——"

晓彤鼓励说:"太小声了,再大声一点!"

恩祈吸足了气,大叫道:"爱琴海,我终于看到你了——"

船驶近圣托里尼岛,岛上蓝白相间鳞次栉比的建筑物渐渐映入眼帘。下了船,晓彤不由得叫道:"这里真是天堂呀。"

两人走进一个看得到海景的露天咖啡馆,晓彤望着大海,兴奋地叫着:"哇……可以拥抱整个爱琴海啊。我终于体会到什么叫自由的天堂了。"

恩祈眺望着美景,幽幽地说:"没想到世界的另一个角落,竟有这么美的地方。"

恩祈望着桌上、墙上的几幅小型名画复制品,拿起其中一幅:"达利的名画。"

晓彤探过头来:"这画色彩好灰暗喔。"

恩祈说:"这是我最喜欢的一幅画,叫'记忆的持续'。"

"是吗? 你为什么偏喜欢这一幅?"

"说不上来……就是一看到它,突然就有一种莫名的共鸣,我也解释不出这是什么道理。"

"人家说什么样的心情喜欢什么样的东西。"晓彤笑问,"你喜欢这种灰暗的作品,该不会你的人生也很灰暗吧?"

恩祈心中一沉,晓彤似乎是一语道破了他的心情。

晓彤好奇地问:"你有心事吗?"

恩祈快速转开视线,怕晓彤洞悉他的心事,瞥见前方有一架钢琴,马上转了话题:"有琴! 弹首曲子送你吧。"

晓彤诧异地问:"为什么要送我曲子?"

"庆祝我们有缘啊。"说着,恩祈已经坐在了钢琴边。

LOVE OF THE

晓彤喃喃自语："有缘？也对，我们真的是很有缘。"

几个音符扬起，恩祈弹起了《四手联弹》的主题曲。

晓彤惊讶地感叹："你弹得不错呀！"

恩祈忘情地弹奏着，缓慢柔和的音符，令晓彤融在此情此景中，竟微微失神了，心有所感，眼中不觉泛起泪光。

恩祈弹了一段停下来，瞥见晓彤的样子："你怎么了？"

晓彤擦擦眼睛："你弹的曲子，怎么让人觉得好孤单，心好疼呐……"

恩祈没想到晓彤竟然轻易地洞悉了他的心情。

晓彤望着他："你……很孤单吗？"转而一笑，"你不会孤单的，让我陪你好吗？"

恩祈还没明白晓彤的意思，晓彤已经走过来，坐在恩祈身旁，凭着刚才记住的音符，轻哼了几句，也弹起了曲子。

恩祈这才明白晓彤要陪他弹完这一曲，一种遇到知音的喜悦，一种被了解被懂得的感动，让恩祈心中有说不出的温暖……


晓彤和恩祈并肩坐在伊亚的火山断崖边观看爱琴海的日落，面对如此壮观的景象，两人无语，此时在他们心中，只有震撼于天造万物的感动。

许久，恩祈低声说："好羡慕你。"

"羡慕什么？"晓彤问。

"可以自由自在地到处旅行。"

"难道你不行吗？"晓彤反问。

恩祈一时无从说起，只得一笑置之。

晓彤说："总而言之，还是得谢谢你陪我一偿夙愿，虽然说这趟旅程百事不顺，但最起码在我离开之前没有遗憾。对了，我还不知道你叫什么名字？"

"陆恩祈。"

"我来自上海,叫关晓彤。"

恩祈伸出手,"幸会。"

晓彤伸出手来与恩祈一握,"很高兴认识你这个朋友。你有没有 E - mail,我们回去后可以通信。"

恩祈点头,从口袋中拿出纸笔写下地址,递给晓彤。

晓彤正要接过,不料一阵风吹来,将纸片吹远了。

晓彤起身去追,好不容易就要抓住,可是她没注意此时她的一只脚已经悬空了。

恩祈见状吓了一跳,正要伸手去拉她,可是来不及了,晓彤失去了重心,惊叫一声,跌入海中……恩祈探头向悬崖下面望去,愣了片刻,也随即跳入海中。

一声巨响,水花飞扬,刹那间打破了汪洋的宁静。

晓彤坠入海中,身边的气泡宛如晶亮的珍珠,团团包围着她。

正在惊恐之时,看见不远处的恩祈向她奋力游过来。恩祈拽住晓彤的手,拉着她游向海面。

在这一瞬间,晓彤仿佛又回到了过去的梦境中。

恩祈气喘吁吁地拽着晓彤游到岸边,惊魂未定:"好险……"

晓彤望着眼前的恩祈,依然搞不清自己是不是还在梦中。

事后,当晓彤再次回忆起这一刻的时候,晓彤确定,她就是在这时候找到自己的梦中王子的。

LOVE OF THE

# 五

第二天早上,晓彤被阳光晃得睁开了眼睛,接着伸了一个懒腰。偌大的太阳宛如挂在她窗前似的,晓彤起身到窗前观望,连连感叹:"连早晨都这么漂亮!"

晓彤望向阳台,竟发现桌上留着字条,一旁还搁着钱。

字条上写着:"不想吵醒你,我先回去了。我留下一些旅费,希望你能在这自由的天堂玩得尽兴。"

晓彤握着字条发呆:"什么?你……就这样走啦?"

美龄寒着脸。

恩祈心虚地望着母亲。"妈,你还在生气啊。"

美龄冷冷地说:"你明知道我爱面子,现在居然连儿子去哪儿都不知道,你要我怎么对外人解释。我还能高兴得起来吗?"

"你要我回来我不是立刻回来了。"恩祈嘟囔着说,"我只是放自己一天假,不为过吧。"

"都是个大人了,还像个孩子似的任意妄为,这不像你的作风。"美龄直视恩祈,"老实说,是不是我要你给我一个决定,你因此不高兴了?"

母亲说中了恩祈的心事。恩祈停顿了一下,艰涩地说:"我在外岛想过了。妈所决定的,都是为我好。"

美龄闻言,心里舒服多了。"这么想就对了。看来让你任性一天也是对的。还没问你,你是自己一人去外岛的吗?"

恩祈回避着母亲锐利的眼神,"嗯……要不然还能跟谁去?"

美龄有些疑心,正要盘问,怡倩进来了。

"恩祈,你回来了。阿姨说你跑到外岛去了。怎么不等我跟你一起去呢?"

恩祈歉意地说:"我也是临时决定的,对不起。"

"没关系,你去了哪里?"

"圣托里尼岛。"

怡倩的脸色一沉,美龄叹了口气。

恩祈不解地问:"怎么了?"

怡倩强忍失望:"我本来是想带你去那里的。"说着笑了笑,"不过没关系,希腊还有很多漂亮的海岛,我们换个地方就是了。"

恩祈望着怡倩,微感愧疚,突然想起了什么,拿出一个纸袋,"怡倩,我买了东西送你。"

怡倩立刻惊喜地说:"这是希腊最有名的品牌啊。你也喜欢这牌子?"

美龄在一旁说:"怡倩,你可别看我们恩祈木讷寡言的,他可是很有品位的。快打开来看看,阿姨也好想知道恩祈送你什么东西?"

怡倩打开包装,里面是一款手链。

美龄赞叹道:"啊,真漂亮。这很适合怡倩呢。怡倩,喜欢吗?"

怡倩点点头:"之前我还看中一条叫 Plato's eternity 的手链,我真是爱不释手,忍不住都想买了。"又对恩祈说,"你有没有看到那一款?"

恩祈支吾:"我……没注意……"

美龄说:"既然你喜欢那一款,让恩祈陪你去换吧。"

恩祈并不希望将送给晓彤的链子也送给怡倩,有点为难。

怡倩马上说:"我只是随口说说的,阿姨你别太当真了。只要是恩祈送的,我都喜欢。"

· 37 ·

　　耀翔在外头奔波了一天,没找到晓彤,失望而归,一打开房门,看见晓彤正在柜子里乱翻,嘴里还念叨着:"怪了,怎么没有……"

　　耀翔看清是晓彤,精神来了,一个箭步上前,破口大骂:"呵,你可终于回来了。跑哪去了? 知不知道我有多担心? 我急得到处找你脚都走破啦!"

　　"真看不出你是这样的人。"

　　"怎么? 关心人还要有特别的长相吗?"

　　"我懒得跟你斗嘴。"晓彤伸出手,"拿来。"

　　"什么?"耀翔故意问。

　　"我的护照! 你给我收去了吧?"

　　"废话,不收在我身边你哪能见到我?"

　　"谁想见到你这瘟神啊。"

　　耀翔得意地说:"话别说太早。"从口袋里翻出护照扔给晓彤,接着又掏出钱包。

　　晓彤大喜:"咦? 你替我找到了? 你怎么找到的?"

　　"你丢在柜子里啊! 小姐,糊涂也要有个限度吧。"

　　晓彤自知理亏,小声说:"是啊,我怎么给忘了……"

　　"还有……"耀翔神气地拿出链子,"你的手链。"

　　晓彤觉得自己在做梦:"不会吧? 你在哪里找到的?"

　　"街上啊。我可是找了一天一夜啊。"

　　晓彤说:"真没想到,你还真有心啊。"

　　耀翔望着晓彤笑了,自己也显得很欣慰。"是我不想亏欠你。这年头流行现世报,亏欠人家要是不马上还清是会有报应的。"

　　晓彤恍然:"搞了半天你是为了自己。"

　　耀翔哼了一声:"人不为己天诛地灭啊。"

　　晓彤感激地说:"不管你怎么说,我还是要谢谢你。"

"不用！只要你以后别再叫我瘟神，我就很感谢你了。"耀翔并不理会晓彤的感激，"东西找回来了，你不急着回去了吧？"

晓彤说："念在你还替我做了件像样的事情，我就留下来吧。"

"什么话啊，好像你是为我留下似的，面子好大啊！"

晓彤反驳道："你急着帮我找回东西，不就是希望我留下来吗？要不然你英文那么破，谁替你翻译？"

耀翔还在强撑门面："说得好像我多依赖你似的。我告诉你，你不在的时候我过得多快活，该玩该吃的我一样也没漏掉。"

晓彤打量着他胸前："喂，你那闪亮亮的金项链呢，怎么没戴着？"

耀翔语塞："我……我藏起来了。"

"干吗？还怕人偷啊？"

"对！就怕你偷怎么样？那东西可是我的传家宝啊，不小心点怎么行？"说罢耀翔径自出去了，边走心里边念叨："拿传家宝换她一个开心，我是怎么了？"

"神经，谁要拿你的东西。"晓彤低头望着手链，有点感伤，"手链找回来了，却又不知道他人在哪里？"


慧玟走回自己的座位区，竟发现自己的桌上放着一大束花，接着就看见大伟探过头来，笑嘻嘻地问："喜欢吗？"

慧玟诧异地问："你什么时候跑进来了？"

"好一会儿了。刚才看你们都在会议室里忙，我就自己进来坐了。"大伟喜滋滋的，"看到这花没有？十一朵，代表对你一心一意呢。"

慧玟生气地说："你知不知道我现在在上班？"

大伟不以为然："我又没碍你的事……"

"有什么话回头再说吧，你赶快回去啦……"慧玟生怕被同事看见，匆匆忙忙拽着大伟往外走，岂料还是被同事撞见了。

夏小姐笑道："好漂亮的花！"又打量大伟一番，"慧玫，这是你男朋友吧？"

慧玫正要否认，大伟却抢着说："大家好，我叫董大伟，是慧玫大学时期的青梅竹马。"

"慧玫，你有男朋友怎么都不说，你男朋友跟你很般配呢。"

慧玫还没想好该怎么应付这个局面，良平走了过来，"怎么啦？这么热闹？"

夏小姐说："这是慧玫的男朋友。"

慧玫心说完了，表情顿时变得僵硬起来。

大伟对良平礼貌地一笑："陆老板，跟你挪点时间借用你的秘书，没关系吧？"

"当然！我还担心慧玫工作量太大，万一交不到男朋友我可担待不起。"说罢望着慧玫，"如今，看她终于有了男朋友，我总算可以放心了。"

慧玫看了良平一眼，看得出良平说这话时神情中有着几分牵强。

"你们聊吧，我不打扰你们了。"良平转身离去。

几个同事依旧在对着花议论。

夏小姐说："这花真好看，很贵吧？"

"为了她再贵我也买！没办法，谁叫我喜欢她……"

大伟还在滔滔不绝，同事们则围着他大呼小叫，慧玫忍无可忍了，"你跟我来。"也不管大伟愿意不愿意，拉着大伟来到了公司门外。

"喂喂喂，慢点，你急什么？"大伟抱怨。

"你是什么意思？为什么跑到我们公司来做这种事情让大家误会？"慧玫气急败坏地质问。

大伟仍然嬉皮笑脸："我只不过来昭告众人,我要追求郑慧玫,其他的话都是别人说的,我能管别人怎么想吗?"

慧玫气得说不出话来。

大伟说："慧玫,过去是我不够积极,难怪你对我愈来愈疏远,我已经反省过了,从今天开始,我董大伟会拿出我所有的精神,让你相信我对你是真心真意的。"

慧玫直截了当地说："我不准你这么做。"

大伟并不感到意外,盯着慧玫的眼睛："为什么?"

"我……"慧玫回避着大伟的目光,"总之,你有喜欢人的权利,我总也有拒绝的权利吧?"

"你拒绝我? 为什么?"大伟的口气有点咄咄逼人,"我哪里不好,让你没办法接受我,你倒是给我一个理由啊?"

慧玫语塞。

"还是你有喜欢的人了? 他就在你们的公司里,所以,你不让我追求你,不敢让对方知道有我这一号人物存在。"

"不要再问了……"

"话都说开了,还能不问个清楚吗?"大伟不依不饶,"只要你告诉我,对方是谁? 让我们公平竞争嘛! 我董大伟愿赌服输! 你告诉我,是谁啊?"

慧玫大声说："我说没有就没有! 我已经说过了,现在的我,真的不想谈感情上的事情,这样的理由你满意吗?"

大伟的声音也大了："你要一个对你付出这么多年感情的人,就因为一句不想谈恋爱打退堂鼓,换做是你你能甘心吗? 好啊,那我也说过,我可以等。你总不能剥夺我等人的权利吧?"

慧玫望着情绪激昂的大伟,无言以对。

正僵持着,夏小姐跑过来。"慧玫,你在这里,不好了,老板犯胃病了。"

慧玟一惊，顾不得董大伟，转身就要走。

大伟一把拉住她，"慧玟，我们话还没说完呢。难道这个时候你的老板比我还重要吗？"

慧玟抽出手，冷冷地说："我没办法阻止你等，你若要坚持，就不要有任何怨言。"说罢转身回了公司。

晓彤刚走出房门，女老板迎面走来，递给她一张字条："信箱里有一封写着中文的字条，是不是给你的？"

晓彤接过字条，上面写着："不知你回来没有？如果可以，我明天可以跟你见面吗？10 点在宪法广场前，我等你。陆恩祈。"

看到陆恩祈这三个字，晓彤睁大眼睛，反复看这张字条，不敢相信这是真的。

耀翔从后面探出头来，"谁来找你？"

晓彤马上把字条藏起来，"不关你的事。"喜滋滋地回房间，突然又回过头来，对耀翔说，"瘟神，今天各自玩各自的，自由活动！"

"喂，你有乐子就只顾着自己玩啊，完全不管我的死活吗？"耀翔愤愤不平地喊道，"没道义啊！你算是什么旅伴呀！"

恩祈走出房门的时候，看见怡倩正趴在母亲的怀里抽泣。

"怎么了？"恩祈诧异地问。

怡倩抽搐着说不出话。

美龄说："怡倩的爸爸住院了。"

"怎么会这样？现在情况怎么样？"

美龄摇头："不知道！现在谁也联络不上，真是急死人了。"

怡倩哽咽着说："我一直以为……我很讨厌爸爸……没想到，听到他生病了，我也会担心……就算他再不关心我，毕竟……还是我的爸爸……我真的无法想像，如果他有个三长两短，我该怎么

办?"

恩祈拍拍她的肩膀安慰道："你别想太多。事情不会像你想的那么糟的。"

没想到怡倩突然一下子无助地抱住恩祈，"我真的不知道该怎么办……我好害怕……"

此情此景，恩祈也不好挣脱开，只能拍着怡倩的肩膀以示安慰。

美龄突然说："我看，不如我们陪怡倩回去吧。"

恩祈愣了一下。

"在这里担心也不是办法。现在赶回去，好吗？"美龄转而问怡倩。

良平缓缓睁开眼，慧玟见状，探过身子说："你醒了……"

良平有气无力地问："这是哪里？"

"医院。医生说你得了急性肠胃炎，已经打了针，休息一下应该就没事了。刚才可真把大家急坏了。"

良平听明白了，无力地点点头，"不好意思，让大家操心了。他们……人呢？"

慧玟说："已经很晚了，我让大家先回去了。"

"那你……"

慧玟微笑："可别赶我走。我要是走了，谁来照顾你？"

对此时孤单无助的良平而言，这句话宛如一股暖流，让他心里一热。

慧玟接着说："你一整天都没吃东西了，饿不饿？医生说可以吃一点流质的食物，我帮你准备了一些粥。"

良平摇头："我不想吃……"

慧玟劝说："你就是饮食不正常身体才会那么虚弱。吃一点才

AEGEAN SEA

LOVE OF THE

能补充体力,好吗?"

良平这才让慧玟扶着坐起身,慧玟从保温盒内盛了一碗稀饭:"我替你准备了番薯稀饭,还有一些台湾小菜,你一定很怀念家乡味吧?"

慧玟的良苦用心使良平非常感动。慧玟端着粥递给良平:"小心烫啊。"

良平病后身体虚弱,竟然没有接住,一不小心碰翻了碗,热粥洒了出来。

慧玟惊呼一声,顾不得自己的手也被烫着了,忙着找毛巾为良平擦拭,边擦边说:"没烫到吧?"

良平一把抓住慧玟被烫红的手:"你的手……都烫红了。"

慧玟这才发现,"啊,我都没注意到。"

良平问:"我手都疼了,你一定更疼吧?"

"还好,你别担心我。"

慧玟想要把手抽回来,可良平却揪住她的手不放。良平拿回毛巾,替慧玟将手擦干净,感慨地说:"你所做的,几乎已经胜过我的家人了。你为我付出了这么多,我该拿什么还你才能还得清呢?"

慧玟轻轻抽回手,"别说了。有些事情怎么可能说得清楚呢?"

看着良平吃完粥,慧玟才提着餐盒走出病房,心中还在回味着良平握着她的手时的感觉。面前突然闪过一个人影,慧玟抬头一看,竟然是大伟,他显然已经等候多时了。

"我在这儿看着你的同事陆续离开,心想最后一个走的该不会是你吧? 没想到还真被我料中了。"大伟冷冷地说。

慧玟也有点生气:"你知不知道你这样跟着我,对我已经造成了困扰。"

大伟冷笑:"若没做什么亏心事,哪来的困扰?"

慧玟怒道："你在说什么？我要不要照顾我的老板全是我的自由，轮不到你来管！"说罢转身要回病房。

大伟紧紧抓住她，痛心地说："慧玟，你老实说，你是不是喜欢上你的老板了？"

"你在胡说些什么！"

"就怕是当局者迷，旁观者清吧。慧玟，你的聪明乖巧到哪去了？他是个有家室的人啊，你是个从来不会犯错的模范生啊，难道这种事还要我提醒你吗？你忘了什么叫道德吗？"

慧玟猛地甩开他的手："你在这儿守着、监视着我，就是为了跟我说这些莫名其妙的话吗？"

大伟急切地说："慧玟，我是怕你做错事啊。"

慧玟恼羞成怒："我自己在做什么我很清楚，不需要你来告诉我。哪怕是我做错事，也跟你一点关系都没有。也请你……对我死心好吗？别再管我了行吗？请你走！"说罢慧玟转身离去。

在卫生间里，慧玟洗了一把脸，镇定了一下情绪，回到病房，却发现床上已经空无一人。


宪法广场前，晓彤落寞地望着夕阳的余晖，无神地放着风筝。另一只手里，还握着字条，纸上还留有恩祈的字迹。看着字条，晓彤只是徒增伤心。

风筝在空中与另一个风筝绞缠在一起，晓彤赶紧拉紧绳轴，但已来不及了，两个风筝笔直地落下来。

耀翔沿着风筝线追过来，"不好意思，风筝打架了……"

四目相望，两人都愣住了。

晓彤双手抱头，气弱犹丝，"瘟神……"

耀翔也看清了是晓彤，"哇靠，冤家路窄啊，搞半天是你啊？"

突然看见耀翔，晓彤心中所有的委屈，像是找到了一个可以倾诉的出口,顿时眼泪就无声无息地落了下来。

耀翔吓下了一跳:"喂,干吗? 不过是弄掉了你的风筝,哭什么哭? 别哭了,大家都在看,以为我欺负你!"

晓彤充耳未闻,擦了擦泪,靠向耀翔:"肩膀借我一下……"索性倒在耀翔肩上流泪。

耀翔束手无策,只能笔直地站着让晓彤哭个够。

哭够了,晓彤与耀翔并肩坐下,晓彤依然失神落魄的。耀翔有些担心,推推她:"喂,哭也哭够了! 呆也发够了,该说话了吧。跟个傻子似的,别吓人了行不行!"

晓彤幽幽地说:"心都破了一个大洞,哪还有说话的力气。"

耀翔嗤之以鼻:"什么鬼话,心要真破了还能活?"

晓彤无奈地叹了口气:"你真的很少根筋呀! 这是比喻,你连这种话都不懂吗?"

"做人就干脆点,讲话也直接一点,干吗这么拐弯抹角的。"耀翔仔细打量了晓彤一阵,"我看你啊,八成就是有艳遇了,对吧?"

"什么艳遇? 这么难听,是邂逅。我们只是朋友。"

"呵! 果然被我料到了。是,是邂逅,是浪漫,但是最后人家不是一样把你甩了?"

晓彤怒道:"你什么都不懂不要胡说!"

"若不是这样,你犯得着伤心吗?"

晓彤气得说不出话。

"好啦,用不着吹胡子瞪眼睛的。总之,旅行中的艳遇本来就是可以不负责任的,你自己也要想开一点!"

晓彤"噌"地站了起来,"跟你这种没脑袋的猪头说话真是会气掉我半条命。不说了!"

晓彤气呼呼地往前走,耀翔跟在后面边走边笑,"哼! 总算是正常了……说我猪头,猪头最起码能气气你让你活起来,不感谢我

还嫌！哼！"

慧玟看着表，来回在公司门口走动，看见良平的车开进来了，慧玟这才放心。

良平若无其事地笑笑："早安！"

慧玟紧跟着良平进入办公室。"你昨晚怎么就自己走了，我很担心啊！"

良平淡淡地说："我没事了。你看，我现在不是好好地来上班了？"

"可是怎么打电话你也不接，我……"

良平打断她的话，"你就别担心了吧。今天下午有个会议我想改到明天去，你帮我联络一下相关人员。"

慧玟见良平有些冷淡，满肚子疑惑，但也只有按捺住不安听命行事，"我知道了。"转身要去安排会议。

良平见状有些于心不忍，但一想，咬了咬牙，还是叫住她："等一下！"良平从公文包中拿出一张照片："这个……能不能麻烦你，替我找个漂亮的相框，我想挂在办公室里。"

慧玟接过照片，"这是……"

良平故作轻松地说："我跟家人的照片。你没见过吧？"

慧玟怔怔地看着照片，沉吟半晌，艰涩地问道："怎么突然想要放这照片？"

良平的语调也有点艰涩："早就想这么做了，只是一忙，就给忘了。有时候……还挺想念自己家人的。对了，下礼拜公司周年酒会，我太太会来。到时……你能帮我安排她到上海玩玩吗？"

慧玟心一凉，已经明白良平是刻意这么做的，随即公事公办地说："当然，这也是我的工作。"她拿起相片，"如果没什么事，我先出去了。"

耀翔举起啤酒,"这杯我敬你,虽然这趟旅行一路吵吵闹闹的,不过没有你我也玩不下去,这杯就当我谢谢你!"耀翔一饮而尽。

"这么多天的旅行,你总算说出一句人话。"晓彤喝了一口饮料,"对了!今天买了这个东西还没戴上。"说着从袋子中拿出一个小恶眼,挂在钥匙圈上。

"这是什么?"耀翔问。

"这是希腊人说的'恶眼',听说是避邪用的。特别买来防你这个瘟神的。"

耀翔脸色一变:"喂,咱们都要打道回府了,难道你就不能在最后给我个好印象,非要这么气我吗?"

晓彤又拿了一个,在耀翔面前晃着:"这个送你!"

耀翔没好气地说:"你都说我是个瘟神了,还戴这个干吗?"

"帮你把衰气给去掉。回去之后希望碰到你的人不会那么倒霉了。当然,希望你也不会倒霉。钥匙拿出来!"

耀翔拿出钥匙,晓彤为他系上,随后将钥匙递给他,"好啦!希望你一切顺心啦。"

耀翔有点不好意思,"看不出你也挺好心的。"

晓彤说:"念在大家有缘一场,怎么说我们也是误打误撞的友伴嘛!"

"好,就冲你这句话,我再敬你一杯。"

耀翔刚要喝,晓彤突然拦住了他,"慢着!你干吗一直喝个不停?又想把自己灌醉是吧?你来的时候还不够折腾人啊,连回去也不放过我?"

耀翔的把戏被拆穿,只得实言相告:"喂,我心脏不好,怕坐飞机,你就包容一下。"

"心脏不好还想来旅行!什么烂理由。我才不管这些,你上回

AEGEAN SEA

在飞机上有多丢人,我倒霉事只做一次,绝不再犯。"

"喂,你这女人怎么这么没度量啊。"说着耀翔又要喝酒。

晓彤将酒全推到自己身边:"好啊,你有度量,这回让你来扛我,你就知道我干吗要那么生气了。"

耀翔不屑地说:"我才不信你敢喝。"

"我偏偏喝给你看。"晓彤一赌气,打开啤酒,咕噜咕噜开始喝。

"喂,你来真的!"耀翔傻眼了。

"这些酒……我全包了。"晓彤说完,马上就开始打嗝了。


耀翔僵直地坐在座位上,神情紧张,双拳紧握,身子微微发抖,一旁的晓彤则睡得不省人事。

飞机经过一个气流,耀翔吓得抱头大叫。

机舱内正在休息的乘客被他吓醒,全都不满地回过头。

耀翔尴尬地解释:"对不起……"飞机又颠了一下,耀翔又惊叫一声,"啊——"

空姐走上前来,"先生,您还好吗?"

耀翔声音颤抖:"小姐,这晃来晃去,很吓人啊……"

空姐微笑着说:"飞机遇到气流不稳是正常的。您不要紧张。要不要喝点酒,可以放松情绪睡个小觉。"

"酒!"耀翔点头如捣蒜,"快……快给我一杯。"

不一会儿,空姐端来一杯红酒,耀翔感激涕零地接过来,恨恨地瞪了晓彤一眼:"你倒好! 什么都不知道了!"

酒刚刚送到嘴边,耀翔余光一瞥,眼睛都直了,只见晓彤的双手慢慢扬了起来,嘴里还念念有词:"让我陪你弹一曲吧……"

接着晓彤双手做弹琴状,还哼着歌,样子虽丢人但也有几分可爱。

"连做梦都能弹啊,厉害!"耀翔禁不住感叹。

一旁的旅客忍不住了："喂,这样吵别人还要不要休息!"

"对不起对不起!"耀翔慌忙按住晓彤的手,"别弹了! 要弹回家再弹吧……"

晓彤突然反握住他的手:"你好像很孤单啊,让人看了……好心疼……"

耀翔叹了口气:"唉,你知道不知道你现在这样子让别人看了好生气! 别闹了!"

晓彤握着他的手,自顾说着梦话:"别走……"

耀翔发现晓彤的眼角渗着泪光,于心不忍,索性任由她握着自己的手,直到晓彤沉沉睡去。


# 六


恩祈回到家,就看见母亲在打电话。"就这么决定了。到上海我们再好好聊吧。"

"爸爸的电话?"恩祈问。

美龄说:"他说下礼拜公司有个周年酒会,希望我跟你去一趟。"

"去年开幕酒会你都没去,怎么这一次想去?"

美龄说:"想想也挺愧对他的。他在上海成立公司那么久了,咱们一次也没去探望过。我们母子俩,好像很不及格啊。"

"谁叫你坚持要爸到上海创业。现在知道分隔两地有多麻烦了吧?"

"照他的意思留在台湾不也是一样,也只能接接小工程,他还要谢谢我呢,若不是我有远见,极力要他到上海去开发市场,你爸今天也不会有这么好的成绩……不谈他了,"美龄笑着对恩祈说,"跟你说,怡倩跟她爸爸今天来咱们家了。"

恩祈轻轻应了一声,往自己的房间走去,"我流了一身汗,我去洗个澡……"

"慢着!"美龄叫住他。

恩祈无可奈何地站住了。

"怎么我一提到怡倩你就跑?"

恩祈口是心非地说:"哪有啊?"

"还没有? 不管怎样,今天我非要跟你谈个清楚不可。怡倩他爸爸说了,如果能有你这种女婿,他也就放心了……儿子啊,现在大家就等你的意思啦。"

恩祈想了想回身问道:"妈,你觉得我跟怡倩结婚,有什么好?"

美龄打着如意算盘:"怡倩是独生女,她老爸一定会支持你这女婿。你可以比别人多一个靠山,光这一点就不知羡煞多少人。这还不够好吗?"

"可是我有学历也有实力。不用靠她父亲,我也能有自己的天下啊。"恩祈拿出教授的推荐函,"妈,你看! 这是我们教授的推荐函,加拿大最有前景的 MIC 企业集团,多少人挤破头想进去的公司,我相信凭我的实力跟推荐,我一定可以入选的……"

美龄打断他:"入选又怎样? 还不是得从基层做起,你要被磨多久才能到顶端啊? 是五年? 还是十年?"

"我一定会尽快……"

"再怎么快,有当连镇鑫的乘龙快婿快吗?"

恩祈的心一下子凉了。

美龄接着说:"一条河跟一片海都是天下,你既然可以选择,为什么不挑大的? 我从小就告诉你人要往高处走,有名利才有尊严,这个道理你不懂吗?"

AEGEAN SEA

LOVE OF THE

恩祈说："我懂！我现在不也在按照你的期望做吗？"

"我的期望就是要你把怡情娶进门，你为什么不做？"

"妈，名利跟婚姻是两回事……"

"对我来说都是一回事。恩祈啊，怡情有什么不好？她又不是带不出门让你委屈了，娶了她你的人生就完整啦，真不懂你到底在拗什么？"

恩祈不语，母亲的理念显然跟他有很大的落差。

"还是你认为外人会觉得我们高攀？这你就别多心了。想当初你爸娶我的时候那才真叫高攀。可是你现在看看他，如果没我替他撑着，他能无后顾之忧地完成他的梦想、画什么设计图吗？"美龄耐心地劝说着，"恩祈，你要是不把握这机会，全世界都会笑你是傻子。"

"妈，我什么事情都可以答应你，但是惟独这件事……"

"好啦，我讲得口干舌燥的，你一句话都没听进去啊。我不跟你浪费时间了，你自己好好想想吧。"美龄起身离开房间。


慧玫与大伟频频看着不断变幻的飞机到港时间的屏幕。

慧玫说："飞机都到站那么久了，怎么还没见到晓彤呢？该不会出什么事了吧？"

大伟说："她有伴可以互相照顾，应该不会那么倒霉吧。"

"那个伴连你都不认识，靠得住吗？"

大伟安慰她："好了！别自己吓自己了，再等等，也许人马上就出来了。"

大伟拉着慧玫到一旁去坐，慧玫心中急着，大伟却笑了。

慧玫不解地问："你笑什么？"

大伟说："我突然觉得，咱们俩这样，好像老夫老妻在等孩子回来似的，这感觉也挺好的。"

慧玟脸一沉，"你在胡说些什么！这种玩笑一点都不好笑。"

"这不是玩笑，是我的希望啊。"大伟殷切地望着慧玟，"你说，我有希望吗？"

慧玟不答，转过头，正巧见到晓彤被耀翔搀着走出来。

慧玟急忙跑了过去。

晓彤依然不省人事，耀翔对迎上来的慧玟说："你是她家人啊？"又看看大伟，"啊，我认得你，太好了！接过去接过去，她这一路可累死我了。"

大伟有点生气："喂，我把晓彤交给你的时候是个活蹦乱跳的人啊，怎么现在成了软脚虾啦，这是怎么回事？"

"晓彤，你醒醒，是不是晕机啊？"慧玟扶着晓彤，忽然闻到一股酒味，惊讶地说，"我们晓彤是不喝酒的。怎么回事？"

大伟一把揪住耀翔，咬牙切齿地说："喂，给我老实说，你对她做了什么！"

耀翔推开大伟，"你搞清楚，是她自己要喝的，我可是警告过她了。好心没好报啊，为了照顾她我可全程没睡啊，现在还让你污辱。"

小三等两个兄弟也来接机，见状一起围了上来，"耀翔哥，怎么啦？"说着横了大伟一眼，"要不要替你摆平？"

慧玟见这几人不好惹，急忙拉住大伟，"算了！我们先回去再说吧。"

大伟其实也没胆，走之前还是嘀咕了几句："等我问清楚，若是你有什么欺负她的地方，我肯定不会放过你。"说罢和慧玟一起扶着晓彤走了。

小三问："耀翔哥，你欺负人啦？"

耀翔哼了一声："只有别人负我，岂有我黎耀翔负人的道理。神经病！"又冲大伟的背影喊道，"喂，你最好问清楚，到时老子肯定要向你讨回一个公道。疯子！"

耀翔大大咧咧地坐在后座，"还是回到自己的地方舒服。出了几天国，不知我那老爸怎么样了？"

小三几个人一听，立刻不说话了。

"喂，在问你话呢怎么不应声啊。不是交待你们我不在的时候，要隔三差五地去探望他吗？"

众人低下头，耀翔觉得有鬼，一把揪住小三，"怎么？把我的话当屁啊！你说，你去了没？"

小三说："耀翔哥，你自己老爸你都不管了，丢给我们岂不是强人所难？"

耀翔怒道："混账，就知道你们嘴上无毛办事不牢！真是白照顾你们了。"

小三有点委屈："不是我们不去啊。万一你老爸问起你去哪了，你要我怎么回答？"

"就跟他说我出国去啦。"

小三说："你这么先斩后奏，他找不到人出气，肯定先对我们发火，反正你早晚也要挨揍，倒不如一次被他揍个够，我们也少挨一顿打，不是挺好的！"

车子离家门口还有一段距离，耀翔就看见一群要债人围堵在自家门外，耀翔脸色立刻暗了下来，"难怪刚才左眼皮跳了两下，就知道肯定有事。"

小三出主意："耀翔哥，要不要用老方法？"

耀翔点头："也只能这样了。"

要债人还在门口叫喊，小三等人跑过来，"喂，你们是不是找一个姓黎的糟老头儿。唉呀，别白费力气了，他不在里头。"

一个要债的问："小兄弟，你知道他在哪？"

小三说:"我见他在公园那儿跟人聊天呢,是不?兄弟们!"

众兄弟附和:"好像在跟人谈合伙卖字画的事。"

那人咬牙切齿,"那家伙又在骗人了。你说他在那儿,带我们去。"

半晌,耀翔见人都走光了,迅速翻墙进了院子。屋子里光线阴暗,耀翔喊:"老爸!老爸!"

没人应声。耀翔冲进卧室,打开衣柜,果不其然,父亲躲在衣服堆后头,耀翔抓住父亲想把他拖出来,父亲尖叫:"别抓我,我也是受害者,我也是被骗的……"

耀翔大声说:"老爸,是我啊!你是吓傻了是吧?"

待看清真是耀翔,父亲才爬出来,"真是你啊。"突然眼睛一瞪,一个巴掌抡过去,"你现在才来做什么?你死到哪儿去了?"

耀翔边躲边喊:"你等会儿再跟我算账吧,小三把人支走了,咱们先溜最重要。"

# 七

耀翔和小三狼吞虎咽地吃着面,样子像饿死鬼。纸盒内只剩一块肉了,耀翔与小三同时夹住,两人互视,小三可怜巴巴地说:"耀翔哥,我好饿呢……"

耀翔放了筷子,"念在你发育不良,让你!"

耀翔的父亲黎港生进来了:"啊,你们回来了?听说今天去找新工作啦?"

小三说:"可不!出人意外啊,翔哥到书店应征搬书员呢。"

黎港生睁大了眼睛:"什么?你脑子坏了,做这种正当活儿能

AEGEAN SEA

LOVE OF THE

挣多少钱？"

耀翔说："你到底是不是我爸啊？有父亲叫儿子不要干正事的吗？"

"我是说，你之前那样东混西混的不也挺好的，就像现在时兴的什么 SOHO 族一样，自己当老板，想接就接，利润又高。"

"够了！老爸，我不想再干那种有风险的事了，我想安分过日子。"

黎港生有点诧异："怪了！你这孩子怎么变了？"

小三说："他说他到希腊去变得比较人文了！"

黎港生冲地上啐了一口："人文能当饭吃吗？我怎么会生出你这样的儿子。"

耀翔说："我也不懂上辈子造了什么孽，会有你这种老爸。不说了不说了，一身臭汗的，我要去洗澡了。"

耀翔起身要走，父亲一把拉住他，"慢着！"

"干吗？"

黎港生笑吟吟地说："我这儿有个好差事，包准咱们爷儿俩能舒服过日子撑个把月的。"说着就拿出了一把钥匙。

耀翔问："这是什么？"

"这是之前诓我那家公司的钥匙。趁现在没人，去搬些值钱货回来，算是讨回一些本钱。"

耀翔睁大眼："哇靠，老爸，你要我去当小偷啊？"

"呸！什么小偷，这么难听，我也是有投资的啊，这是讨债！"

"讨债是用嘴巴去说，哪能半夜偷偷进去搬？"

"能跟那些狼心狗肺的人说得动我还用这么费心吗？他们骗我，我就偷他，这就叫一报还一报。"黎港生拍拍胸脯，"老子我问心无愧！"

"做坏事还这么理直气壮！"耀翔摇头，"我不去！"

黎港生拉下脸："你真的不去?"

耀翔坚持地摇摇头。

"你不去,老子去!"黎港生说着就开始找衣服,磨蹭半天装得一副准备要出发的样子。

小三凑到耀翔身边,低声道："你老爸来真的!"

耀翔无奈地望着父亲,就见父亲已经走到门口了,"子不教父之过,没关系,我叫不动你,老子自己干!哼!"

耀翔一步上前抢过钥匙。

"你做什么,别拦我!"黎港生假装拉拉扯扯的样子。

耀翔没好气地说："谁拦你啦,少来这一套啦,看都看腻了。你就是吃定我一定会依你就是了。"

黎港生一副感激的样子："儿子,我的好儿子,我就知道你一定会听话的。我真是没白养你……"

耀翔无奈地看看小三。小三马上接话："我约了人,不能爽约的。"

耀翔把他扒拉到一边："话都没说完你紧张什么?去帮我弄辆大一点的车来。"

小三松了口气："是!"


琴师弹奏着舒缓的音乐,良平挽着美龄周旋在宾客间为她做介绍："这是秦老板,在上海这段时间他帮了我不少忙。"

美龄柔媚地说："秦老板,多谢你的照顾了。"

秦老板笑道："大家都是买卖人,互相照顾是应该的。倒是良平兄啊,原来你有个这么漂亮的老婆啊,藏在国外做什么,早该让大家认识了。"

美龄笑逐颜开,"别怪他,是我不好,在国外坐移民监,搞得一家分散两地,不能照顾他我也很愧疚。还好这期限满了,以后大家多的是时间见面。就怕你们老见到我,嫌烦了。"

在美龄与客户热络交际的同时,良平的眼光亦在会场内搜寻着慧玟的身影。慧玟在角落处,为宾客倒酒水添食物,良平见状,心里有几分感激。

慧玟忙了一阵,眼光也不自觉地投向良平处,眼中所见的,只是一对夫妻恩爱幸福的样子。

慧玟暗叹了一口气,心中万分苦涩,突然间,一小碟盛满了点心的盘子端到了她眼前,慧玟抬头,是恩祈。"看你忙了一个晚上,肯定累了,休息一下吧。"

慧玟接过点心,笑了笑:"你跟你爸一样体贴,真是有其父必有其子。"

"我爸很体贴吗?"恩祈问。

慧玟谨慎地说:"他对任何一个员工都很体贴。倒是你问这话,好像很不了解你爸爸似的。"

恩祈说:"从小到大,我跟他相处的时间还真是不长。不过,我很尊敬他,我的父亲是个非常正直可靠的人。"

"我身为他的秘书,很早就明白这一点了。"

恩祈早就发现慧玟看父亲的时候神色有异,于是试探着问:"你是我父亲的秘书,一定很清楚……我父亲在这里应该很受欢迎吧?"

慧玟反问:"你想问我什么?"

恩祈正视着慧玟:"不瞒你说,我很好奇,像我父亲独居在异地,他能不能克制得了……诱惑?"

慧玟感到恩祈这番话似乎是冲着她来的,也不卑不亢地回答:"正如你所说的,你父亲是个正直可靠的人,错的事情,他就不会做。你应当相信他。"

四目相视,恩祈感到慧玟不是在说谎,轻轻一笑,礼貌地说:

"我真不该这么怀疑我父亲的。对不起,刚才那些话就当我没问。也很谢谢你,给了我这么一个肯定的答案。"

美龄招呼恩祈:"恩祈,快过来跟秦老板打声招呼。"

恩祈彬彬有礼地说:"对不起,失陪了!"

恩祈离开之后,慧玟回想着他那番话,暗想:"他这番话是冲着我说的吗?"

在恩祈那边,秦老板惊叹着:"你也学琴啊? 人长得帅又有才华,一定是很多女孩子心中的白马王子吧。"

恩祈笑而不答。

美龄说:"这孩子就是害羞,跟他爸一样,话少。"

秦老板说:"不知道我们今天有没有这个荣幸,可以听少爷弹奏几曲啊?"

恩祈刚想推拒,美龄说:"那我们恩祈就献丑啦。"转向恩祈,"去弹几首吧,爸爸也好久没听你弹琴了。"

晓彤急急忙忙赶到上海会馆,不知道慧玟在哪个宴会厅,正要找人询问,突然听到一阵琴声,于是循声而去。

恩祈在钢琴边演奏,众人凝神听着。美龄骄傲地望着儿子,情不自禁地拉着良平的手。

远处的慧玟看在眼里,黯然转过头去,一场晚宴,彻底将她对良平的爱恋全部抹煞,她转过身正欲走出,看见了恰好推门而入的晓彤。

"晓彤,你怎么来了?"

"表婶跌了一跤,摔伤腿了。"

慧玟一惊:"什么?"拉起晓彤就往外走。

"打你电话都没人接,我就直接来了。"晓彤向厅内探探身,"你在忙吗? 走得开吗?"厅里人很多,恩祈被人群挡住,晓彤没看到他，但是不小心被服务生碰了一下，将晓彤的手链扯掉了。晓彤没有察觉。

一辆破车停在音乐学校外面，小三与两兄弟在车上百无聊赖地等着："这小刘真是个乌龟，慢吞吞地要拖到什么时候才来？等得我现在肚子都痛了，哪里有厕所？"

小三下了车朝音乐学校走去。

一个女生与同学从学校里走出来，边走边说，"联谊会的事情就麻烦你了……"到了厕所旁边，"啊，我要去洗手间。你先走吧。"

进了洗手间，却发现小三在对着镜子洗手，顿时尖叫一声。小三一紧张，伸手捂住她的嘴，"叫什么？借个厕所上会死啊……"转念一想，"坏了，我该不会跑到女厕所了吧？"

外面的同学听到叫声了进来，见状也惊叫起来。

小三慌了神，松了那女生，拔腿就跑。女生吓得坐在地上大哭。

小三匆匆跑回车上，"真是够倒霉了。快开车！"小车扬长而去。

出租车停靠在路边，耀翔满头大汗，摸黑将笔记本电脑、数码相机等等塞进后备厢内，边干活边骂："哇靠！这猪头三，要你替我弄辆车，你搞台出租车给我！真有你的！"

将后备厢锁上，拿起钥匙要开车，耀翔才发现"恶眼"钥匙圈没带。耀翔骂自己："咦，我把护身符给落在家里啦！我也真是个猪脑袋。"

耀翔一路开车，路人频频冲出租车招手，耀翔骂道："死小三！偷人东西已经够紧张了，你还给我弄辆出租车让我更紧张。回去肯定把你打得满地找牙！"

街道前方又有人挥手,耀翔正眼都不看,在车上嘀咕道:"不载啦!你挥到手断也一样!"说完随意看了一眼后视镜,"咦,这不是……"耀翔踩了刹车,仔细看了看,简直让他难以置信,"该不会是她吧?"

晓彤和慧玟站了半天没拦到出租车,见这辆车终于停了,喜出望外。晓彤随即拉着慧玟直奔出租车跑去。

车上的耀翔还在念叨:"真是愈看愈像啊……"话才说完,晓彤已经以迅雷不及掩耳的速度开门上车了。

"喂,你干吗?"

"当然是坐车啦,还能干吗?"

耀翔转过头:"我不载客的!"

晓彤生气地说:"你不载客开什么出租车……"

四目相对,晓彤这才认出是耀翔,顿时睁大了眼睛:"瘟神!原来你是出租车司机?"

耀翔辩解:"跟你说我不是!"

"别吵了,"慧玟着急了,"现在是坐还是不坐?"

晓彤说:"好不容易拦到车,怎有不坐的道理。喂,瘟神,我们要到和平路。"

"你真是不讲理,都说我不是司机啦,我不知道路怎么走。"

"反正你先开了再说,我告诉你怎么走!"


晓彤望着前方,指着路:"这边,对,这里转弯!"

耀翔转了弯,晓彤惊呼:"哎呀,又错了!"

慧玟望着窗外忧心地问:"这到底是哪里啊?"

耀翔不耐烦了:"你们够了没?指来指去的又说不对,到底认不认路啊?"

晓彤还嘴:"你还好意思说,自己开车也不识路,耽误我们那么

LOVE OF THE

多时间。"

耀翔突然刹车,回头对晓彤说:"你真的很不讲理！要我说几遍你才会懂！"

"好了,别吵了。"慧玟劝说,"这位先生,是我们不好,你就帮个忙,大家耐心点找,等一下就可以找到路了。"

"这还像句人话。"耀翔对晓彤说,"你啊,多跟人家学学。"

晓彤赌气不说话。

耀翔这才转过头去开车:"我早该知道,从你在希腊的路痴行为看来,你的指示根本就不能信！"

晓彤不甘示弱:"说我路痴！只要跟你在一起就没好事发生,我早该料到不应该上你的车。"

耀翔回头说:"我警告你喔,我现在在开车找路,你最好不要再惹我生气。"

晓彤急了:"喂,你要说话可以,但是头别转过来行不行,拜托你看路！"

"只要你闭嘴,一切好说……"

耀翔的话还没说完,晓彤指着前方惊叫:"啊,前面有树……"

"砰"的一声,车子已撞上了路边的大树。

晓彤与慧玟包扎完毕刚走出来,就看见了慧玟的父母。"爸,妈,你们怎么来了？妈不是脚扭伤了吗?"慧玟问。

母亲说:"都怪你老爸,不过是个小扭伤,他也大惊小怪的,这下好了,我没事,反而让探病的人进了医院啦。你们怎么样?"

慧玟说:"我还好,只是小伤,反倒是晓彤好像比较严重。"

父亲说:"唉呀,晓彤,表叔真是对不起你。"

"别这么说,我这小伤应该很快就好了。怪只怪我不该上那个衰鬼的车。"

"衰鬼？谁啊？"慧玟的父母不明就里。

"就是那个……咦,怎么从刚才到现在都不见瘟神?"晓彤问。

慧玟的父亲说:"你说的是不是一个年轻小伙子,刚才看他还在外头啊。"

晓彤骂道:"可恶!我一定要好好找他理论去。"说完跑出急诊室。到了外面,却不见耀翔的影子。晓彤四处寻找,无意间碰到了手臂的伤处。"好痛啊!"晓彤捂住手臂,突然发现手链不见了。

窗外下着倾盆大雨,慧玟望着窗外,不见晓彤归来,有些心急。

母亲问:"晓彤掉了什么东西这么重要,非要今天找到不可?"

慧玟说:"我也不知道。"

父亲说:"真是的,也不知道去了哪里?外面还下着大雨呢。这要感冒了怎么办?"

门铃响了,慧玟说:"一定是晓彤回来了。"跑过去开门,却是淋了一身湿的大伟。

"怎么是你?"

父亲说:"喔,你就是刚才打电话来的人吧?"

大伟回答:"就是我。想必是伯父伯母吧,我是慧玟的大学同学,我叫董大伟。刚才我一听到您说慧玟受伤了,我就立刻赶来了。"

母亲说:"你真是有心啊。还站在那儿做什么,都淋了一身湿了,快点进来。"

慧玟的脸沉了下来,一语不发地将门关上。

大伟说:"不好意思,这么晚还冒昧打扰。"

父亲说:"没关系。"接着又试探地问,"你跟慧玟……肯定是很好的朋友吧。"

慧玟不语,大伟睨了她一眼,含蓄地点头:"嗯,认识很久了,是好朋友。"

父亲望着两人，索性起身："既然有董先生陪你，那我们也就放心了。老伴，时候不早了，咱们先回去吧。"

二老起身欲走，慧玟慌忙把他们叫住："你们干吗急着走？"

母亲说："我们两个老人在这儿反让你们年轻人尴尬，我们走，你们谈话也方便点。董先生，就麻烦你陪慧玟等晓彤回来啦。"

慧玟正要开口，董大伟抢着说："没问题！就交给我办吧。伯父、伯母，我去叫车。"

"不用了！我们自己叫。"

大伟殷勤地为他们开了门，恭敬地送两人出去。待将门关上后，大伟干笑，"伯父伯母真是有趣啊。"

慧玟拿了一条毛巾递给大伟，"全身都淋湿了，擦一擦吧。"

大伟接过毛巾，关切地问："听说你出了车祸，我真是吓坏了。你还好吧，哪里受伤了？"

慧玟亮出手臂，"就一点小淤伤，不碍事的。"

大伟拉起慧玟的手，"这种伤骨头的事最麻烦，不好好医，以后什么毛病都有。这样吧，明天我替你拿一种很有效的跌打水，专治淤伤的，你擦了肯定马上好。"

大伟喋喋不休地说着，他的热诚，跟今晚所受到的冷落相较之下，慧玟顿时感到被爱是件多幸福的事情，眼眶不禁泛红了。

大伟吓了一跳："怎么啦？为什么哭啦？是不是碰疼你啦？"

慧玟收回了手，摇摇头："没有！只是……觉得你……对我真的很好……你为什么这么疼我，关心我？"

"因为我爱你啊。难道你还不懂吗？"

大伟的心情慧玟不是没体会过，此时此刻，她更能了解大伟所受的折磨跟她是一样的。慧玟沉吟半晌，竟转过身来，脱口说道："大伟……我们交往吧。"

　　大伟顿时愣住了,说话也变得口吃起来,"你、你说什么?"

　　慧玟深吸一口气,似乎是下定了决心,重申道:"我说,从今天起,我们当男女朋友吧。"


　　吃早饭的时候,良平问美龄:"你们今天打算去哪里玩? 我让司机载你们去走走。"

　　"不用了。"美龄说,"我跟黄太太她们约了见面喝茶。恩祈你去不去?"

　　恩祈说:"你跟太太团们喝茶,我去做什么?"

　　"跟黄太太她们见面,让她们看看我儿子现在有多潇洒。也许还能替你介绍几个名媛淑女呢。"

　　恩祈有点反感:"你连在上海都惦着这种事!"

　　良平见恩祈不悦,帮恩祈说话:"恩祈不是商品,你不要老是带着他出去做这种交际。"

　　美龄说:"献宝是真的,相亲是玩笑话。恩祈已经是名草有主了,哪还需要相什么亲?"

　　"名草有主?"良平望向恩祈,"该不会是跟怡倩吧?"

　　恩祈沉默。

　　"就是怡倩!"美龄喜滋滋地说,"良平,也许要不了多久,咱们家就要办喜事了。"

　　良平说:"我看恩祈一点高兴的样子也没有,反倒是你乐得很。这事肯定是你撮合的吧。"

　　美龄说:"是我撮合的又怎样。我相信任何一个父母碰到这种事,一定都会这么做。"

　　良平说:"我就不这么认为。婚姻的事是一辈子的,还是得尊重恩祈的意见才对。"

　　恩祈得到了父亲的支持,感到有了一丝希望,岂料美龄神色一

LOVE OF THE

沉:"本来还指望你以过来人的经验劝他,怎么你却跟孩子一样不懂事了?"

"过来人?"良平平静地说,"你是指我高攀你家的事吗?你极力撮合恩祈跟怡倩,也是为了连家的财产?"

"这有什么不对?"美龄脱口而出,"你若没有我庇荫,能有今天吗?你要是没有我替你瞻前顾后,打理社交,公司能宏图大展?我辛辛苦苦将儿子培养到今天,好不容易说服儿子开窍了,没想到做老爸的却跟我唱反调。"

恩祈觉得母亲把话题扯远了,轻声制止道:"妈,别说了。"

良平克制着自己的情绪,"你有必要因为我不帮着你说服儿子,就拿这些话来让我们伤和气吗?"

美龄自知失言。

良平望着她说:"我只是平心而论,希望你尊重他……"

美龄的火气又被挑起来了,有点激动地说:"平心而论?这么说你跟我在一起很委屈吗?所以,你才有感而发、才不支持我的想法?"

恩祈打圆场:"好啦,大家难得一块儿吃饭,不要为我的事一早就针锋相对。"

良平不温不火地说:"没错!我是觉得很委屈。"

恩祈和美龄都愣住了。

良平说:"有一个强势的老婆,总容易让别人漠视他的努力。不管我怎么做,大家总以为是老婆为我撑腰,听多了这种闲言闲语也会让我气短,我当然不希望恩祈重蹈覆辙。"停了片刻,良平对美龄说,"我没有觉得怡倩不好。但婚姻若是建立在金钱的基础上,那就失去意义了。最起码当初我娶你的时候,并没有抱着这样的念头啊。"

说罢,良平起身走出房间。

美龄跟几个富太太悠闲地喝着茶。

刘太太说:"说起来我们这些人,就美龄最厉害,最晚来这儿发展,却做得最有声有色。"

美龄笑道:"我们是运气好。这是风水轮流转,迟早会转到你们那里去的。"

黄太太说:"你别谦虚了,老实说,你卖了几栋楼做你老公的经济靠山?"

美龄脸一沉:"别乱说喔。他开业的时候我是投资了一些钱,不过,良平自己很争气,早就全数回本了。"

齐太太说:"你看美龄多护着老公。这么替他说话。"

"这是真的。"美龄正色说,"聊天可以胡乱瞎扯,但是这种事可不要再乱说乱传。"

黄太太说:"知道了。你怕伤了他男性尊严吧? 好,他没吃软饭,但是你驯夫有方总是事实吧?"

刘太太附和:"就是,快说,你到底是怎么管老公儿子的? 教教我们吧。"

正在起哄,慧玟进来了。美龄向她招手,"慧玟,我在这儿。"

等慧玟过来,美龄热情地为大家介绍:"这是我老公的秘书,叫郑慧玟。"

慧玟和众人打了招呼,随即感到几双锐利的眼睛在打量她。

慧玟有点不自在:"太太,你的东西在哪儿? 我先提回公司去吧。"

"才刚到急什么? 坐一下吧,外头很热吧,我替你叫个饮料。服务生,给她来杯现打的新鲜果汁。"不等慧玟拒绝,美龄已经将慧玟按着坐下。

刘太太说:"美龄啊,你还没教我们驯夫之道啊。"

美龄笑道:"哪有什么驯夫之道。总之啊,只要夫妻之间够相爱,做什么事情就会顺顺利利的。这就是我跟良平的相处之道。"

黄太太问:"可是你们一直相隔两地,不会有距离感吗?"

"我倒觉得有距离才能产生美感。有没有听过小别胜新婚啊,我跟良平就是这样,每次见面都觉得像在度蜜月似的,距离在我们之间不是问题。"

齐太太问:"你不担心他有外遇?"

慧玟听到这里,心中一凛。

美龄说道:"良平跟我之间没有秘密的。当然,像他条件这么好,说没有诱惑是骗人的。不过,他都会跟我讨论。"

一群太太惊呼。

美龄接着说:"哪个女人对他有好感,我全都知道。有时我还会跟他说,对方那么好,也许她比我更适合你。那我跟你离婚算了。"

刘太太问:"我的天,他怎么说?"

"还用问吗?"美龄得意地说,"看看我们现在的感情怎样不就知道了?"转头对慧玟说,"啊,说太多了。慧玟,你可千万别跟良平说我们在讨论他啊,我怕他又要怪我出来炫耀家事让人羡慕。"

慧玟窘迫至极,艰涩一笑:"我不会说的。"看了看表,"时候不早了,我不坐了。"

"急什么? 饮料都还没送来呢。"

"下午还有会议。我得赶回去……"慧玟匆忙拎起纸袋,仓促间险些跌倒,"对不起,告辞了。"

看见慧玟走远,黄太太问:"美龄啊,良平有这么漂亮的秘书在身边,你不担心?"

美龄故作大方地说:"怎么会。我不在老公身边,总要安排个美女陪陪他,让他平衡一下吧。"

刘太太说："对了,你知道连镇鑫来这儿筹划分公司的事吗?"

"连镇鑫?"

"是啊,听说人已经来了。好像要募股。喂,你跟连家熟,能不能替我问问,我老公有意思想投资。"

"是吗? 没问题,我替你问问……"美龄敷衍太太们,脑中又打起了盘算。

回到公司,慧玟情绪澎湃不已无法平息,脑中回荡着美龄的话。

良平见慧玟神情有异,"慧玟,你怎么了? 脸色这么差? 不舒服吗?"

慧玟说:"我没事。这是陆太太要我拿回来的。"

良平诧异地问:"你是说……美龄?"

慧玟冷冷说:"我先放你办公室,你下班记得带回去。"

慧玟低着头要离开,良平觉得不对劲,一步上前挡住慧玟:"慧玟,你是不是因为美龄要你拿这些东西不高兴。对不起,我不知道她会这么做,这不是秘书该做的事,我向你道歉。"

"不用了。"慧玟绕过良平走了。

## 八

恩祈把手链交给了上海会馆大堂接待处的接待员。"这是我昨天捡到的。我想失主应该会来找。请你替我交给她。"

恩祈刚离开,晓彤就来到接待处询问:"请问,你们昨天有没有捡到一条手链。上面刻了一行英文,'Plato's eternity'。"

AEGEAN SEA

LOVE OF THE

接待员拿出链子，"是这条吗？"

晓彤大喜，"原来真的掉在你们这里，谢谢你们帮我捡回来。"

接待员说："不是我们捡到的。是刚才一位先生送来的。"

"刚才？"

"五分钟前吧。一位很斯文帅气的男孩子。"

晓彤转身跑出会馆，在街道上四处寻找，却没有发现一个"斯文帅气的男孩子"。

路过画廊的时候，晓彤下意识地停住了脚步，因为在不经意间，她看见了那幅《记忆的持续》，她走过去，来到那幅画前面，驻足凝视。

就在离她不远的地方，还有一个人也在凝神观赏着这幅画，是恩祈。他一边欣赏，一边回忆着和晓彤在雅典的短暂时光。

就这么看了一会儿，两个人就像是有默契似的，同时转身离去。

此时树影摇动，落叶纷飞，恩祈深吸一口气的同时，竟感到风中有一股熟悉的气息，恩祈站住了，缓缓回过头，捕捉着气味的来源。

他看见了正要过人行道的晓彤的背影。恩祈犹豫了，眼看晓彤就要消失在车流人群中，恩祈终于鼓起勇气。"关晓彤……"

晓彤隐约听到有人叫自己的名字，回头寻找，竟然看见了不远处的恩祈。

两人对视着，久久无法言语。

沉默半晌，恩祈说："你……不记得我了吗？"

晓彤依然不敢相信自己的眼睛，过了好久，才缓缓地确认："圣托里尼？"

傲慢的郭老板抽着雪茄，指示工头："好好盯着，可别再出纰漏

啊!"说罢转身看着慧玟和良平,"刚才说到哪了?重新施工是吧?可以啊,但是这损失的费用怎么算?"

良平知道他在刁难,按捺着情绪,和缓地解释:"我承认,设计师监督不周,但是你们未做确认,也难辞其咎吧。"

郭老板暴跳如雷:"你的意思是要我们认这笔账了?"

良平说:"这笔损失不小,是个大负担。我评估过了,我愿意分担一半的损失。"

郭老板怒道:"还要我出钱!免谈啦。告诉你,这事要不解决,我们就不动工,我看你怎么如期交工。"

慧玟看不下去了:"郭老板,解决事情要心平气和,要讲道理,您这样威胁吆喝的我们怎么谈事?"

郭老板瞪着慧玟:"你是什么东西?你教训我?我告诉你,这就是我老郭的办事方法,要是看不惯,我们不要合作嘛。"

良平示意慧玟不要说话:"郭老板,你明知道我们是进退两难,现在说这些只是伤和气……"

"我宁愿跟你伤和气也不赔钱。陆老板,你自己想清楚,你是认赔,还是重新找建筑商浪费时间,你自己盘算吧。"显然,郭老板在耍流氓。

良平沉吟半晌,"好!一句话,我认赔。"

慧玟惊呼:"老板,这不是我们该认赔的啊!"

良平示意慧玟别再说了:"但是我要你立即复工,不得延误交工日期。"

郭老板松了一口气:"早这么决定不就好了,还浪费大家这么多时间。好吧,就这么说定了。你们可以走了。"

慧玟咽不下这口气,转而对郭老板说:"你分明就是欺负老实人嘛!"

郭老板咬着雪茄盯着慧玟:"你们老板都不说话,你插什么嘴?"

慧玫说:"业界的人都知道我们老板好说话,心肠软。所以,大家就吃定他。他可以算了,但我不允许任何人欺负他。"

良平要制止慧玫,但是慧玫并不理会。"这件事情双方都有错,各认赔一半本来就很合理,你却拿交工紧迫作为威胁。听说您最近正在积极争取金贸大楼的承包,您想想,我要是将您这作风宣扬出去,还有人敢跟您合作吗?"

郭老板把雪茄扔在地上:"你威胁我?"

慧玫毫不示弱:"我是效法您。"

"你敢?"

慧玫语气坚定:"你看我敢不敢?"

回去的路上,良平对慧玫说:"其实,你犯不着为公司的事情跟郭老板争吵。"

"我不能忍受他这样欺负你。"

良平说:"你想没想过后果? 万一他恼羞成怒,对你不利那怎么办?"

"我管不了那么多。总而言之,我不能让你这么任人宰割,哪怕是多花一毛钱都不可以。"

半晌,良平苦涩地说:"你这么帮我,只会让我更愧疚……"

慧玫心中一震,脸上却是一副不在乎的样子,"这是我该做的工作。我只是在尽一个员工的职责。"

慧玫正要下车,良平的手机响了。"喂……郭老板啊……"

慧玫立刻停步,紧张地看着良平。

良平听了一会儿,意外地说:"你答应平均分摊了? 好,我知道,谢谢你……"

挂了电话,良平看着慧玫,"你都听到了。"

　　"真是太好了!"慧玟松了一口气,"这样,你就不会赔那么多了,真是太好了……"说着眼眶竟然湿润了。

　　良平见慧玟竟可以为他操心,为他掉眼泪,情不自禁地轻轻伸出手为她抹掉泪水。"我从没想过,有人会为了我……掉眼泪。"

　　身后传来美龄的声音:"良平!"

　　美龄刚下了出租车,朝他们走来:"你们在干吗?"看了慧玟一眼,"咦,慧玟,你哭了?"

　　慧玟赶紧低下头,"没有,我先进去了。"

　　美龄不解地望着她的背影,"她是怎么啦? 怎么看到我就慌慌张张的?"

　　良平转移话题:"你怎么来了?"

　　美龄说:"有些事情要跟你谈。"


　　美龄环视着良平的办公室:"这里是没那么气派,不过,倒也设计得挺有特色的。"

　　良平问:"你要跟我说些什么?"

　　"我要用你公司的律师,要马上!"

　　良平不解,"你要律师做什么?"

　　美龄得意地说:"连镇鑫在上海要开分公司,我现在是股东。"

　　"这是什么时候决定的事?"

　　"刚才! 这样也好,连你儿子的工作都有着落了。这样,我也可以待在上海了。我这决定可真是一举数得,对不对?"

　　良平脸色一沉:"你问过恩祈的想法吗? 他答应吗?"

　　"都走到这一步了,还由得了他吗? 再说我是帮他啊。"

　　良平没好气地说:"我看是帮你自己吧,帮你跟连家缔结亲戚关系。"

　　美龄不高兴了:"良平,你是怎么了? 一年不见,你怎么变得那

AEGEAN SEA

LOVE OF THE

么爱跟我唱反调。我今天心情很好，我不想跟你生气，你不支持我也就算了，但请别在儿子面前跟我作对。"

良平说："美龄，我是希望你别太一意孤行。攀上连家能有什么好处吗？值得你这样想尽办法强迫恩祈吗？"

美龄被激怒了："有什么好处？恩祈要当上了连家女婿，咱们以后在事业上有多大的方便，他要是有好处，会不关照你这个老爸吗？再说我们又不是硬贴着人家，对方自己也有意思啊，我撮合他们有什么不对吗？"

"美龄，你什么时候变得那么势利了？开口闭口就是事业、好处的？"

"没有我这么精打细算，你今天能这么顺利地坐在这儿吗？我还没跟你讨人情，你倒先数落我。我这一切还不都是为了这个家！"

美龄这么一说，良平寒心了。

# 九

小三一声惊呼，气冲冲地跑出来，与迎面而来的黎父撞了个正着。"是怎么啦？"

小三气急败坏："老爹啊，你看看你儿子做的缺德事！他把我最好衣服给穿走啦。"

"唉，我当什么事咧。"黎港生不以为然，"不过就是穿件衣服嘛！我儿子平常也待你不薄，借他穿穿会少块肉吗！真是……"

"那是我穿来约会用的。"小三愤愤地说，"这家伙，穿我的衣服去钓马子，万一哪天我们钓的是同一个，那岂不是撞车了。"

"咱们中国有几亿的女性同胞,不会那么巧的。"黎港生说完突然一激灵,"你刚才说什么?钓马子?耀翔交女朋友啦?"

小三说:"他不知道看上了哪个名门闺秀,跑到人家念书的学校去站岗呢。"

黎港生恍然,"这家伙,有对象竟然不告诉我?难怪,最近老见他魂不守舍的,原来是犯相思啦。哼!小三啊,那个女孩是什么样?"

"天知道!我连个影儿都没见过。"

耀翔坐在校外等着,望着走出来的每个学生,少说也有两百个人走出来了,没一个是晓彤。耀翔不敢确定晓彤到底是不是这里的学生,于是打算进去问个清楚。

起身正要走,有人拍打耀翔的肩膀,一回头,是老爸和小三。耀翔吓了一跳:"老爸,你们在这里做什么?"

黎港生调侃说:"你做什么我跟你做什么!看年轻姑娘啊,这倒有趣,老子我也来帮你瞧瞧。"

耀翔瞪着小三,等他解释。

小三委屈地说:"别怪我,我也是被他押过来的。"

"你不说他会想来吗?话真多啊你。"

黎港生说:"干什么!你这年纪追求女孩子天经地义,我又不会阻止你。只是说啊,看人这事儿还是让我来替你把关好些,所谓姜是老的辣。挑媳妇不能只看外貌,屁股要圆点,才能多生几个孙子。"

"哪壶不开提哪壶。别在这儿给我碍事,走开,你们回去!"

耀翔要撵走两人,偏偏两人就死赖在那儿不走。

耀翔烦透了:"你们到底走不走啊?"

黎港生说:"你愈不让我瞧,我就愈好奇。今天不见到庐山真面目,老子无法善罢甘休。"说罢索性席地而坐。

"真是丢人现眼。好!你不走,我走总行了吧?"耀翔转身就要走,岂料几个警卫出现在身后。

一个女生跟在警卫的后面,小三一见她,立刻躲在耀翔身后。

女生指着耀翔:"就是他,那天在女厕所偷袭我的,就是他!"

耀翔莫名其妙:"我?"

黎港生看着耀翔:"你偷袭人家?"

女生肯定地说:"没错!我认得他这身衣服。"

小三脸绿了。

警卫说:"少啰嗦,先带回去。"

几个人被带到教务处。警卫盘问:"你们躲在外面贼头贼脑的,到底在做什么?"

黎港生指指耀翔:"我不知道!你问他。"

耀翔大骂:"叫你们走你们不听,现在事情闹大了吧!"

警卫说:"喂,我在问你们话,不是听你们吵架的。那天躲在女厕所里的,是你吧?"

耀翔说:"我会做这种躲在女厕的低级事儿吗?别污辱人行不行!"

女生说:"还想耍赖!我可是受害者啊,我什么没瞧见,你这件衣服我可是记得清清楚楚。"

"神经病。穿这样衣服的有几千万人啊。你干吗不去赖别人?再说这衣服也不是我的,是……"耀翔正要指小三,这才发现小三神色有异,只好不出声了。

女生问:"是什么啊?你说话啊!"

耀翔猜测此事跟小三有关,一时不知如何辩解。

"说不出来了吧。哼,我就说你有问题。"女生对警卫说,"你快叫警察来把他们抓走吧,也让我们以后安心一点。"

警卫一想有理,就要拿起电话报警。

黎港生慌忙说:"喂,有话好说,千万别报警。臭小子,你快跟人家解释清楚,你到底今天来这儿做什么?说明白不就得了。"

耀翔叹了口气,"我是来找人的。"

"找人?"女生哼了一声,"还真能瞎编。好啊,这学校我认识的人最多,你要能说出你想找谁,我就信你不是色狼!"

耀翔说:"好!我找关晓彤,这你总信了吧?"

"关晓彤?"女生鄙夷地望着三人,"你们跟晓彤是什么关系啊?"


在东方明珠顶楼旋转餐厅里,恩祈望着塔下风光,郁郁寡欢地轻叹了一口气。

晓彤问:"你很不开心,对吧?"

恩祈掩饰地说:"有吗?"

"从跟你见面到现在,你已经叹了第六次气了。在希腊见到你的时候,觉得你有心事。现在再见到你,觉得你更不开心。"晓彤关切地问,"你怎么了?"

"你很厉害,一眼就能看穿别人的心思。对不起,我不该因为我的情绪,而影响到你。不说这些了,"恩祈强颜欢笑,"我保证等一下我绝对不会再叹气了。我们接下来去哪里?"

晓彤有点心疼地问:"你为什么要这么压抑自己呢?"

恩祈没说话。

晓彤想了想,也不勉强了,"不说了。走!我带你去一个地方。"

晓彤带恩祈来到音乐学院的围墙外。

"这是哪里?"恩祈问。

"我念书的学校。"

恩祈不解，"你带我来这里做什么？"

晓彤故作神秘，"你等一下就知道了。从这儿上去是近路，你会爬墙吧？"

恩祈望着围墙，觉得有些不雅，晓彤已经吃力地攀上了墙，不小心碰到手上的伤处，疼得叫了一声，险些摔下来。

恩祈挽住了她，"手受伤了还想爬墙。"恩祈望向围墙，身手矫健地攀上去，转过身伸出手，扶着晓彤，一起跳进校园。

黑幕被拉开，晓彤探头探脑地张望一番，"好极了，没人。"

恩祈疑惑地问："这是哪里？我们为什么要偷偷摸摸的？"

"先别问了！进来吧！"晓彤领着恩祈摸黑走进去。

恩祈问："到了没？"

"到了。你站这儿别动，等我。"恩祈留在原地，晓彤则跑开了。

恩祈问："你去哪里啊？"没有回答。半晌，灯亮了，一盏聚光灯就打在恩祈的头顶上，恩祈被晃了一下，这才看清自己站在舞台上，身旁有一台大钢琴。

晓彤走过来："有心事说不出口就弹琴来抒发吧。想要抒发也要在这种地方才有意思。来，请坐！"晓彤按着恩祈坐在钢琴前面，"每个人的喜怒哀乐就像一场音乐会，是需要听众来陪伴的。现在我就是你的听众，别发傻了，我可是冒着被记过的危险闯进来的。别辜负我的好意。"

"一起弹吧。"恩祈说，"我们都熟悉的那首曲子。"

晓彤点头。两人坐定，弹起了《四手联弹》的曲子。琴音扬起，两人都沉浸在希腊的回忆中。

曲毕，恩祈眼中泛着泪光，多日来压抑在心底的心事，像是找到了一个抒发的管道。

晓彤望着他，"我能为你做些什么吗？"

恩祈不语。几乎是出于一种女性温柔的本能，晓彤站起来，将

恩祈轻轻搂在怀里。"你不要难过，你这样子，让我看了好心疼……"

恩祈靠向晓彤，像是找到了一个安全的避风港，一语不发地闭上了眼。

两人就这么依偎着，在这沉静无人的午后。

门口传来警卫的声音，"灯怎么开着？里面有人吗？"

晓彤惊慌地站起来，"完了……"赶忙拉着恩祈躲到钢琴下。

隔音门开了，警卫走进来。眼见警卫一步步走近，晓彤低声嘀咕："完了，怎么那么倒霉啊。"

恩祈思忖片刻，拉着晓彤就跑，同时脱下外套罩住晓彤，不让警卫看到她的脸。

"站住！"警卫在后面紧追不舍。

晓彤倚在恩祈身边，望着恩祈义无反顾地带她宛如逃亡，感到别有一番刺激，两人攀上围墙，在晓彤要跳下的同时，恩祈伸手接住了她。接着，两人在街上狂奔。他们的手始终紧紧相握。

跑到一个水池边，两人实在跑不动了，停下来相视片刻，同时哈哈大笑。

恩祈笑得喘不上气："那个警卫……现在……不知道追到哪里去了……"

晓彤渐渐收起笑容，凝望着恩祈。

恩祈问："怎么了？干吗一直看我？"

晓彤说："你终于真正地开怀大笑了。以前看你笑，总觉得是应付、是客套。但是，这一次你不同，你好像是真正为自己而开心。"

恩祈本能地要收起笑容，晓彤却阻止道："喂，别动！"调皮地将恩祈的嘴角向上拉，"要保持这样，我喜欢这样的你……"

恩祈又笑了。

LOVE OF THE

"对,就是这样。"晓彤仔细看着恩祈的脸,"我要记住这样的你……"

四目相望,恩祈的心理防线被晓彤的热情突破了。

晓彤的电话响了,同班的薇薇告诉她,教务处要找她。晓彤脸色一沉,心想该躲的还是躲不过去,看来,警卫认出自己了。

挂了电话,恩祈关切地问:"怎么了?"

晓彤说:"我有点事情先走了。下次再见。"

晓彤硬着头皮进了教务处。一眼就看见了耀翔等三个人规规矩矩地坐在椅子上。

"咦? 瘟神? 你怎么会在这里?"接着晓彤就气不打一处来,"我正要找你呢,你说,你那天为什么跑了?"

黎港生惊叹:"哇,这丫头够呛啊。"

耀翔对晓彤说:"喂,你小声点……"

晓彤亮出手臂:"你把我弄成这样还要我小声点,我被你害惨了,现在连琴都不能好好弹了!"

叫薇薇的女生在一旁问:"晓彤,你真的认识他啊?"

警卫也问:"你们有什么纠纷吗? 要不要我替你解决? 这样吧,我替你报警。"

小三惊呼:"喂,我是冤枉的,从头到尾我只是来陪着看戏的。"

黎港生跟着说:"我也是! 喂,大家有话好说,别动不动就想要报警。根本就没那么严重,是不是各位?"挨到耀翔身边,"儿子啊,你到底给人家惹什么祸啦?"

耀翔说:"我不是早叫你们走了嘛! 现在好了,事情愈搞愈莫名其妙。你们活该!"

晓彤望着耀翔,一头雾水,转头问薇薇:"发生什么事了?"

薇薇说:"我就知道这几个家伙绝对有问题,还好我把你叫回

来确认。"

"啊？你找我回来是为了认他们几个？"

"是啊，要不然你以为是什么事？你们是不是有纠纷？这人是不是真欺负你了，要是真有，就让法律来制裁他们。"

晓彤恍然大悟，顿时松了口气。

黎港生可怜兮兮地望着晓彤："喂，这位姑娘，你行行好啊。我儿子是鲁莽了点，但真是个好人啊。有什么事情大家好商量，千万别冲动啊……"

一个警卫走进来，抓起水杯先喝了一气，气喘吁吁地说："刚才两个学生跑到演奏厅去，抓半天也没抓着，真是把我累坏了……"

晓彤立刻低下头，余光见警卫转过身去了。晓彤急欲逃离这里，息事宁人地说："我看算了……"

"什么？"薇薇叫道，"我千辛万苦把他抓来，你什么也不说，就算啦？"

晓彤缓和语气："我跟他的事情是误会，现在没事啦。放了他们吧。"

众人面面相觑，警卫没好气地说："你们耍人啊。一会儿说他们是色狼，一会儿又吵又骂的。现在又说是误会。下次你们再这样瞎闹，我可是不管你们了。"

一群人鱼贯走出教务处，薇薇和晓彤忙跟警卫道歉。

耀翔等三人在一旁候着，黎港生忍不住喜滋滋地凑了过来："儿子啊，这姑娘看起来挺呛的，不过心地好像还不错。"

耀翔皱眉："别说啦。"看晓彤走过来了，耀翔说，"喂，能不能借一步说话。"

晓彤对薇薇说："你先走吧。"跟着耀翔走到一旁，黎港生与小三却又跟来了。

耀翔对他们说："主动一点行不行？我生气撵人了啊。"

黎港生与小三摸着鼻子站远了。

耀翔歉意地对晓彤说:"不好意思啊……"

晓彤恨恨地说:"你现在说这些有什么用。我没想到你是这种人!"

耀翔解释说:"你以为我不想负责吗? 发生了这种事,我心里也愧疚了好多天。但是那天我不得不跑啊,我没驾照,要是被公安抓了,我会更麻烦……"耀翔指了指老爸的方向,"我家人那个鬼样子你也见到了。我犯错被罚是应该的,但是我老爸没人照顾,我心会不安啊。所以,我只好对不起你了。但我一直都惦着这事,要不然也不会守在你们学校外面,还被误以为是色狼。"

晓彤的气消了一大半。

耀翔硬着头皮说:"对不起啦。你的伤……现在还好吗?"

晓彤说:"算啦。倒是你,不是也受伤了?"

耀翔说:"我这烂命一条的,不会有事的。"

"还说担心你爸呢。自己都不好好照顾拿什么照顾家人。今天我就不跟你计较了。不过,下次请你不要再做这种违法的事情了,行吗?"

耀翔有些气短,"知道啦! 对了,我有东西要给你。拿去!"耀翔拿出药膏递给晓彤。

"是什么?"

耀翔说:"赔不起你医药费,总要尽点心意吧。听说治跌打特别有效,你试试吧。"

晓彤问:"你就为这个来找我?"

耀翔点头,"嗯,收下吧,让我心里好过些。"

晓彤勉为其难地收下了,"好啦,今天的事情就到此结束吧。我该走了,你多保重。"

晓彤翩然离去,耀翔望着晓彤背影,有些怅然若失:"连声再见都不跟我说啊！真的那么讨厌我?"

十

破车停在校门口不远处,耀翔坐在车内翘首张望放学出来的学生,见到晓彤,耀翔拎着汤迎上去。

"喂——"耀翔高喊。

见到耀翔,晓彤有点意外,沉着脸问道:"我不叫喂,我叫关晓彤。你怎么会在这儿?"

耀翔关心地问:"你的手好一点了吗?"

一提这事晓彤就没好气:"多谢你的关心!它还能动!"

耀翔问:"我给你的药膏擦了吗?有没有效?"

晓彤说:"我还没时间试。"

"你一定要试试看,很有效的。"

晓彤说:"你就是来问我这个的吗?谢谢你的关心,我要走了。"

耀翔叫住她:"喂……等一下,还有这个……"

晓彤回头,只见耀翔小心翼翼地端出药汤:"这是强筋壮骨汤。喝了对你的手有帮助的。"

"啊?"晓彤脸色一变,"什么强筋壮骨汤?哪买的?"

耀翔得意地说:"嘿,有钱都买不到。这是我煲了一下午的汤!你看,现在还热的。要不要我现在就盛一碗给你喝?"

晓彤苦笑,客气地阻止:"慢着!不用了,你的好意我心领了。"

"心领手也不会好,要喝了才管用。"耀翔还是要倒汤。

晓彤立刻喝止:"等等!"然后斟酌着词句,"你知道……我为什么叫你瘟神吗?"

耀翔认真地想想:"你觉得我从没做好过一件事。而且还嫌我老是带霉运。"

"既然你知道,那这锅汤……又是你煲的,你说我还敢喝吗?"

耀翔被点醒了,还想辩解,"喂,这不同啊……"

晓彤打断他:"不管怎样,你的好意我真的心领了,这汤你就留着自己喝吧! 再见啊。"说罢抬脚就走。

耀翔想要跟上去,晓彤转身喝止:"黎耀翔,你要是再跟着我我就要生气了。"

耀翔碰了一鼻子灰,只得停步,看着晓彤走远,颓然道:"没事煲什么汤,人家又不领情! 都是臭老爸! 说什么强筋壮骨汤,为什么不取个好听一点的名字! 去! 不喝拉倒! 自己喝就自己喝,反正我一身是伤也得好好补一补。"

说着顺手就盛了一碗,自我陶醉地说:"这汤还真是与众不同,姓关的,你不懂得享受是你的损失。"

再看晓彤的背影,耀翔的眼睛直了。

不远处的晓彤被几个男学生缠上了,晓彤节节后退,警惕地望着眼前几个人。

一个学生说:"你就是音乐小才女关晓彤?"

晓彤说:"你们要做什么?"

另一个学生走上前:"你忘了,上次校外研习营,我们见过面。"

晓彤一想,记起是有这回事。

第一个学生说:"我们王同学很欣赏你呢,写了好多信给你都石沉大海是怎么回事?"

晓彤弄明白了,"对不起,我现在课业很忙,没空交朋友。请让路。"

几个学生仗着人多,胆子更大了。

"我看你是没心吧。这样,选日不如撞日,难得我们遇上了,一起喝个咖啡怎样?"

"我没空!"晓彤自顾走着,反被一个学生揪住。

"别不识好歹,我们王大少想跟你做朋友是你的福气。"

"放手!"晓彤甩开他。

话才说完,耀翔已经冲了过来,手里还拎着汤。只见耀翔一脚踢开了几个学生,同时间汤也洒了一地。

晓彤失去重心跌坐在地,看清帮她解围的居然是瘟神。

耀翔与一群学生扭打成一团,晓彤在旁边喊:"不要打了,听到没?"

没人理会晓彤,晓彤想了想,大叫:"警察来了! 警察来了!"

几个学生一惊,立刻作鸟兽散。

耀翔跌坐在地上,晓彤走过去:"瘟神,你还好吧?"

耀翔紧张地说:"警察来了,我们快跑!"

"那是我瞎说的!"

耀翔松了口气:"明知道我最怕那两个字,偏要说来吓人!"

"不这样说你们会停手吗?"晓彤望着他的伤,"万一出了人命怎么办?"

"哼,论打架,那几只小猫哪是我这只花豹的对手。"

晓彤正色说:"会打架很神气吗? 我最讨厌爱打架的人了。"

耀翔顿时不说话了。

"你瞧你,脸都伤了,手也烫着了……"晓彤拉起耀翔的手端详。

耀翔急忙把手藏在口袋里,"看什么看,大庭广众的多难为情。"

晓彤惊呼:"都烫起水泡了!"

"一点小伤,家常便饭了,不碍事的……"耀翔的表情突然僵硬

AEGEAN SEA

LOVE OF THE

了,双手在口袋里掏来掏去,将整个口袋全翻了出来,"怎么不见了!"

晓彤问:"什么东西不见了?"

耀翔拖着伤脚,一跛一跛地在路上东翻西找。晓彤追上来:"到底是什么重要的东西不见了? 我帮你一起找吧。"

耀翔眼睛一亮,发现恶眼掉在阴沟旁边,耀翔大松一口气,小心地把它捡起来:"还好没掉进沟里。"说着珍惜地擦拭着恶眼。

晓彤不禁莞尔:"原来是为了这个。"

"你懂什么! 这是你送我的东西,我当然要珍惜。"说完看晓彤的脸色有点异样,马上澄清,"喂,你别想偏了。我会这么珍惜,是因为这个恶眼很灵的! 我试过好几次了,只要没带着它我就会倒霉!"

晓彤释怀地一笑:"看你迷信的,不过就是一个钥匙圈嘛。"

"都怪你,没事送这么个麻烦的东西给我,搞得我整天提心吊胆的。"

"好,都怪我不好!"晓彤伸出手,"还给我好了!"

耀翔紧张地把恶眼放进口袋里:"哪有送给别人的东西还要回去的! 你休想!"说罢转身要离去。

晓彤拦住他:"你要去哪里?"

"我这个狼狈样还能去哪里! 当然是回家啊!"

晓彤望着耀翔走路一跛一跛的样子,"我送你回去。"

"开什么玩笑!"耀翔说,"我又不是黄花大闺女,还要你送我。"

晓彤坚决地说:"你为我受伤了,于情于里,我都有责任送你回去。"

耀翔说:"不行! 我们家见不得人,你省省吧。"

"不让我送?"晓彤又伸出手,语带威胁,"那你把恶眼还我!"

两人互瞪着,彼此都很坚持。

连镇鑫的秘书把美龄送到门口,美龄对他说:"细节大略就是这样。我已经找了律师,过几天我会尽快拟出合作合约。请你替我转达连先生。"

美龄正要离去,恰好遇到了郭老板。

"陆太太,你也到上海来了?"

"郭老板啊,我这几天才到的,好久没见到你啦。人看起来福福气气的,想必公司也发财吧?"

"发财?"郭老板说,"那还得靠您老公赏饭吃呢。"

美龄客套,"什么话,我老公没您替他打地基灌水泥的,他的设计图也不过是张废纸罢了。"

郭老板说:"算了! 再本事的人都抵不过良平那呛得熏人的秘书,连我都得怕三分啊。"

美龄一怔:"秘书? 你说郑慧玟?"

"可不是! 业界都知道良平有个又漂亮、又能干,还忠心护主的好秘书。以前我只听说,这回可真见识到了。这捍卫老板的态度,不瞒您说,看了真是令人又羡又妒啊!"

美龄的笑容凝结了。

郭老板继续说着:"难怪良平事业闯得飞快。有得力的好帮手在一旁,果然是不一样。"想了想,又居心叵测地补了一句,"良平有这么漂亮的秘书,你这做老婆的不担心?"

美龄口是心非:"担心什么? 我就是看好她能助良平一臂之力,才雇用她的。"

"你好眼光啊。喂,朋友一场,你也帮我留意一下,我也想要一个这样的秘书啊。"

美龄笑容僵硬:"这有什么问题,我一定替你找个更好的。"

看见管家正招呼着慧玟与大伟进来,良平愣了。

客厅的桌上放置了茶点,美龄笑容满面地招呼着前来的慧玟与大伟:"不好意思,都下班时间了,还让你跑一趟。"望着大伟,"慧玟,这位是……'

大伟自我介绍:"我叫董大伟,是慧玟的男朋友。"

美龄说:"这样啊,幸会。"

慧玟介绍说:"这就是陆太太。"

良平走进客厅,诧异地问道:"慧玟?你怎么来了?"

美龄说:"我有点事情想要麻烦她,特地请她过来的。"对慧玟和大伟说,"来,坐啊!"

良平不悦:"美龄,有什么重要的事情不能明天再说吗?跟我说也行,何必要慧玟特别跑一趟。"

美龄说:"你忙得连头都没空抬起来,我哪有机会跟你说。我是个急性子,有什么事情就要马上办,要不然我怕年纪大了,记不住事儿了。"又笑吟吟地对慧玟说,"你不会怪我吧?"

慧玟苦笑摇头:"太太有什么事吗?尽管吩咐。"

美龄说:"还不就是为了恩祈。你知道我们母子现在要留在上海吗?"

慧玟轻轻应了一声。

美龄接着说:"恩祈有了工作,我想替他请个司机,你能替我找个适当的人选吗?"

慧玟说:"没问题!就为了这事?"

"就是这样。不好意思,劳您二位跑一趟了。"美龄望着大伟和慧玟,刻意说,"良平,你看,慧玟跟她男朋友真般配是吧?郎才女貌的,简直是天作之合。"

慧玟低下了头,良平不语。

大伟说:"谢谢您的夸讲。"

美龄问:"你们交往多久了?"

大伟说:"不瞒您说,认识很久了。不过,交往是最近的事情。"

美龄一副恍然的样子:"这样啊,难怪我都没听慧玟说,也没听良平提起。"

良平有点生气:"够了,麻烦人家跑一趟了,还做调查吗?"

美龄显得很无辜:"我想多了解慧玟嘛!当她是自己人,才关心她、多问她的事情。说什么调查,这么难听。"

慧玟坐立难安,担心两夫妻为她闹得尴尬,索性起身说:"对不起,我们还有事情,就不打扰了。"

美龄说:"茶都还没喝呢,这么快就要走啦?"

慧玟说:"下次吧。大伟,我们走了。"

美龄突然起身,上前拦住她:"对了,我还有件事要麻烦你。"说着拿出一些字条,"你可不可以替我看看,这是谁的笔迹。"

慧玟接过字条,愣了,大伟站在一旁,也看清了。

良平没料到美龄竟会出此下策,怒问:"美龄,你这是干吗?"

"我看到抽屉里有这些字条,想问问是谁写给我老公的。"美龄先发制人,"你一定要怪我干吗不直接问你对吧?我怕你会有所保留啊。问慧玟最准了。如果是公司的同事,她一定会知道是谁,对不对?"美龄望着慧玟。

慧玟窘迫不已,不知如何回答。

美龄问:"认出笔迹没有?对我老公这么温柔体贴啊,看了都让我这个做妻子的自叹不如。我真担心我老公会倒向温柔乡,心会动摇啊……"

恩祈刚巧回来,正好撞见了这个让人尴尬的场面。

良平愤然,大伟错愕,慧玟脑子里一片空白。

美龄说:"你看了这么久还没想出来啊?这应该是公司里的人才会做的事情吧。"美龄念着字条,"'你说过你的皮肤会过敏,所以我挑了纯棉的质料,希望你会喜欢。'哎哟,真是愈看愈担心……"

慧玟深吸一口气,终于开口:"这是我写的。"

顿时室内一片沉默。

慧玟再次重申:"这是……我、写、的!"

美龄假装诧异地问:"你说什么? 这些字字充满体贴之意的字条是你写的?"

所有人都紧张地看着慧玟,慧玟鼓起勇气,打算招认:"没错……我……"

大伟突然说:"写这些话对慧玟很平常啊。你这样问话是什么意思?"大伟直视美龄,"难不成你认为她跟老板之间有什么不可告人的秘密吗?"

大伟抢先质问美龄,倒是出乎所有人的意料之外。

慧玟说:"大伟,不干你的事,你别说了。"

"我偏要说!"大伟怒气冲冲的,"你借着要找司机之名把我们叫来,其实是为了兴师问罪吗?"

美龄沉住气,缓缓说:"难道我不能问、不能起疑吗? 你是他男朋友,看了这样的字句不会觉得不对劲?"

大伟强辩:"我干吗要起疑? 慧玟对人就是这么好、这么温柔、这么体贴。别说是你老公,她连对个清洁工都是这个样。这向来是她的作风!"

慧玟诧异地看了董大伟一眼,想不到他竟然也可以信誓旦旦地睁眼说瞎话。

美龄淡然一笑:"你倒是很相信她啊?"

大伟说:"真爱她就会相信她! 更何况我们已经要准备结婚了,她马上就要当我的太太了。我没有不相信她的道理。"

慧玟愣住了。

美龄顿时显得有些难堪,大伟的言词似乎凸显了她的多疑与

无理取闹。

恩祈为母亲的处境感到难堪,叹了一口气,走上前淡然对慧玟道:"谢谢你专程来一趟。你们可以走了。"

慧玟急欲逃离这个令她难堪至极的地方。

大伟在后面追着:"慧玟,你走那么快做什么?喂,我们的车停在这里啊。"

慧玟充耳未闻,大伟上前拦住她:"慧玟,你这是做什么?"

"放开我!"慧玟猛地挣脱,随即怒视大伟,"你干吗帮我说话?你干吗替我澄清?你干吗告诉别人我们要结婚了?"

大伟痛心地说:"慧玟,你还没醒过来吗?难道你看不出来,人家太太已经是在怀疑你了。你以为拿我当挡箭牌,就能相安无事吗?你还想利用我多久?欺骗自己多久?"

四目相视,大伟的眼神痛苦而焦灼,慧玟这才看出大伟早就清楚自己所处的位置,也知道大伟为她所做的牺牲已是极限了。

大伟耐着性子劝导:"慧玟,我相信你只是一时昏头了,没关系,谁都会做错事。这没有什么!慧玟,你一定很快就能清醒了,而我,也不会放弃你,只要我们都有决心,我相信很快就会找回那个聪明理智的慧玟的。"

慧玟感动得无言以对。

大伟搂住慧玟,充满期待地说:"我们结婚吧!好吗?"

慧玟在大伟的怀里泣不成声,终于点了点头。

耀翔带着晓彤一进门,就看见老爸和小三在沙发上打盹,睡相都极其不雅。耀翔见状差点昏倒,连忙上前拍醒他们:"爸、小三,有客人来了!要睡进去睡吧。"

黎港生还没睡醒,"我不怕吵,你们说你们的话,别管我!"

倒是小三坐起来了,看见了晓彤,瞠目结舌,连忙跳起来拍醒黎港生:"老爹! 快起来! 是翔哥的女朋友来了!"

"喂,别胡说。"耀翔看了晓彤一眼,生怕她多心。

黎港生终于听清了,一骨碌坐起来,"你说谁来了! 啊?"一见晓彤,也愣了。

晓彤礼貌地说:"伯父你好! 我是关晓彤。之前在学校见过。"

黎港生终于回过神,结结巴巴地说:"你好,你好……怎么有空来? 不好意思……不知道你要来,我们跟客户应酬喝多了,不小心就躺在这儿睡着了,让你见笑了!"

听老爸又在吹牛,耀翔翻了个白眼。

黎港生也知道吹得有点不着边际,环顾四周,自圆其说:"小三! 你看你一喝多,就把家里弄得乱七八糟的! 还不快收拾收拾,让关小姐坐。"

小三应声收拾起来。

耀翔鼻子都快气歪了:"别再装了! 这里从来就没整齐过! 还怕别人知道。"对晓彤说,"我没骗你吧,我们家见不得人!"

众人都有些尴尬,黎港生转了话题,"对啦,没错! 这乱得像猪圈的家其实是小三的,不是我们家。真的是太乱了,连我都看不下去。我们家很大很整齐的! 只是现在在装潢,等整修好了叫耀翔带你去看看! 嗯,小三,差不多了! 我们约了王董要谈生意的,该走了!"

小三嘟囔:"又要出去躲……"

黎港生拉着小三:"少啰嗦!"又对耀翔和晓彤说,"我们去忙了,你们好好聊。"

等他们走了,耀翔无奈地摇摇头:"我爸就是这样,死要面子! 不像我,穷就是穷,没什么好瞒的。这年头只有有钱怕人知道! 没钱有什么好怕的!"

晓彤同情地走到耀翔身边："你的手还在流血呢,有没有消炎药?"

耀翔说:"在那个柜子里。"

晓彤依耀翔的指示找到了药,边替他上药边问:"你既然没钱,为什么还要去希腊?"

耀翔苦笑:"去了没钱,不去也是没钱,换了你你去不去? 反正我看开了! 什么勤俭致富,在我们家都是屁话。人家是用小钱赚大钱,我们是用小钱赔大钱,我老爸只要有点钱,就做发财梦,不如让他安分一点……唉哟,你轻点。"

晓彤说:"另外一只手。"

望着晓彤专注地为他上药,耀翔幽然道:"最起码把钱花在旅行上头,还能让我脑子里有个能记住的好事儿……"

晓彤没听懂他的话,利索地给他上完了药,"好了! 这几天伤口先别碰水吧。你现在有工作吗?"

耀翔摇头,"找过了,不太顺利。"

"有没有朋友能帮你?"

"像样点的你都见过了。他们都自身难保了,哪能帮得了我。再说,我这个人除了拳头够力之外,还真是一无是处,要找份好差事谈何容易。"

"喂,你听着,"晓彤厉声说,"不许你再跟人打架。看看,一身都是伤,你不想活也得替你爸想想。"

"喂,你这口气……像我妈啊。"

"当你是朋友才说你。是文明人就不要用武力相向。咱们好歹友伴一场,以后要是有什么需要帮忙的,尽管告诉我。"

耀翔有点感动,但还在逞强:"喂! 你不要可怜我才这么说。"

"可怜你? 这么说,你是觉得自己可怜啰?"

耀翔语塞。

晓彤伸出手:"若没这么想,那就做个好朋友吧!"

送货行门前,耀翔低声下气地跟老板说了半天,老板抱歉地摇摇头转身进了店。

小三叹气:"第八个啦! 我说翔哥,你要被拒绝几次才会死心啊?"

耀翔说:"没学历,工作本来就不好找。再不找份活儿,大家真要喝西北风了,更别说还有债要还。再试试看吧!"

耀翔准备继续向前走,小三拉住他:"翔哥,就凭你这一身矫健的身手、灵活的头脑,什么工作不好找啊? 来应征这种钱少事多离家远的苦差事?"

耀翔问:"那你说,我还能做什么?"

"你早该问我了!"小三贼兮兮地说,"别说兄弟我不关照你,翔哥,我现在高级商务酒店当泊车小弟,收入还不错,要不要我帮你引荐一下,来我们酒店当保镖,钱多,事少,离家也不太远。"

"保镖? 那不是要打架?"

"废话! 有坐在办公室里打计算机、写公文的保镖吗?"

看见耀翔皱眉,小三怂恿:"你手长脚长的,凶起来又一脸狠劲,天生就是当保镖的好料,你想想,挥挥拳头做做样子就有大把的钞票飞进口袋,干不干? 更何况,我们酒店出入的都是有学问有品位的大老板,保镖也只是请来当门神、求心安用的,清闲得很呢。"

耀翔有些心动,但是又想起晓彤的话,想了想,"算啦! 小三,我还是找别的工作吧。"

小三难以置信地看着耀翔:"我说得嘴都快破了,你就送我两个字'算啦'! 翔哥,你真转性啦? 难道真是为了那个叫什么关晓彤的女人?"

耀翔没有回答,继续往前走,小三追到耀翔面前倒着走:"你说话啊!到底是不是?"

小三还想追根究底,倒着走却撞到了人,"哪个浑……"还没骂完,小三定神一看,对方一群人看起来来势汹汹的,马上跳到了耀翔身后。"翔哥,是疯牛。"

疯牛大摇大摆地走过来,身后还跟着几个昨天被耀翔打的小混混。"黎耀翔,他奶奶的,你好大的狗胆,债不还不打紧,还敢打我疯牛底下的人。我看你活得不耐烦啦!"

小三扑哧笑出声:"不知道是谁不知轻重在那里摆谱。三脚猫功夫还敢在这里放大话。有种你就放马过来啊!"

耀翔喝止:"小三!你别多话,让我来!"说罢气定神闲地朝疯牛走过去。

疯牛警戒地退了一步,没想到耀翔走到他面前,突然转为笑脸:"疯牛,大家都是文明人,是文明人就不用武力相向,有话好好说,事情不一定要用暴力解决……"

小三顿时傻了眼,疯牛一时也有点糊涂。

耀翔继续说:"俗话说退一步海阔天空,现在就让我们各自一起往后退一步,大事化小小事化无,不就天下太平了……"

耀翔话才说完,疯牛就一拳把耀翔打倒在地:"啐!你爷爷我这辈子最讨厌人家对我说教。"向身后的人一摆手,"给我打!"

一群人冲上来对耀翔拳打脚踢,耀翔竟然不反抗,还在劝说:"喂,是文明人就不要用武力相向……"

"翔哥,你疯啦?"小三看了看那群人,猛冲上去,"敢打我大哥,我跟你们拼了!"

一群人扭打成一团。

耀翔和小三浑身是伤,黎港生一边帮耀翔上药一边骂:"你是怎么搞的！拳头是拿来看的吗？人家打你，你不会还手啊！你是呆了还是傻了。"

小三跟着骂："就是！还跟疯牛说教，你这不是对牛弹琴吗？"

"打架是野蛮人的行为！"耀翔对小三说，"听翔哥的话，是文明人就不用武力相向。"

黎港生从没听耀翔说过这样的话，愣了。小三凑近黎港生："听到没？他就是说这句话把疯牛搞得更疯的。"

黎港生不敢置信地问："儿子，刚才那话是从你嘴里飘出来的吗？到底是谁给你洗脑了？"

晓彤风风火火跑了进来，一见耀翔又一身是伤，惊呼："你怎么啦？又跟人打架了吗？我不是跟你说过，是文明人就不用武力相向，你怎么不听？"

"啐！"小三说，"这下可找到罪魁祸首了。"要上前跟晓彤理论，耀翔一挡："喂，你别管我的事。"转头对晓彤说，"我们到外头去说。"

出了房门，看晓彤一脸的不高兴，耀翔赶紧澄清："喂，我发誓啊，我可是把你的话听进去了。别人打我，我从头到尾都没还手啊。"

"说了半天，就是跟人起纠纷嘛！"晓彤失望地叹气，"你到底都交了些什么朋友？非要用拳头相向？"

耀翔知道多解释也没用，"说了你也不会懂！不说了！你来做什么？"

晓彤说："我帮你找到一份正当工作了。你会开车吧？"

耀翔有点意外："你要我去当司机？"

晓彤点头："没错！虽然不是多好的工作，但总比你游手好闲来得强。再说那里环境单纯，待遇也不差。够你养家糊口了。"

耀翔说："你上次坐我的车伤了手，还能信我？"

　　"上次撞车我也有错,不怪你。不过瘟神,你这次得要好好做,这机会可是我好不容易替你争取到的。"晓彤递给他一张纸条,"面试的时间、地点都写在这上头,别迟到了。记得,服装仪容要整洁,跟人谈话要礼貌,行为要端正。别让人觉得你不正经。"

　　"喂,你愈来愈像我妈啦。"

　　"别吵! 让我想想还有什么漏掉的。"晓彤想了想,"喔,对了,你有没有驾照?"

　　耀翔支吾,"我……还没考……"

　　"那不行! 马上去考张驾照! 瘟神啊,你可要好好做,别让大家失望了。"

　　耀翔说:"我给你惹了不少麻烦,你还这么照顾我……"

　　晓彤说:"谁叫我们是友伴。再说,你还有家要养呢,我这么做,也是希望你爸别为你担心。"

　　耀翔莫名其妙:"我爸跟你什么关系? 你干吗那么在意他?"

　　晓彤轻轻叹息:"你哪能了解孤儿的心情。我想要尽孝道,却已经没那个机会了。所以瘟神,你一定要把握住机会,别等以后子欲养而亲不在了。世界上没有什么事情可以比亲情更为珍贵了。"

　　耀翔明白了晓彤的用意,点点头,"知道了!"想了想,"我黎耀翔也不是个不懂感恩图报的人,你等一下……"耀翔拿出车钥匙,走到车前开了后车厢,翻出一台数码相机,"这个送你! 就当我给你的介绍费。"

　　"你干什么?"晓彤拒绝,"这么贵重的礼物我不能收! 你真要谢我就好好去工作。"

　　耀翔硬是把相机塞给晓彤:"我最讨厌欠人情了。你这么帮我,我一定要谢谢你! 你要当我是朋友就把它收下。"

　　"不行!"晓彤再次拒绝。

　　耀翔假装生气:"你收不收! 不收的话,我不去面试了。"

晓彤瞠目："你威胁我?"

## 十一

晓彤姗姗来迟，"对不起，我迟到了……"

"没关系，"恩祈说，"我也刚到。"

"你这么早就下班了。看来你的工作挺轻松的嘛！对了，我还没问你，你从事的是哪方面的工作?"

"跟企业经营有关。"恩祈不想多谈，"我们约会别谈公事吧，太沉闷了。多聊聊你，我想多了解你。"

"我很单纯啊，除了念书弹琴，好像也没别的了。"

"追你的人一定不少吧?"

晓彤腼腆地说："哪有……那欣赏你的人，也一定很多吧?"

恩祈笑了笑："你是说对了，可是我只对一个人动过心，那就是你。"

晓彤又惊又喜，嘴里却说："骗人！这是你交女朋友必用的台词吧。"

恩祈说："你对自己那么没信心啊?"

"那你告诉我，我哪一点让你动心了?"

恩祈想了想："你……懂我。有的人相识了几十年，都不见得了解对方在想什么，可是你却能经常一眼看出我的心事。那是一种很微妙的感觉，好像我们前世就认识了似的。"

"我凭的是直觉，"晓彤说，"但是你还没告诉我，你的心事是什么?"

恩祈幽然道："你想听吗?"

LOVE OF THE

AEGEAN SEA

"好的坏的,我照单全收。"

恩祈一笑:"我会慢慢告诉你的。用我以后的生命,慢慢说给你听。"恩祈看着她手上的盒子,好奇地问道,"这是什么?"

"数码相机。啊,对了,我们来合拍张照片吧?"

两人对好了位置,朝镜头笑了半天,却不见快门激活。

"怎么那么久了都不动?"晓彤摆弄了半天也没找到毛病所在。"是不是坏了?"

维修师放下相机,诡谲地打量眼前的恩祈与晓彤:"这相机是你们的?"

晓彤说:"当然! 先生,你看了半天,到底找出问题了没有?"

"你们等一下。"维修人员说完拿着相机径自向店内走去。

恩祈说:"我怎么觉得他看我们的眼神好奇怪。"

话才说完,维修人员又走出来:"你们等一下,零件马上就来。"

恩祈客气地问:"要换零件? 请问是哪里坏了?"

维修师说:"反正你们等一下就对了。"

两人面面相觑,晓彤靠近恩祈耳边,低声道:"他看起来真的很奇怪。我看我们别修了。"

恩祈点点头,对维修师说:"对不起。我们不想修了,请你把相机还我。"

维修师还没说话,两个公安人员出现了。维修师说:"就是这两人。"

警察打量他们一眼:"请两位跟我到局里去一趟。"

恩祈问:"为什么? 我们不过修个东西,为什么要到公安局?"

警察拎起相机:"我怀疑你们涉嫌偷窃。"

审讯室里,晓彤和恩祈一脸无辜,晓彤说:"你们是不是搞错了。我们不过是去修个相机,怎么会扯到偷窃!"

恩祈说:"店员可以证明这相机是我们拿进去的,我们绝对没有做出不当的行为。"

警察说:"经过调查,你们的相机货号,确实是前一阵子申报失窃的货品之一。也就是说,你的相机是赃物,懂了没?"

晓彤骇然:"赃物?"

"我们正在追查这批赃物的流向。你们刚好被追踪到了。如果不是你们偷的,那你们能告诉我这货品的来源吗?"

晓彤暗想:"难道这是瘟神偷来的?"

恩祈问:"晓彤,你这相机是在哪里买的? 只要你说出来源,也有购买证明,那就能还我们清白了。"

晓彤为难了,想了想,答非所问地说:"我能请教一下吗? 偷东西要关多久啊?"

恩祈骇然,低声说:"你在说什么啊?"

警察更是起疑,"你这么问,表示这东西是你偷的啰?"

"当然不是。"晓彤急忙否认。

"要不然就是你知道这是谁偷的?"

晓彤不说话了。

恩祈说:"晓彤,你知道什么? 快说实话啊。别让人误会你。"

晓彤也很着急,既不想害死瘟神,又不想连累恩祈,索性一咬牙,指指恩祈,"反正他只是陪我去修理,他跟这件事无关,请你们先放他走吧。"

恩祈不解地问:"晓彤,你是怎么了?"

警察生气地说:"小姐,你当公安局是百货商场吗? 来去自如啊! 你到底说不说?"

"我不知道嘛……这相机是我在路上捡到的,我哪会知道原本是谁的。"

警察厉声说:"别以为胡乱找个借口我就会信你。你给我老实点!"

"这就是实话,信不信随你!"晓彤与警察僵持着。

耀翔打扮得焕然一新,坐在会客室里忐忑不安,小三则东张西望,"这椅子比我的床还舒服。翔哥,你要是能在这儿上班,可不可以替我弄一张回来。"

"你闭嘴啦。老子紧张得都快尿出来了,你还在那儿废话。"

慧玟刚好走进来,正巧听见耀翔骂人,皱了皱眉。

耀翔看见慧玟,立刻起身,紧张得差点碰倒一旁的花瓶,小三赶忙替他接住。

"你好,我是……"话没说完,耀翔已经认出了慧玟。

慧玟看着耀翔也觉得面熟。"你是……"

耀翔大喜:"想起来了。你就是那天坐我车,跟晓彤一块儿出了车祸,一起送进医院的那个人,对吧?"

慧玟说:"你就是要来应征……司机的?"

"是啊,我是来应征……"想到自己肇过事,耀翔气短了。

慧玟脸一沉:"我不知道晓彤指的'好人选'就是你。"

耀翔知道没希望了,直言说:"你怕也很正常。我想任何一个人都不会雇用个出过车祸的人当司机。"耀翔苦笑,"你不用勉强了,我知道该怎么做。"他推推小三,"走吧。"

"慢着!"慧玟说,"我话都还没说呢,你急什么!"

耀翔停步。

"我已经答应晓彤,就不会反悔。工作内容晓彤应该都跟你说清楚了吧。"

耀翔见有希望,连连点头:"都明白了。"

慧玟说:"你的工作是负责接我老板的儿子上下班。你一定要

LOVE OF THE

格外的小心。我不允许出任何意外。"

"那当然！我懂。"

"对了，你有没有驾照？我要核对一下。"

小三插话："有，不过他忘了带。"

"那好。找个机会拿给我，我要影印一份做个人事存档。你坐一下，我去拿人事资料让你填。"

慧玟刚出去，耀翔松了口气："刚才吓我一身汗。"

小三说："翔哥，恭喜你啦。"

"慢着！我驾照还没去考呢，你怎么替我说了谎。"

小三说："不这么说你能上工吗？先应付了再说吧。"


良平说："警察先生，我儿子绝对不会做出这种偷窃的违法行为的。请您明察秋毫。"

"我知道。"警察说，"问题是跟他在一块儿的朋友有嫌疑，她要是不说明白，你要我怎么放了你儿子？"

良平一愣："朋友？恩祈的朋友？"

"她叫关晓彤。老实说，以我办案多年的经验看来，我觉得两个都不像窃贼。可是那女孩说话吞吞吐吐又答非所问的，让我不起疑都难。"

良平说："或许她是给吓坏了。警察先生，我相信我的儿子，我也相信他所交的朋友，我愿意为他们俩担保。以后有任何问题，我都愿意承担法律责任，请你放了他们两个吧。好吗？"

警察沉吟了一会儿，点点头。

不久，恩祈与晓彤被警察带出来，警察说："这一次算你们好运，下次要再有这种事，我可不会那么轻易放你们走了。"

恩祈说："谢谢。"

晓彤也心虚地点头致谢。

看见良平,恩祈叫了声:"爸……"

晓彤歉意地看着良平,"伯父您好……"

良平问:"你就是关晓彤?"

晓彤点头。

恩祈说:"爸,这其实……是误会。"

"有什么事情回去再说吧。我还得赶回公司去。"良平说。

晓彤对恩祈说:"你先跟你爸爸回去吧。"

恩祈示意回去再打电话。晓彤依依不舍地目送恩祈随着父亲上了车。

小三兴冲冲地进来,递给耀翔一本驾照,"行了! 翔哥,东西我给你弄来了,先顶着用几天吧。"

"这是什么?"耀翔看了看驾照,"你给我一张假的驾照来做什么?"

小三说:"明天就要上工了,当司机总不能连驾照都没有。"

"可是……这是违法的啊。"

小三说:"我是让你先揣在身上以防万一。你要有空就赶紧去考一张换过来不就得了。"

耀翔想想也有道理:"还是你想得周到。算我没白照顾你。谢啦,兄弟。"

"黎、耀、翔!"门外传来一声怒喝,紧接着砰的一声,门被推开,晓彤气呼呼地闯进来,对耀翔怒目而视。

屋里的人大吃一惊。耀翔赶紧收起驾照。

黎港生低声问:"儿子啊。你对人家做了什么? 把她气成这样?"

耀翔也搞不清是怎么回事。

晓彤又气又委屈,冲到耀翔面前质问:"臭瘟神! 你什么意思?

硬要塞给我一台数码相机,结果是个赃货!害我被抓!"

黎港生一阵紧张:"数码相机?"

耀翔问:"怎么会这样?"

"我哪知道怎么回事?这个相机不能拍,拿去修理还被抓到公安局,硬说是我偷来的,我的脸可真是丢大了!我真是错看你了!你说,这东西是不是你偷来的?"

耀翔一脸尴尬,"这个……"

黎港生说:"小姑娘,先别激动,你跟警察说是耀翔给你的吗?"

"当然……"晓彤顿了一下。

黎港生和小三大喊:"完了!"

晓彤这才把话说完:"没有!"

两人松了一口气。

小三问:"那你怎么被放出来的?"

晓彤说:"多亏我朋友的爸爸把我保出来的。"

黎港生说:"那就是没事啰。"话锋一转,"小姑娘你别生气,都是我不好!这都是我的主意……"

晓彤义愤填膺:"不管是谁的主意,偷东西的行为就是不对!我没想到……"晓彤指着耀翔,"你竟然是这种人。我真是对你太失望了。"

耀翔难堪至极,低着头不说话。

黎港生见晓彤怒气未消,赶紧呼天喊地、一把鼻涕一把眼泪地哀号起来:"你怪耀翔,就等于怪我……我也是不得已的啊!谁叫那家公司骗我们钱又不还,我们一辈子的积蓄要找谁去讨呢?所以,我才会采取这种手段来讨回我的损失啊!这都是我的错,你千万别怪耀翔,他是孝顺我才帮我做这档事啊……"

小三帮腔说:"没错!是他们骗钱不还,我们只好拿东西来抵账了!这叫以暴制暴!是他们逼我们走上绝路的。"

晓彤说:"错就是错,你还说得这么理所当然。这是一个法治国家,我们应该寻求正当的法律途径来解决才对。"

"人家有钱有势,我们算什么东西,他们哪会怕我们告!"黎港生说着哭起来,"耀翔的妈,是我拖累了儿子!我无能!我该死啊!干脆……我下去跟你做伴好啦!"

黎港生作势要去撞墙,众人赶忙拦住,几个人又是哭叫又是劝说,屋子里一片混乱。

晓彤没想到自己几句话把老爷子激得要疯掉,看着这混乱场面目瞪口呆。

耀翔知道老爸又在做戏,赶紧拉着晓彤走出门。

晓彤说:"对不起,没想到把你爸气成这样……"

"他自作自受啦,别管他了。"耀翔歉意地说,"我才真是对不起你,我送你相机,是诚心想谢谢你,没想到弄成这样……警察有没有为难你?"

晓彤说:"算了!幸好大家都没事。我知道这次你是有苦衷的,但是……"

耀翔说:"我知道偷东西不好。不会再有下次了。"

"知道就好。不说了,我该回去了。"

耀翔赶忙说:"我送你。"

"不用了!你快回去照顾伯父吧,要他别伤心了。"

望着晓彤的背影,耀翔懊恼地自语:"怎么每次在她面前都发生这么丢脸的事?"

LOVE OF THE

# 十二

美龄看看手表,有点不高兴:"迟了两分钟。"

耀翔对美龄的斤斤计较有点反感,但还是沉住气:"路上塞车,抱歉。"

美龄上下打量着耀翔,显然不是挺满意:"你就是黎耀翔,几岁了?"

耀翔愣了一下:"二十四? 还是……二十五? 我也不太记得了,大约就这年纪。"

美龄更是不悦:"连自己到底几岁都不知道。你家住哪? 几口人?"

耀翔的牛脾气也快被引爆了:"喂,我是来开车的还是让你做身家调查的? 昨天在公司里问过也填过资料了。"

美龄冷冷说:"我才是雇主,不能问吗?"

恩祈走过来:"妈,怎么了?"又看看耀翔,"你就是新来的司机?"

耀翔嗯了一声。

恩祈显得挺客气:"以后就麻烦你了。妈,我今天要早点到公司。我先走了。"

美龄勉为其难地点点头,随即又唤住耀翔:"喂,司机,你等等,"美龄拿出纸笔,"把你的电话、住址、身份证号码写上。"

耀翔不情愿地接过去填。

美龄凑到恩祈耳边:"今天先用用看他怎样,如果不习惯,回来再告诉我。"

耀翔开车,恩祈在后座看报表。

耀翔一边开车一边赞叹:"啧啧……这辆车真好,冷气足。开起来又顺又溜的,连一点杂声都没有。比我那辆破车好开一百倍啊。这要多少钱一辆啊?"

恩祈被打扰,耐着性子回答:"对不起,我不知道。"

耀翔说:"也对! 你这小老板,只管坐车就是了,哪需要操这些心。"

恩祈不语,低头继续看资料。

耀翔通过后视镜睨着他,恩祈一抬头,就见耀翔将眼神转移开。

恩祈问:"你看什么?"

耀翔回答:"老实说,我觉得你跟你妈真是天壤之别! 你看起来挺好的,可你妈怎么这么泼辣。"

恩祈说:"她向来都是这样,没恶意的,你用不着放心上。对了,你是郑慧玟找来的,你跟她很熟吗?"

"我是什么料,哪能认识她这种等级的朋友。不过,我跟她表妹很熟。你知道吗? 我们是友伴呢。"

恩祈不以为意地点点头。

耀翔问:"你知道什么叫友伴吗? 要不要我告诉你?"

恩祈婉拒:"算了! 改天再说吧。我还有资料要看。"说罢低下头专心看数据,关于晓彤的话题,也就此打住了。

一辆脚踏车从前面猛地拐过来,耀翔紧急刹车,吓了恩祈一跳,"怎么啦?"

耀翔怒气冲冲地打开车门,下车跟人吵架去了。

"喂,你眼睛忘带了吗? 你知道我这车多贵,你碰坏了赔得起吗?"

恩祈忙摇下车窗，"喂，算了！"

耀翔不管不顾："你能算我不能算！一定得好好训训他！"

耀翔跟路人吵得起劲。恩祈看着表，对于耀翔的莽撞与少一根筋，实在哭笑不得。

车到公司，恩祈急忙下车，耀翔跟在后面问："喂，老板，您去上班了，那我干吗？"

恩祈一时也没个数，随口应道："随你去做什么都行。下午五点回来就好了。"

耀翔瞠目："随我做什么都行？这么轻松啊……可是这么长时间，做什么好？"

晓彤匆匆走出音乐学院门口，听见有人叫她："姓关的！"

晓彤回过头，见耀翔竟站在一辆豪华汽车前面，诧异地问："你这时间怎么在这里？你不是该去上班吗？"

"上过啦。现在是休息时间。我特别来让你瞧瞧，"耀翔挺起胸，"我可是照你的话做的。"

晓彤打量他一阵："嗯，打扮打扮果然顺眼多了。怎么样？第一天上班还顺利吧？"

"老板的儿子人还不错，挺亲切的。倒是他那个妈，我就有点意见了……"

晓彤手机响了。"喂？慧玟姐啊！什么？"晓彤惊愕地问，"表叔他们出事了……怎么会这样，哎，我现在哪还有心情上课。我马上回去，你等我！"

晓彤挂掉电话，六神无主："怎么会这样……"晓彤望着耀翔，"对不起，我不跟你多说了。我得快点回去。"

耀翔说："我送你。"

郑母对慧玟哭诉着："我以为投资这家公司可以赚钱,谁知道他们人去楼空,卷了我们的积蓄就跑了。要不是今天登了报,我们还蒙在鼓里呢!慧玟,你说现在该怎么办?"

郑父自责地说："怎么办?只怪自己财迷心窍,被钞票遮了眼!现在也只能认赔了!"

"那怎么行!"郑母说,"这些钱是要给慧玟、晓彤姊妹俩办嫁妆的,更何况我们还跟银行借了钱,拿什么还?难道真的要把她们住的那栋房子抵押出去?"

郑父说："在孩子面前说这些做什么?增加她们的负担而已。"

慧玟说："如果真不得已要这么做,也没什么关系。大不了我跟晓彤再租层楼住就是了。"

郑母哽咽着："我们俩辛苦了一辈子好不容易才买的房子,就因为这全都没了……"

耀翔尾随晓彤进了房间,晓彤紧张地问:"表叔、表婶,到底怎么回事?"

郑母一见晓彤更难过了："表叔,表婶对不起你……"

"表婶,您别哭啊!"晓彤看看慧玟,"到底怎么了?"

慧玟说："就是妈之前说她投资的那家大发公司,公司被掏空,负责人卷款潜逃了。"

耀翔打开车前盖,探头进去检查零件。"到底是哪里卡住了?"

恩祈看表,担心约了晓彤时间赶不上:"干脆叫修车厂的人来吧。"说着拿出电话。

耀翔说："不必了!我肯定能修。"

恩祈犹豫了一下。

"你不信我?"

恩祈说："不是不信你,只是不希望让你那么辛苦。"

耀翔一笑,心领恩祈的好意:"你真是我少见的好人啊。就冲着你这句话这份心,老子我非得替你省下修车钱不可。"

耀翔抹得一脸乌黑,继续修车。恩祈望着他,倒也觉得耀翔不修边幅的外表下,有几分率真。

恩祈问:"谁教你修车的?"

耀翔说:"简单!几个原则守住,一车坏,二没钱,三没辙。自然就能无师自通了。"

"真的?"恩祈笑问。

"不信?唉,跟你这种大少爷说这些是对牛弹琴,你想像不到的。"

恩祈收起笑容,感慨道:"别老说我是大少爷。这也不是我自愿选的。"

耀翔说:"喂,别讲那什么奢侈的话。多少人想要你这种命都要不到。你要不知好歹会遭天打雷霹啊!"

恩祈叹息:"大少爷也有不为人知的苦处啊。"

耀翔说:"我看你根本是无病呻吟。跟我比起来,你哪里苦?"

"最起码,你是自由的!"恩祈幽然道,"你可以想做什么就做什么,你的双手可以掌握自己的未来。而我看似什么都不缺,但是未来却不是我能凭着自己双手掌握的。"

耀翔听得一头雾水。

恩祈继续发着感慨:"我自己也清楚,我的一切全是金钱堆积而来的。如果拿掉这一切,我可能比你还要不如,连个车都不会修。相形之下,你比我好得太多了。你也不需要羡慕我。"

耀翔摇头惊叹:"你真是个大好人啊……"

恩祈有点不明白。

耀翔说:"你前面说的那些我听不懂,但是后面的我听明白了。其实,你是想安慰我,要我别因为穷而气馁,对吧?"

恩祈莫名其妙,不知耀翔解读到哪里去了。

耀翔说:"念过书就是不一样,讲起话来都别有一番见解。鼓励人的话也特别让人入耳。"他拍拍恩祈的肩膀,"好哥们儿,有你这些话我心里舒坦多了。不过,你也用不着贬低自己来激励我,你的好意我明白就是了。"

恩祈哑然失笑:"我这是真心话啊……"

"知道! 我知道你是想增加我的信心。成啦,我没问题的。放心,冲着你有这份心,"耀翔咧嘴一笑,"老子我以后为你做牛做马都成!"

半晌,耀翔跑回方向盘发动车子,车子果然能动了。"看吧,我说能修好就能修好,没骗你吧。"

恩祈一笑,看表见时候不早了,"你不用送我回去了。我自己回去就行。"

"这不好吧,今天一整天我好像都没为你做些什么。"

恩祈说:"来日方长,迟早有用得上你的地方。"

耀翔忽然明白了:"知道了,你有约会对不对?"

恩祈笑而不语。耀翔下车,将钥匙递给他,"难怪刚才一直看表,我还纳闷这人怎么归心似箭咧。女朋友一定很漂亮吧?"

恩祈不多解释,接过钥匙:"明天见了……"


恩祈回到家的时候,看见良平、美龄和耀翔都在。

刚要说话,美龄抢先问:"恩祈,你上哪去了? 为什么没让他送你回来?"

恩祈与耀翔互望,耀翔打个暗语,表示什么都没说。

恩祈放心了:"我到书店去了。"

耀翔说:"好啦,我们两个都到了。你到底要做什么? 快点说吧。"

美龄走到耀翔面前，"黎先生，我可以看一下你的驾照吗？"

"什么？"耀翔一愣。

"我再重复一次，请你把你的驾照拿出来。听明白了吗？"

恩祈不解："妈，你这是做什么？"

"我在处理事情你别管。"美龄看着耀翔，"如果你没驾照，明天就不用来了。"

耀翔一脸莫名，不懂美龄用意何在，更不知该不该将口袋中的假驾照拿出来。

良平见状，心下一沉，担心真是慧玟疏失了。

美龄胜券在握了，冷笑道："黎先生，你还在磨蹭什么，我在等你呢。"

耀翔略一沉吟，翻了翻口袋，将假驾照亮出来："驾照！"

美龄愣住了："这……怎么可能？"

良平和恩祈同时松了一口气。

耀翔收回驾照，暗自庆幸有备无患，"你叫我来，就为了看这个吗？你不能明天再看，当我闲着没事干啊！"

良平歉意地说："黎先生，不好意思！还麻烦你跑这一趟，你可以先回去了。"

耀翔问美龄："现在是什么情况？我明天还上不上工？"

恩祈斩钉截铁地说："当然要来。黎耀翔，我们明天见。"

耀翔悻悻然点点头："那我闪人了！"

耀翔走了，恩祈没好气问道："这是怎么回事？"

良平无奈地说："你妈怀疑郑慧玟找来的司机有问题，派人去调查他，说他没有驾照。结果现在事实证明人家有。"看看美龄，"这下子你应该可以相信慧玟了吧！"

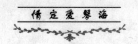

# 十三

慧玟打开门,愣了。面前站着的,居然是笑容可掬的美龄。

"可以请我进去坐吗?"

慧玟心下一沉,不知美龄前来是何用意,闪身让美龄进来。

美龄环视四周:"环境不错嘛!还有钢琴?"

"那是我表妹的。她是学音乐的。"

美龄自己找了位置坐下,慧玟忐忑不安地转身去倒茶。

美龄说:"那么,她是主修钢琴啰。真巧,恩祈也学过琴的,有空该让他们一起切磋一下。"

慧玟给美龄倒茶,"请喝茶,太太,您今天来有事吗?"

美龄笑道:"用不着这么客气了。我是来探望你的,听说你家出事了?"

慧玟心中一凛,知道美龄终于说到重点了。"是出了一点麻烦……"

"良平还借了钱给你,对吧?"见慧玟不说话,美龄盯着她,"怎么?不敢说啊?我都已经知道了。这良平还真大方,公司周转金也不是那么宽裕,他却二话不说就把钱借你了。可见他真是疼爱员工。不,应该是说……他对你比较慷慨吧。他这么做,让身为妻子的我实在有点不放心……"

慧玟说:"太太,您别误会了,老板真的只是体恤我、帮我忙。这一笔钱,我一定会还的。"

"对了,你说到重点了!误会?我为什么别的人不去怀疑,却老是要来误会你呢?"美龄缓缓地说,"你说,这问题究竟是出在哪里?"

慧玟知道美龄是有备而来了,说道:"太太,您有话就直说吧。"

美龄笑道:"好个聪明的秘书。难怪良平疼你。好啦,我就开门见山啦,"美龄收起笑容,"我希望你离职!"

慧玟没有说话。

美龄说:"或许你觉得我不讲理,但是,我老是为你的事情跟良平斗嘴,我们夫妻感情再好,也经不起这么吵,你说对吧?再说,你老说是误会。我俩为了你们的误会伤感情,多划不来。慧玟,如果你真的有心,是不是应该离开,不要让我们继续误会下去,这才是个明智之举。我不会亏待你的。良平借你的那一笔钱,就当是遣散费吧,也甭还了。至于你家现在出了问题,你一定很需要一份工作。我也不该在这个时候落井下石,我替你打听过了,郭老板正缺人手呢,我全都替你打点好了。"

慧玟没想到美龄都安排好了,此次前来,不是商量而是告知。

"慧玟,你心里头一定在怨我吧。大家都是女人,你该体谅我的不安全感。有朝一日等你结婚了,你就会明白我这么做,完全是在保护我的家庭。现在你不懂我的心情没关系,但是你总懂得女人不要互相为难吧?如果你答应我,也就能让我相信你跟良平之间是清白的。你愿意这么做吗?"

良平正在检视建筑模型,一抬眼,看见美龄站在他面前。"美龄,你怎么来了?"

"探望老公啰。省得让你说我不关心你。我带来了一些点心,你吃过了没?"

"先搁着吧!我呆会儿再吃。"良平低下头又仔细看模型。

美龄望着良平专注的样子,刻意点了他一下:"没想到我老公忙得没空跟我说话,却有空管别人家的事情。"

良平一愣："你在说什么？"

"你不是借钱给郑慧玟吗？数目好像还不小吧。"

良平放下手边的工作，"美龄，你调查我？"

"这公司就这么一丁点大，要知道什么事情并不困难吧。我也只是随口提提，褒扬你的爱心不落人后。怎么？生气啦？"美龄一脸无辜的样子，"我没说反对啊，我也很赞成你帮慧玟啊。如果不够，我也可以借。"

美龄这么一说，良平也不好动怒。

慧玟走进办公室，看见美龄也在，有点意外。

美龄刻意关心地问："慧玟，你不是请假了？怎么来公司了？听说你家出事了？我跟良平正担心呢……"

"谢谢老板、老板娘的关心。我来，是拿这个还给老板的。"说着，慧玟拿出支票。

良平不知所措："慧玟，你这是做什么？"

慧玟说："老板的好意我心领了。但是这笔钱我不能收。我的事情我能解决的，请你不要担心。"

美龄说："何必这么见外？良平，你劝她收下吧。"

慧玟望着美龄，暗自惊叹她的心机。"不用了。我已经决定的事情，就不会再改了。另外……"慧玟拿出离职函，"老板，我要离职。"

良平一愣："为什么？"

慧玟有苦难言，倒是美龄插嘴了："慧玟，不是做得好好的？为什么要离职？告诉我，是谁欺负了你，还是你对公司有什么不满？告诉我，如果是公司不好，我们可以改进的。"

慧玟压抑着满腹委屈与不平，摇头道："不是公司的问题，是我自己的问题。我对这份工作，已经很厌倦了。对不起，陆老板，这些日子，承蒙您的栽培了。"

LOVE OF THE

慧玟转身离去。

慧玟在收拾桌上的文件,夏小姐在一旁不解地问:"为什么?不是做得好好的,怎么突然要走了?"

慧玟苦笑:"你就别问了,总而言之,夏小姐,谢谢你这些日子的关照。"

夏小姐说:"什么我关照,是你关照我才对。慧玟,我真舍不得你走……"

慧玟转身,发现良平站在她身后。

慧玟心中一凛,叫了声:"老板……"

良平神色凝重:"请你到我办公室来一趟。"

进了办公室,良平望着眼前的慧玟,沉吟半晌,拿出支票:"为什么不接受我的帮忙?"

慧玟低声说:"老板的好意我心领了。但毕竟这是家务事,我自己会解决的。"

良平叹气,转而问道:"那离职又是怎么回事?"

慧玟心虚地逃避着他的视线:"我觉得很累,不想做了。这就是我的理由。"

"不可能! 前些日子你都还好好的,怎么说不干就不干了。我不相信这是你的理由。"

慧玟心一横,断然说:"随你信不信,我都要走。"

"慧玟,你坦白告诉我,是不是美龄给了你压力?"

恩祈对父母最近的关系越来越担心,他想找慧玟谈谈。他叫耀翔在楼下等着,自己进了良平的公司。环视办公室,找不到慧玟的身影。

夏小姐看见他:"陆先生,你怎么来了?"

恩祈笑笑:"有点小事。对了,郑慧玟在吗?"

"慧玟? 她被老板叫进办公室了。你找她有事? 我替你叫她。"

恩祈阻止:"不用麻烦了,我自己过去就行。"

良平望着慧玟,等着她的答案。"慧玟,你告诉我,是不是美龄要你走的?"

"不是。"慧玟否认。"老板,太太是个好人,你怎能怀疑是她赶走我的? 这样想像自己的发妻,是不是有失公道?"

良平叹息,"对不起,除了这个原因外,我实在想不出你要离职的其他理由,慧玟,你能告诉我一个让我信服的理由吗?"

慧玟强忍心酸:"郭老板力邀我去他的公司,而且待遇很好,好到令我心动。"

"郭老板? 你是说营造商郭老板?"良平不解,"怎么可能? 你一直很不欣赏他的行事作风,怎么会……"

"现在只要哪里待遇好就是最好的,又何必在意谁的行事作风!"慧玟苦笑,"我现在只向钱看齐,你也知道……我经济上有压力。"

良平说:"我可以为你加薪,我可以帮你!"

"你帮我? 那同事会怎么想? 你这么做,不是分明让我难做人吗?"慧玟冷冷地说,"我很清楚你的能力有限,你用不着勉强。"

良平难以置信地望着慧玟:"慧玟,你为什么变得那么冷默? 这不像是以前的你。"

慧玟凄然笑道:"那是因为你从来没认识过真正的我。我本来就是这种人,哪里有好处,我就往哪里钻;哪里有利用价值,我就靠向谁。跟着你有什么好处? 除了跟你一起奔波劳累外,也学不到什么东西。我到底得到什么好处? 值得这么为你卖命……"

LOVE OF THE

良平打断她，"我让你走。"沉吟片刻，又痛心地说，"你怎么决定，我都同意，就是请你不要再说这种话伤我，也违背你自己的良心。我知道这不是你的真心话，再说下去，我心里不好受，你带着歉意离开，以后也不会好过……"

慧玟眼眶一红，转过头去，不想让良平见到她的痛心。

良平说："如果跟着我让你那么痛苦，我也没理由挽留你了。慧玟，怎么说，我还是谢谢你这一年的相伴。你让我在这一年中，感觉到进办公室是一种快乐，因为有你的鼓励，我精神上也感到富足丰沛。活到这个年纪了，能有这样的日子，何尝不是一种幸福？"

听到良平的话，慧玟的泪水在眼眶里打转。

良平强颜欢笑："怎么说还是要为你高兴，找到一个好老板。慧玟，以后多保重了……"

慧玟点头，"你也是……尤其你老忘了吃饭，再这样下去，胃要穿孔了。还有，烟少抽点，图画不出来的时候，出去散散步，会更有灵感，还有……"

良平的心在淌血。

"还有，不要老当滥好人，老让同业的人觉得你好欺负。以后不会再有个啰嗦的老妈子在你后头抱不平，为你出声了……"慧玟的语气平淡，但关切之意溢于言表，"老板，祝你……幸福。"

慧玟走出办公室，靠在墙边，泪水终于夺眶而出。

## 十四

"怎么了？闷不吭声的！去你老爸公司做了些什么？看起来好像不高兴啊？"耀翔问。

　　"什么也没做。"恩祈答。

　　"那还进去那么久?"

　　恩祈淡然一笑,我本来想要去找个答案的。不过,现在已经知道了。"

　　耀翔搔头,无法理解:"又说什么也没做,又说知道真相了,你的话我真是听不懂啊……"

　　恩祈一言难尽,望向车窗,幽幽道:"耀翔,你听过'精神式的爱情'吗?"

　　"精神式爱情? 这你就问对人了。我知道! 这应该就是……柏拉图式爱情吧?"

　　恩祈有点意外:"你懂?"

　　"别瞧不起人,老子还听过一个女孩子跟我说……"耀翔回忆着怡情对他说过的话,"所谓'柏拉图式爱情',就是对所爱的人有着绵密的爱,同时又是收敛矜持的,然后什么……因为这个信念,使之提升到美好的永恒……大概就是这样。"

　　恩祈说:"没想到你解释得真好。"

　　"你不知道,听到这话的时候我正在当傻瓜,买了一条贵得要命的链子送人呢,当时可心疼了。老子就在想那链子到底有什么好,就问人啦,顺便记下了这话。"


　　耀翔跟着恩祈进入书店,耀翔不感兴趣,"搞半天来书店啊,老板,我到车上等你。"

　　恩祈拦住耀翔:"别走,我是特意带你来的,你逛逛吧!"

　　"带我来书店? 你有没有搞错?"

　　"你不是一直嫌自己没文化,对自己没信心,我告诉你,想要充实自己就多买些书,有空的时候就拿出来翻翻,很有帮助的。"

　　恩祈翻着书架上的书:"怎么样? 想看点什么? 语文还是企

AEGEAN SEA

LOVE OF THE

管?"

耀翔显得有些为难。

恩祈说:"你放心,想看就拿,我资助你!"

耀翔说:"老板,你不用对我这么好吧,我不过就是个司机,哪需要看什么书!"

恩祈正色说:"我问你,你真的想做一辈子的司机吗?"

被这么一问,耀翔哑口无言。

恩祈说:"如果不想,是不是该趁年轻多吸收一些知识呢?"

耀翔搔搔头。

恩祈问:"你的兴趣是什么?"

耀翔嗫嚅着:"兴趣啊……打台球,不过技术不好,老输……"

"那……专长呢?"

耀翔立刻抬头挺胸,"说到专长就厉害了,看到我这双拳头没有,我敢告诉你全上海没几个人是我的对手。"

恩祈一愣,耀翔这才发现好像文不对题:"会打架好像不算是专长喔?"

恩祈不语,从书架上挑了几本书,塞给耀翔,"你先看看这几本吧! 比较浅显易懂。"

耀翔一翻开看见密密麻麻的文字,马上觉得有点头晕,赶紧将书合上,"老板,你饶了我吧! 我一看到字就头痛,怎么读得下去,如果一定要看,我倒宁可看些图画书。"

"图画书?"

"是啊! 你不觉得图比字要好看多了?"耀翔随手抓起旁边一本人像摄影集,"你看,这个就不错,照片多好认,一眼就知道他讲的是个快乐天真的小孩,多简单! 不过,这书肯定不便宜,还是别浪费!"

耀翔将书放回,恩祈又拿起来:"你喜欢图,那就看摄影书好

AEGEAN SEA

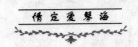

了!"

"摄影?喂,我随便乱诌的,你当真啊!"

恩祈说:"摄影也是一门学问,你看这画面的构图,光影的层次,还有他想呈现的情感,这都要精心安排的。"

"有这么神奇吗?被你一说好像真的挺有趣的。"

恩祈说:"就买摄影集吧!先多观摩别人的作品。"

恩祈专心地为耀翔挑了一堆摄影集。

耀翔低声嘀咕:"有没有搞错?我老爸也没像你这么认真栽培我啊!我这可是碰到贵人了?"


到了商务餐厅,薇薇看见等候他们的居然是小三,低声对晓彤说:"你是怎么回事?一个瘟神不够,还来个混混?你的交友范围怎么全降级啦?"

小三听到了,低声骂:"臭八婆!你啰嗦个什么劲啊。"

晓彤说:"好了!我求你们别在我耳边吵了行不行。"

小三向经理介绍,"这就是我跟您极力推荐的关晓彤。"

晓彤礼貌地打招呼:"您好。"

经理打量着晓彤:"关小姐,你钢琴弹多久了?"

晓彤说:"从小就学琴了。"

薇薇低声提醒,"微笑!"

晓彤立刻露出笑容,"至少有十五年以上了。"

小三说:"经理,这点你放心!我拍胸脯跟你保证,她的技术绝对没问题,一流的!"

"之前有过类似的工作经验吗?"经理问。

"没有……不过,我从不怯场,上台更能发挥。"

小三帮忙吹牛:"这点我能证明!她上台表演的时候可投入了!完全达到忘我的境界!"

看小三面不改色地乱吹牛，薇薇低声问晓彤："你跟他很熟吗？"

晓彤摇头。

经理说："好，我带你去看看餐厅的环境。"

餐厅内尚未营业，耀翔无聊地坐在椅子上等候。

经理为晓彤讲解："我们的客人大多是商务人士，除了来交际应酬外，有些是来品酒听音乐、放松情绪的……"

小三挨到耀翔跟前，比了一个 OK 的手势。耀翔会意，"谢啦！兄弟。"

经理说："餐厅是晚上开始营业。薪水是月结，但是小费是每天领，多少就凭自己本事了。这样有没有问题？"

晓彤高兴地问："我可以来上班了？"

"明天就开始！"

"谢谢经理！"

薇薇替晓彤高兴，耀翔也伸出大拇指称赞晓彤。

经理补充说："对了！关小姐，我们这里的客人除了用耳朵聆听你的琴声，还会用眼睛来欣赏你弹琴，所以，请你别穿得像个修女似的，尽量打扮得成熟、正式一点。"

晓彤窘迫地说："我知道了……"

经理问："你有没有正式一点的礼服啊？"

薇薇帮腔："有！我们有！"

"好，那就没问题了！希望我们合作愉快！明天见。"经理点头离开。

耀翔和小三上前恭贺晓彤："姓关的，恭喜你啦。"

晓彤笑道："也要谢谢你跟小三的帮忙。"

薇薇不屑地扭过头去。

晓彤手机响了，一看是恩祈来电，神色一沉，"对不起。我去接

个电话。"躲到一边去了。

薇薇好奇："谁打电话给她,瞧她神神秘秘的。"

耀翔见状,猜测是晓彤男友打来的,有些失落。

夜市里人声鼎沸,薇薇满腹牢骚,"晓彤,我真搞不懂,你怎么会跟这些人做朋友。他们两个看起来就像没念书的文盲,现在还要我跟他们一起吃饭,我真是……"

薇薇突然住嘴了,小三端来两盘小菜,重重地放在桌上:"怎么? 跟我们吃饭怎样? 让你很丢脸是吧? 从刚才见面就唠叨个不停,老子我已经忍耐你很久了,再啰唆老子就……"

小三正要耍狠,却先被身后走来的耀翔揍了一拳,"老子这话是你用的啊?"

薇薇见小三的凶相,嘴角抽动,都快哭了。

晓彤说:"好啦,她是跟你们不熟,没恶意的。别说了,坐下吧。"

等大家都坐下了,晓彤对耀翔和小三说:"怎么说我今天都得好好谢谢你们。多亏你们,我才有这个工作机会。"

小三说:"你这话还让人舒服点。怎么你们同样是同学,你就这么惹人喜欢,她为什么这么惹人讨厌?"说着指了指薇薇。

薇薇又想哭。

耀翔撞了小三一下:"你在胡说什么? 吐不出好话就闭嘴。专心吃东西!"

小三闷哼一声,伸出筷子夹菜。

"对了,姓关的,以后下班时间会很晚,"耀翔试探着问,"你男朋友会不会来接你啊?"

薇薇瞪大眼望向晓彤:"什么男朋友? 晓彤,你忘了告诉我什么? 还是我错过了什么?"

AEGEAN SEA

LOVE OF THE

· 123 ·

小三喝道："插什么嘴！你懂不懂礼貌！没看到人家正在讲话啊！"

薇薇再次被小三的气魄震住，不说话了。

晓彤说："我还没让他知道我要打工这件事。"

薇薇轻呼："这么说你真的有男朋友了？"

小三一瞪薇薇，薇薇马上低下了头。

耀翔有点担心："这里下班都很晚的，你怎么回去？"

"到时自然会有办法的。你别为我担心了。"晓彤看一眼手表，"时间不早了！我跟薇薇还得赶车回去呢！不好意思，我们得先走了……"晓彤从钱包里掏钱，"谢谢你们今天的帮忙，这一顿我请。"

耀翔说："开什么玩笑！我黎耀翔从来不花女人的钱！怎么能让你请客！快走！快走！你们来不及了！赶快走吧！"

耀翔作势要赶人，晓彤只好说："那下次好了！改天见了。"

耀翔挥手装作不耐烦的样子要两人快走。见两人走远了，回头望着正吃东西的小三："小三，你……"

"借钱是吧？哼，"小三愤愤，"没钱还在女人面前摆阔！好体贴，好威风啊！你怎么就不体恤体恤兄弟我呢？"

"不就几块钱的事，啰哩巴唆什么！领了钱我会加倍还你的。对了，你们餐厅还缺不缺泊车小弟啊？"

小三将筷子一撂："我就知道！刚才你在问关小姐有没有人接，我就知道你心里在盘算什么。怎么？想要温馨接送是吧？"

耀翔："女孩子那么晚回去，很危险。"

"人家有男朋友，还轮得到你操这个心吗？再说你白天的工作怎么办？"

"陆老板对我这么好，我不能辞掉。"

小三说："你想累死啊。翔哥，我真觉得你为那女孩子已经到了走火入魔的程度了，你知不知道？"

耀翔火了："啐，我说一句你顶五句啊。你到底帮不帮我问？"

小三叹了一口气："当初叫你作保镖你不肯，现在居然要做泊车小弟，唉，什么兄弟情，我看是见色忘友啦。"

恩祈走入办公室，发现耀翔居然看书看得很专注，觉得有趣，问："怎么样？ 看出什么心得了吗？"

"心得倒没有，"耀翔说，"不过，有了一些想法……"

"说来听听？"

耀翔思索了一会儿，"简单说，就是非洲大草原跟动物园吧！"

恩祈不解。

耀翔随即将几本摄影集拿到恩祈面前，翻开其中一本："你看，这就是非洲大草原。"又换一了本："这个呢，是动物园。你想想看，非洲大草原是一种自然的世界，动物可以在草原上狂奔，也可以一口吃掉别的小动物，自由吧！ 在动物园就不一样了，每一种动物都被人养得饱饱的，美美的，不愁吃穿，也不用跟别的动物打架，可就是少了那么一点味儿！ 我觉得摄影，也分这两种，一种就像是动物园，有最好的环境技术来配合，不过我不喜欢这样，太做作了！ 非洲大草原就不一样，它不见得有最好的条件，可是你看得到人生最自然原始的一面……"

恩祈听明白耀翔的意思了："不错嘛！ 你很有天分，想像力也不错，已经发现商业摄影跟艺术摄影的不同，你真的应该好好朝摄影发展。"

耀翔被恩祈夸赞，有点不好意思，"向来就只有人夸我架打得好，夸我别的……这还是头一遭。哎呀！ 糟糕！ 一说话就忘了时间。"耀翔看看表，"老板，你是不是要回家了？"

恩祈笑笑："不回家，我今天约了朋友。"

耀翔会意："那我们快走吧！"

"别急！时间还没到。对了！你有没有女朋友啊？"

"只是有个欣赏的人罢了"，耀翔有点沮丧，"看起来，她只把我当成朋友看。那老板你呢？感情应该更往前迈进了吧？"

恩祈苦笑，"我跟她啊……最近很少见面。我总觉得她好像在避着我……"

"这怎么可能？"耀翔义愤填膺，"她昏头啦！这么好的男朋友她不想要？我倒想知道是哪家的姑娘，眼睛长在头顶上……"说到这儿，耀翔觉得有点不妥，"对不起，我是替你抱不平啊！话说急了不好听，你可别不高兴。"

恩祈一笑，"不会。我在想，你要不要跟我一起去见见她，正好可以介绍你们认识。"

耀翔诧异，"我？不好吧！你们约会我凑什么热闹！"


晓彤喝着餐后饮料，频频看表，有些心不在焉。

恩祈看出晓彤着急："晓彤，你等会儿还有事啊？"

晓彤支吾："对啊！我跟同学约了。"

恩祈有些失望，沉吟片刻又问："能不能让我陪你一起去？也让我认识一下你的同学，好吗？"

"啊？"晓彤吓了一跳，一时想不到理由搪塞。

恩祈见状："不欢迎我吗？"

"不是……"晓彤咽着唾沫，"我们要一起写报告，怕你去了觉得无聊……"

"你别担心我会无聊，说不定我还可以给你们一点意见。"

晓彤心一横，拒绝道："恩祈，下次好吗？这次太突然，我还没知会大家，怕大家不习惯。"

尽管失望，恩祈也不强人所难："这样……好吧！那我就不勉强了，要不然，呆会儿我送你过去？"

　　"不用了。我坐巴士很快的,不碍事的。"晓彤心虚,不敢看恩祈,只好低下头喝饮料。

　　风风火火赶到餐厅,晓彤换上了薇薇借给她的典雅秀气的小礼服,经理见状挺满意:"这样还差不多。有准备弹奏的曲子吗?"

　　晓彤点头:"都准备好了。"

　　"那好! 上工去吧。"

　　晓彤深吸一口气,朝钢琴走去。

　　耀翔在远处观望着,小三说:"怎么? 连她工作你都要守着看?"

　　"嘘! 别吵,她要弹琴了。"

　　只见晓彤双手一落琴键,起音雄壮有力,接下来弹的是澎湃激昂的古典乐曲。

　　经理神色一沉,一旁谈事的客人皆被乐曲打断了情绪,纷纷望着晓彤的方向。

　　耀翔一皱眉,总感到哪儿不对劲,"这音乐……让人听了感觉挺振奋的喔。"

　　小三叫苦:"我的天! 她是把这里当演奏厅啦? 她完了。"

　　果不其然,经理马上走过去中断晓彤演奏:"我的大小姐,你弹的这是什么歌? 你想吓跑我的客人是吧?"

　　晓彤抱歉地说:"这曲子不好吗? 那我换首轻柔的小奏鸣曲。"

　　"你真是没搞清楚状况。"经理拿起一旁的歌谱,"我们这里的客人喜欢听的是一些柔美的流行音乐,你就照这歌本随便挑几首弹吧。"

　　远处的耀翔见状,愤愤不平,"干吗这样欺负人,弹这种歌有什么不好?"说着就想上前找经理理论,小三使劲揪住他:"喂,你做什么? 你去凑什么热闹。你给我回来……"

耀翔依然怒火中烧:"你揪我干吗? 让我进去!"

"清醒点啊,翔哥! 你是老板还是经理,这家店是你开的吗? 说穿了你也不过是今天才刚到位的泊车小弟,跟我一样,泊车小弟!"小三指指停车场,"看清楚没?"

耀翔这才冷静了些。

小三无可奈何地说:"难道喜欢一个人,可以让人发昏到不知分寸吗? 翔哥,你变了很多啊,你知道吗?"

耀翔无语。紧接着,就听到厅内传来晓彤弹奏的流行歌曲。

## 十五

第二天晚上,耀翔换上了制服,与小三两人在停车场忙碌。

"拿到车钥匙就摆在这里,知道吗?"小三对耀翔说。

耀翔听着里面的琴声,对小三的话充耳不闻。

"翔哥……"小三又叫他。

"听到了! 耳朵又没聋,嚷嚷什么?"接着又竖起耳朵,"姓关的这首歌弹得挺好的……"嘴里还哼哼着,"任时光匆匆流去我只在乎你……"

"五音不全的,好歌都被你糟蹋了!"小三转过头,见一辆车开过来,里面走出几个财大气粗的老板,小三脸一沉,"啐,又是这几个!"

耀翔顺着小三的视线看去:"这几个怎么啦?"

"仗着有几个钱,来这里当阔佬。一喝起酒来像得了失心疯似的,不把人当人看呢。"

其中一个酒客大摇大摆走过来,将钥匙与小费丢给小三:"喂,

LOVE OF THE

AEGEAN SEA

停车的！拿去！"

几个人大摇大摆地走进去了，小三苦笑："虽然他们小费给得多，但有时我真宁愿要点尊严，也不要这种钱。我们上一个琴师，听说就是被他们气走的。"小三转身停车去了。

"什么？气走琴师？"

晓彤弹完一曲，见其他客人自顾喝酒、谈话，根本没将她放在眼里，有点沮丧，翻翻琴谱，准备弹其他曲子。

那群酒客进去后，其中一个看见晓彤，一步登上台前："好啊，今天有琴师。来来，给我弹个《惜别的海岸》。"

晓彤愣怔："什么……海岸？"

经理随即上前圆场："沈老板，您来了。我们这个琴师刚来没多久，您别为难人家了。"

"什么为难？我来这里就是想要听点有家乡味道的歌。你们琴师不会弹琴，请她来干吗？要不然换一首，《爱拼才会赢》，这个你总听过了吧？"

经理勉为其难地望向晓彤，"这里有歌谱，你试着弹弹看吧。"

晓彤低声说："可是我连听都没听过……"

只见那个酒客将几张大钞丢在平台钢琴上的小费盒中："快弹。来，麦克风给我！"他已经找好位置要准备开唱了。

从厅内传来断断续续的《爱拼才会赢》的曲调，夹杂着酒客五音不全的歌声。

耀翔听着，心里很不安，小三停好车走来说："听这声音就知道，那几个家伙开唱了。看着吧，不出多久，等会儿就是他们开演唱会的时候了。"

"这怎么行？"耀翔说，"那姓关的岂不被他们给折磨死了。"

"这有什么办法。谁叫咱们缺钱。我们不也为了钱在看人脸色?"

耀翔觉得小三说的是有理,但心里还是不踏实,"喂,这儿你顶着,我进去瞧瞧。"

小三不平:"喂,我让你来这里是帮我,不是让你进去当护花使者的。"见耀翔早就跑了,压根没理会他的话,"真是莫名其妙,我是招谁惹谁啦?"

一辆车开过来,恩祈与几个同事下车,小三马上换了笑脸,热情上前:"欢迎光临。先生,我替您停车吧。"

恩祈将钥匙与小费给了小三,"谢谢你了。"又问同事,"你说的是这家啊?"

酒客依然忘情地唱着,晓彤有一搭没一搭地配乐,跟不上节奏。

酒客唱完了,意犹未尽,望着晓彤:"你到底会不会弹琴啊?"

晓彤窘迫地低下头。

远处的角落里,耀翔虎视眈眈地看着这个场面,心中一把火在燃烧。

晓彤说:"对不起,我对这曲子不熟。"

"好啦,下一首简单一点。《心事谁人知》,这你总会了吧?"

晓彤瞠目,经理在一旁替她翻歌谱,低声道:"这几个客人特没水准的,你忍着点吧。就这首……"

服务生领着恩祈与同事进了包房里,里面已经有几个朋友在等候。同事介绍说:我介绍一下,这位是我们公司海外部经理陆恩祈。"

这时大厅里那酒客的歌声如魔音穿脑,恩祈几个人听得直皱眉。一个同事问："是谁唱得这么难听。"

另一个回答："这群人真是丢尽了我们这些台商的脸，不知道的人还以为我们都是这么蛮横霸道不讲理。"

恩祈好奇地向舞台上张望，那酒客还在忘情地乱唱，恩祈也难以接受地摇摇头。然而视线一转，恩祈却愣了，他看见晓彤满头大汗地弹琴，忙着配合酒客的节奏。

晓彤无可奈何地弹着，无意间看到了早已走出包间的恩祈。

四目相望，晓彤停下了弹琴的手，琴声戛然而止，只剩下酒客嘶哑的声音。酒客发现没伴奏了，兴致被打断，怒斥晓彤，"喂！喂！喂！谁叫你停了！给我弹啊！"

经理还搞不清楚状况，慌忙出来安抚。

酒客说："我唱得正高兴，她不弹是什么意思！"

"对不起！对不起！"经理催促，"关晓彤！你发什么愣啊！快弹啊！客人要生气了！"

恩祈看着台上的状况，神情愕然。

让恩祈看到这一幕，晓彤无地自容，突然起身跑了出去。

恩祈见状也追了出去。

耀翔早已经怒火中烧，他站在角落里，没见到恩祈，以为晓彤是被客人骂出去的，二话不说冲了上去。

那个酒客还在胡闹："搞什么乱七八糟的东西啊！换人！换人！"

台下同行的酒客也站起身咆哮，想把事情搞大："浑蛋！这是什么烂服务啊！让大爷不爽！你们还要不要做生意啦！"

"别生气！别生气！"经理赔笑，"我向两位道歉！今天本店免费招待！"

"招待个屁啦！大爷来是找乐子的！不是来看小姐脸色的！叫她出来给我们道歉，不然叫她以后不用弹了！"

AEGEAN SEA

LOVE OF THE

"是,是,对不起,新来的琴师,不懂规矩,我叫她给您出来敬酒赔罪。"

经理正疲于安抚客人,说时迟那时快,耀翔扫开一张椅子,硬是冲上前一把揪住那个唱歌的酒客。

那人惊慌地问:"你干吗……"

"干吗?"耀翔恶狠狠地说,"教训你这混蛋,叫你开开眼界,别仗着有钱就欺负人!"耀翔狠狠一推,那酒客踉跄后退几步,撞倒了桌子。

其他的酒客见自己人被欺负,跳上台跟耀翔扭打成一团。一时间杯盘乱飞,现场尖叫声四起,一片混乱,客人纷纷夺门而出。

小三挤进门,见状大惊:"翔哥!"见耀翔人单势弱,也奔上前加入战团。

晓彤慌慌张张地跑着,不小心被自己的长裙绊倒在地。恩祈追上来,扶起晓彤,"你为什么要跑?"

晓彤一时间不知如何解释。

恩祈问:"为什么要躲我?这到底是怎么回事?你不是说你在陪表姐挑喜饼吗?你不是说晚上没空跟我见面,是因为学校有练习吗?原来你是在这里上班?所以才用那些理由骗我?"

见到恩祈惊讶的样子,晓彤内心更不好受,无语地低下了头。

"如果今天我没到这里,你要到什么时候才会告诉我实情?"恩祈痛心地说,"晓彤,我以为我很了解你,我以为我们心灵相通可以无话不谈,但是你为什么要骗我,你不知道这样很伤人吗?"

在恩祈的逼问下,晓彤下意识地开始保护自己,她抬起头,直视恩祈,倔强地说:"是!我不诚实,我的确骗了你,就如你所见的,我是在这里打工,为了钱,为了生活,我逼不得已需要对那些暴发户忍气吞声,任他们使唤……"晓彤深吸一口气,断然说,"这就是

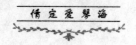

我的生活,这就是我极欲不想让你知道,想要隐藏起来的另一面。如果你觉得这样的我让你很难堪,让你觉得配不上,趁现在我们才刚开始,你可以考虑还要不要跟我继续交往……"说到这里,晓彤的嗓音已经哽咽,"无论你做什么决定,我……都不会怪你的……"

晓彤的一番话,让恩祈脑子里一片空白。

晓彤见他毫无反应,一咬牙,转身跑远了。

深夜,耀翔在晓彤家门外等了许久,终于看到远处拖着沉重的步伐走来的晓彤。

耀翔总算放了心,快步迎上去:"喂!姓关的,你到哪里去了?我在这里等你好久了!"

晓彤哀怨地抬了抬眼,没说话。

耀翔跑到小买部买了两根冰棍,"那,给你!"

"我不吃……"晓彤摇头。

耀翔说:"用脚指头想都知道你不会吃。是给你敷眼睛用的,看你两个眼睛肿得跟核桃似的。拿去!"

晓彤讪讪地接过冰棍发愣。耀翔撕开包装吃起来,趁机敷了敷刚刚受伤的嘴角。

"我早就说你不适合出来卖艺吧!脸皮这么薄!"

晓彤一怔,眼眶又红了起来。

耀翔急忙改口:"不是啦!我的意思是说要你在酒店弹琴本来就是大材小用!不过,你正好可以趁这个机会出来看看外面的世界,算是体验人生嘛!你们学艺术的不都希望能多一点人生历练吗?"晓彤不做声,耀翔继续说,"人生就跟旅游一样的,一路上都风平浪静多无聊!你想想看,在希腊要不是我这个瘟神一路替你制造麻烦,还有你那个等了一天死也不出现的王子,我敢说,你对希腊的印象一定不会这么深刻……"

晓彤被这么一说,泪水又汩汩流出。

耀翔慌了手脚:"喂,别哭,我本来是想安慰你,谁知道我这个嘴,老说些不中听的!"耀翔打自己巴掌,"反正我的意思就是说,你既然下定决心要帮家里还债,就别想太多,专心弹你的钢琴,我用我的人格跟你保证,以后这几个财大气粗的音痴绝对不会再出现了!"

晓彤低头站在经理桌前任他教训。

"服务业的宗旨是什么? 顾客永远是对的! 你这样一走了之,我要怎么向客人交待! 难道你要我来替你弹琴吗?"

晓彤嗫嚅:"对不起,下次不会了……"

经理严厉地说:"不会有下次! 这次要不是一时找不到人顶替,我一定把你开除! 出去吧!"

晓彤神情黯然地走出来,迎面看见小三扛着一堆东西,晓彤礼貌地停下来打声招呼:"小三,要不要我帮忙?"

小三摆出一张臭脸:"让开!"

"小三,你生什么气啊?"晓彤一想,明白了,"啊! 是不是我昨天连累你让经理骂了?"

"你还知道自己做了什么好事啊! 你知不知道翔哥昨天为了你,跟那些人打架,现在连工作都没了!"

晓彤愣住了,"什么? 他打架?"

"没错! 都是因为你!"小三气呼呼地走了。

时间还早,晓彤心情沉重地走上琴台,想着耀翔因为自己被开除,昨天晚上他居然不说,反而劝了自己好久。

经理走过来,"关晓彤,今天有大客户包了场,你待会儿给我好好表现。"

"包场?"晓彤环顾厅内,没见到什么人,有点疑惑。

经理说："应该马上就到了。你先弹几首曲子暖暖场。"

外面传来服务生的声音，"欢迎光临！"

晓彤跟经理同时转头，只见恩祈一个人走进来。晓彤呆若木鸡。

身旁的经理快速迎上去："您就是陆先生吧?"

恩祈点头，望了晓彤一眼，晓彤难堪地转过头。

"欢迎！欢迎！"经理热情地说，"没想到陆先生这么年轻有为。"探头看看门口，委婉地问，"不知道其他人几点会到?"

恩祈说："没有其他人，就我一个。"

经理瞠目结舌："就，就您一个人?"

恩祈自顾选了一个视线最好的位置坐下来，对经理说："你去忙吧！有需要我会叫你的！"

晓彤愣在原地。

恩祈柔声说："今天我是专程来听你弹琴的。"

晓彤不知他是何用意，深吸一口气，木然走到钢琴前坐下，呆板地弹起一些流行曲调。

恩祈轻蹙眉头，唤服务生过来，对他耳语几句。

服务生走到晓彤耳边传话，晓彤停下了手，沉吟半晌，僵硬地弹起了《四手联弹》的曲调。弹着弹着，晓彤的眼眶却浮出泪水，眼泪滴落在手指上，半晌，再也弹不下去，呜咽着说："为什么要用这种方式来羞辱我！花钱来这里看我弹琴让你觉得很开心吗?"

恩祈走上前，深情地望着她："我不是来羞辱你的。昨天是我不好，我是来向你道歉的。昨天是我太心急也太意外了，我一下子不知道该怎么表示……"

晓彤委屈地说："你不需要表示什么，在这里弹琴，连我都看不起我自己，请你让我保留一丝尊严吧！"

恩祈说："我怎么会看不起你呢，相反的，当我知道你为了分担

LOVE OF THE

家里的债务来这里工作,我心疼你都来不及。晓彤,为什么不告诉我? 我们不是应该分享彼此的心事吗?"

"你不懂!"晓彤伤心地说,"你不知道我在这边弹琴的感觉,我每天为了钱来侵犯这些琴键,而你是那么优雅地高高在上,你要我如何跟你分享这些事情。"

"晓彤,你忘了音乐是没有贫贱与高贵之分的,在乎的是演奏者与聆听者的互动与共鸣。就如同我们的感情,不会因为外来的因素而受到影响。"恩祈柔声说,"只要我们相爱,你的一切就是我的一切。你的欢喜我要分享,你的忧伤或烦恼也都会成为我的责任。我今天不是来羞辱你,更不是来炫耀我的财富,而是要守护你……让你知道,不论你做什么,只要你认为是对的,我都支持你。"

晓彤泪如雨下,伏在恩祈的怀里,纵情地哭起来。


# 十六


经过美龄的房间,恩祈看见美龄正在挑衣服,沉吟半晌,决定对美龄把话说清楚。于是叫了一声:"妈。"

美龄回头:"你回来啦! 正好,快来帮我看看明天的聚餐我穿哪一套比较好看?"美龄指着床上的几件。

恩祈指着其中的一套:"就这套吧!"

美龄有同感地点头:"我也觉得这套比较好。明天就穿它吧!"

美龄收着衣服,一旁恩祈鼓起勇气开口:"妈……"

美龄心不在焉地嗯了一声。

恩祈说:"我正在跟一个女孩交往。我想带她回来,让你们见

见她。"

美龄听清楚了,停下动作,转头看着恩祈:"你说什么?"

"我说……我有一个喜欢的女孩子了,我正在跟她交往……"

美龄沉下脸:"那怡倩呢?"

恩祈说:"我会跟她解释清楚的。"

美龄顿时勃然大怒,将衣服一甩,"你开什么玩笑啊?连家早就认定你是准女婿了!现在就差婚礼还没举行,你居然又跟别人交往!你要妈怎么跟他们父女交待啊!"

"妈,感情是勉强不来的!打从一开始我就说过我对怡倩没感觉,我真的没办法跟她结婚。"

"感觉?你以为婚姻靠感觉能维持多久?那这个女孩让你有感觉吗?你跟她认识才多久?"

"我们认识的时间不长,但是我们相互喜欢,这跟怡倩的感觉完全不同。我真的爱她。"

美龄气急败坏:"你这些鬼话是跟谁学来的?是那个女孩教你的吗?恩祈,我告诉你,我不准你跟怡倩之外的女孩交往!听到没有!"

美龄转身继续整理她的衣服,恩祈绕到她面前,坚定地说:"妈,从小到大,我什么事情都听你的,即使是我不想做的事情,我也全都依你。但是这一次,我对她是非常认真的,我要决定我自己的幸福。"

美龄怔住了,不敢相信听话的恩祈会说这种话,思忖半响,深吸了一口气后,她决定以退为进,"恩祈,妈也不是不通情理的人,只是怡倩对你这么痴心,我怕她受不了这个打击。"

恩祈说:"我会跟怡倩及连伯伯讲清楚的。我会尽可能把伤害减到最低的。"

望着恩祈固执的样子,美龄转念一想,缓和了口气:"先把那女孩带来给我看看吧。"

美龄打扮得雍容华贵,目光锐利地打量晓彤。

恩祈说:"妈,她是我跟你提过的,关晓彤。"

晓彤礼貌地说:"伯母您好。"

美龄不太情愿地笑笑:"坐吧。"

三人坐下,美龄倒茶。"不好意思,今天管家放假。呆会儿想吃什么就自己动手,别拘束。"

晓彤点头。

美龄说:"关小姐长得真漂亮。难怪我们恩祈这么喜欢你。对了,还没请教关小姐在哪高就啊?"

"我还在念书。"

"喔? 还是学生。那令尊令堂从事哪方面的工作?"

恩祈说:"妈,晓彤的父母已经过世了。"

美龄轻轻皱眉,"恩祈没跟我说……真抱歉!"

晓彤:"没关系! 我父母早逝,我是表叔表婶带大的。他们俩都是老师,已经退休了。"

美龄点头,"啊,我都忘了厨房还在煮东西呢。关小姐,今天留下来吃便饭吧。"

晓彤说:"谢谢伯母。"

美龄起身欲进厨房,突然又停下,"恩祈,我忘了请你买一瓶XO酱回来,这下,我的明虾就没味道了。"

恩祈说:"我现在去买。晓彤,你坐一下。"

看恩祈走了,美龄冷冷一笑,进了厨房,掀开锅盖看明虾蒸好了没有。晓彤跟进来,好心地问道:"伯母,有没有需要我帮忙的?"

美龄回过头正视晓彤:"我想请你帮忙,离开恩祈!"

晓彤一愣,以为自己听错了。

美龄放下锅盖,招呼晓彤坐下:"坐吧。我要跟你好好谈谈。"美龄收起笑容,神色严肃,与方才判若两人。

晓彤不寒而栗,木然地让美龄牵到餐桌旁坐下。

美龄说:"关小姐,刚才恩祈在,有些话我不方便说,现在我就开门见山地跟你说清楚!我不知道我们家恩祈看上你什么,这个我也没兴趣知道,但是请你睁大眼睛看清楚,恩祈是出身名门,很明显你根本配不上我们家恩祈。你说说看,除了一时的快乐,你还能给他什么?"

美龄突变的态度让晓彤傻了眼。

美龄继续说:"别怪我不客气,你们这些女孩子,图的不过就是嫁入豪门享福吧?"

晓彤有些愤怒:"伯母,您误会了!我不是为了钱才跟恩祈交往。我是真的爱恩祈!"

美龄"咯咯"笑起来:"你爱恩祈?其实,你也不用急着否认,财富当前谁不爱?这是人性嘛!但是关小姐,我劝你不要太认真,因为恩祈只是跟你玩玩而已,像你这种投怀送抱的女孩子,我也见多了,不足为奇。男孩子嘛!婚前多见识多认识朋友我都没意见。不过,若是要论及未来或婚嫁,那么,我必须坦白地告诉你,"美龄收起笑容,"关小姐,你完全不符合做我媳妇的标准!我要的媳妇是一个可以门当户对的人,在事业上更是可以助恩祈一臂之力的人,再看看你,没父没母的,又没背景,还是个学生……"

"不用您多说,我很清楚我的分量。"晓彤冷然打断美龄,她已经知道了美龄的用意,也不想再让她糟蹋了,"您今天让我见您,就是要告诉我这些的,对吧?"

美龄说:"关小姐,你也别怪我直言。说穿了我也是为你好,恩祈太善良了,有时候怕伤人,什么都不敢说,这可不是件好事,我若不把话说白了,让你看清事实,以后你会怪我们陆家骗了你。类似这种状况,在我们上流社会可是层出不穷,我这个做母亲的,当然得防患未然,若我话点明了你还执迷不悟,那就只能怪你傻,要不要白费力气,就看你够不够聪明了。"

晓彤知道美龄在下逐客令了,强忍着泪水站起身,"我知道了。对不起,打扰了。"说罢转身离去。

中餐厅门口挂着写有"热烈欢迎建筑公会贵宾"字样的横幅。

慧玟面色沉重地跟着郭老板来到厅内,郭老板看到重量级的大老板,马上笑逐颜开,拉着慧玟上前:"王董!"说罢热情地握住王董的双手。"真是稀客!稀客啊!您今天能来真是为餐会蓬荜生辉,增色不少!来、来、来,我陪您到里面坐!"

郭老板硬是拉着王董入内。慧玟木然地随行在后,眼光四处巡视良平到了没有。

美龄和良平来到餐厅门口,引起一阵骚动,美龄忙着跟大家握手寒暄,相较之下,良平则显得沉默。

慧玟夹在王董与郭老板的中间,正听着两人寒暄。

美龄一眼看见王董,"唉呀,王董!真是好久不见啊!"

听到美龄的声音,慧玟心知该来的仍是躲不过。

美龄一眼瞥见慧玟竟在一旁,笑容瞬间僵住,身后的良平见状也有些意外。

郭老板说:"良平兄,你们夫妻一起来啦!"

美龄假笑:"郭老板,没想到你还带着秘书一起来。良平,你看看郭老板对慧玟多提拔,这下你可以放心了吧!"

良平沉默不语。

慧玟尴尬地起身打招呼:"陆先生、陆太太……"

美龄客套地一笑,良平内心则是五味杂陈。

王董说:"美龄,我之前就听说你要留在上海!怎么?放心不

下良平啊!"

美龄趁势勾住身旁的良平,亲热地说:"王董你爱说笑!你知道我们良平可是新好男人啊!每天除了工作还是工作,我只担心他不好好照顾自己的身体,才留下来的。"

王董说:"好啦,大家别站着说话,我看不如一起坐吧。"

在王董的邀约下,美龄迫不得已挽着良平跟慧玟坐同桌。

郭老板酒酣耳热、面红耳赤地划着拳,声音也大起来。

"十、十五! 啊……"

周围的宾客笑道:"郭老板又输了! 来! 喝酒!"

"我喝不下了……"郭老板醉醺醺地说,"没关系! 让我的秘书帮我喝好了,来! 给吴老板个面子!"

郭老板拿起酒杯走到慧玟的面前。

慧玟推拒:"我不会喝酒!"

郭老板说:"就一小杯,喝下去就好了。别不给吴老板面子喔。"

慧玟不得已举杯喝了。

郭老板骄傲地说:"看,喝酒不是什么难事嘛! 慧玟,我真是没有白疼你啊!"边说边拉起慧玟的手抚摸,慧玟迅速抽回,郭老板借着酒意丑态全露,干脆亲热地搂住慧玟,慧玟难堪至极。

良平见状脸色铁青,美龄看了良平一眼,发现良平的视线全在慧玟身上。

慧玟窘迫地低声说:"郭老板,这样很难看……"

"什么难看,这表示我们感情好! 你看,他们一个个羡慕得要死!"

同桌宾客有人呵呵笑着。美龄则低下头装作没看到。良平忍着心中快要爆发的怒火,怒视着郭老板。

　　郭老板摇摇晃晃地拉起慧玟,准备起身敬酒:"我今天真是太高兴了! 来! 我敬大家一杯,祝大家财源广进,事业……"

　　话没说完,郭老板身子一歪,整个人瘫软在慧玟身上。

　　众人一惊,郭老板说:"我没事……没事……"他抱着慧玟,口中胡言乱语,"你真香! 给我亲一个!"

　　郭老板要强吻慧玟,慧玟终于忍不住了,"郭老板,请你放尊重一点!"猛地将郭老板推开,郭老板跌坐在地。

　　众人赶紧上前搀扶。王董有些看不下去了:"老郭,酒不用钱的也不能这么喝,酒品又这么糟,要让人看笑话啦。"

　　美龄也劝说:"对啦,郭老板你别再喝了。站都站不稳了,别再闹笑话了。"

　　郭老板推开宾客,气冲冲地站起身,发疯似的一把拉住慧玟:"你这个臭女人! 竟敢把我推倒在地上。你有没有想过是谁像捡垃圾一样把你捡回来的? 是我!"

　　慧玟挣扎:"你放开我!"

　　良平再也看不下去,起身将郭老板推开:"老郭,你闹够了没?"

　　郭老板看清是良平,恼羞成怒:"哎哟! 靠山出来了! 我呸! 郑慧玟,你说,我哪一点比不上陆良平,同样是你老板,为什么他可以碰你,我就不行! 啊? 你说啊!"

　　慧玟脸色惨白。

　　良平被激怒,一把揪住郭老板:"这种下流话你也说得出口! 你还要不要脸!"

　　美龄拉住良平,尴尬地打着圆场:"良平,郭老板他喝醉了! 你别理他! 郭老板,你也真是的! 不会喝就少喝一点! 我叫司机先送你回去。"

　　郭老板依然不甘示弱地对良平咆哮:"陆良平,我告诉你,少在那边大声嚷嚷! 不要脸的事不是只有我会做! 我看你也好不到哪

里去！要不是你之前跟她在公司搞七捻三的，她会被赶出公司吗?"

美龄脸色惨白，生怕郭老板说多了。

"你说什么!"良平震怒，"你把话说清楚。"

美龄紧张地拉开良平："良平，算了! 郭老板这些疯言疯语岂能当真，我们回家好了!"

美龄急欲拉良平走，岂料郭老板竟在后头放话："我说，要不是你跟她眉来眼去让大嫂心里不舒服，大嫂怎么会花重金，把她推销到我公司呢!"

良平愕然，望着美龄，美龄心一寒。众人沉默，鄙夷地看着这场好戏。慧玟无地自容，转身跑了出去。

"慧玟……"良平甩开美龄追上去，在场众人面面相觑。


耀翔拿着一箱东西吊儿郎当地走进恩祈的办公室，"老板，厂里的样品我替你拿来了。"

"谢谢，辛苦你了。"

"谢什么! 做你司机够轻松了，跑个腿没什么。"耀翔把箱子放下。

恩祈把一张卡片递给他："耀翔，这是你的识别证，以后进公司就不用登记了。"

耀翔接过识别证："太好了! 每天出入要签名我都烦死了。这东西要挂起来吧?"把识别证挂在胸前，抬头挺胸装模作样地走了几步，"嘻嘻，这感觉好像是你们公司的一分子喔，好像我也在你们公司上班。你看，我有没有精英分子的架势?"

恩祈没想到一张小识别证也能让他这么开心。"我刚看了你的识别证，原来明天是你的生日。"

"生日?"耀翔看看识别证，这才想起来，"对喔?"

"准备好怎么庆祝了吗？"

"啐！开什么玩笑，生日是我的受难日，没事投胎到这人世间来受苦，我都恼死了还庆祝个屁！再说，庆祝生日是你们有钱人的把戏，我们可没钱兴这套。"

恩祈说："庆祝生日不见得一定要花大钱、设大宴。你可以来个简单温馨的庆祝方法。明天你可以约你的心上人一起吃个饭或是看个电影之类的也不错。一年三百六十五天，总要留下一个值得你记住的快乐日子。"

耀翔有点自卑，"掂掂我自己的条件，人家肯跟我做朋友我该偷笑了，还癞蛤蟆想吃天鹅肉，想想我也真自不量力。"

"耀翔，你不能老是这么看低自己。最起码在我看来你就没那么糟，也许那女孩也是这么想呢？但你却一味的自卑、退却，什么也不敢说、不敢做。搞不好，一段好好的缘分，就这么被你糟蹋了。"

耀翔有点心动："是吗？那你说，我该怎么办？"

"你跟她表明过你的心意了吗？"

"啐，我怎么说得出口？"

"你都还没试就先放弃了。说不定她正在等你开口对她表白呢。"

耀翔打断他："哎呀，怎么可能？"

恩祈说："'可能'这个字眼是你自己臆测的，不是经过证明的。对吧？"

耀翔无语。

恩祈给他鼓劲，"兄弟，谈恋爱除了毅力还需要勇气，你一个人在这里猜想，对你们的感情不会有帮助的。你想想，只要你鼓起勇气对她告白，你就有一半的希望。就算不幸被拒绝了，你再投降也不迟。如果你真的很喜欢她，为什么不试试看呢？"

美龄坐在客厅看电视,良平走过去,头也不抬,继续看着她的电视。

良平说:"我们谈谈吧。"

两人相视而坐,沉默半晌,良平缓缓说:"我想了很久……"良平拿出离婚协议书,放在美龄面前,"我们还是离婚吧。"

美龄望着离婚协议书,冷冷道:"陆良平,你说什么? 你再说一遍。"

良平沉重地说:"我们守着这样的婚姻真的没有意义。美龄,我们……都让自己再去寻找新的人生吧。"

美龄凄然一笑,"陆良平,你的理由还真是简单扼要啊。寻找新的人生? 我过得好好的,我为什么要去寻找什么新人生。你真是不知好歹,我不跟你计较那天的事,已经是给你台阶下了! 没想到你还真为了郑慧玟这个臭女人要跟我离婚?"美龄越说越气,"好! 郑慧玟你厉害,有这么大的本事让我先生胆敢跟我说出要离婚。"

良平说:"美龄,你不要把所有的问题都推到别人身上。我要离婚跟她没有关系。"

美龄吼道:"你到现在还在帮她说话。啊?"

"她已经要结婚了。"良平丢出喜帖,"你不要再把我们的错误全往她身上推。没错,我承认她是导火线,但是你我心里都清楚,我们的婚姻早就有问题了,不是因为她的出现才造就我们今天的局面。"

"有什么问题?"美龄的口气咄咄逼人,"这二十几年我们不也这样过了,有问题你要到今天才说出来,这是我的错吗? 难道这二十几年来我让你这么痛苦吗?"

"你让我过得很好,好到不能再好了。只是你对我并不是爱,你只是将我当一个傀儡罢了，不是吗？美龄，你扪心自问，其实你根本没爱过我，你爱的……只有你自己的尊严。对我是这样，对恩祈也是，不是吗？我承认我有错，我错在发现问题的时候没立刻告诉你。因为这么多年来，我一直认为我能改变你。但是现在我必须承认，我已经没有能力改变我们的现状了，我真的无能为力。"

美龄愤然回房，收拾了一些简单的行李走了出来。

良平上前拦住她："你要去哪里？"

美龄冷笑，"你连这个家都不想要了，又何必关心我去哪里？你放开我。"

美龄甩开良平，良平一步跟上，"为什么你不能冷静一点面对这件事，一定要用这种极端的方式？"

"你说得倒轻松，你巴不得我快点签字好让你跟郑慧玟去双宿双飞是吧？我偏不这么称你心如你意！我叫你放开我！你听到没有！"

恩祈出来，见两人拉拉扯扯僵持不下，"爸妈，你们又吵什么？"

良平松手，恩祈望着母亲，担心地问："妈，你提着行李要去哪里？"

"这个地方我已经呆不下了。我想找个地方一个人静一静。你们放心吧，我没那么笨，不会想不开的。"

恩祈一想，也赞同地说："去走一走也好，妈，让我送你出去吧。"

耀翔走进恩祈的办公室，按捺着焦急的心情："老板，还没忙完啊？"

恩祈抬头："怎么，等会儿有事？"

耀翔不好意思地抓抓头："昨天听你说了那一番话，我觉得很有道理，所以……我就约了她，想趁今天跟她说个清楚。"

恩祈笑道:"看你一讲到她脸都红了。"

"不会吧?"

"是真的。我很高兴你终于鼓起勇气了。"恩祈给他鼓劲,"耀翔,要对自己有信心。我给你打气。今天呢,你就别等我了,先走吧。"

"谢了!"

耀翔转身要走,恩祈说,"等一下!"从身后拿出一个提袋,"差点忘了,这是送你的,生日快乐!"

耀翔有点意外,"老板,你不用这么客气吧。"

恩祈说:"刚好看到适合你的东西,我就买了,你看看,一定会喜欢。"

耀翔打开一看,竟是一台价值不菲的相机,顿时惊讶得张大了嘴:"哇靠! 这,这也太贵重了吧。"

恩祈说:"我希望你能好好用这台相机,拍出好的作品来,这可是我女朋友亲手挑的,我们一起祝你生日快乐。"

耀翔感动得语无伦次,"老板……你真是……我居然还要丢下你先走,我真是太对不起你了。"

"别这么说,向她表白可是你人生的一件大事,好好把握,祝你成功!"


晓彤坐在座位上望着窗外的夕阳,耀翔端着快餐走来:"来,这个给你。"

"瘟神,真是不好意思,这顿饭应该我来请你才对。"

"拜托! 我说了我黎耀翔绝对不花女人的钱的。"耀翔忙着将食物送到晓彤面前。

"但是我害你为我丢掉了工作,我真的很愧疚……"

"谁跟你说的?"耀翔有点意外,"是不是小三这个大嘴巴! 他还跟你胡说了什么？"

"你别怪他，不用他说我迟早也会知道。我实在太软弱了，让你为我出气，连累了你。"

"算啦，总之那些人就是欠揍！我这叫为民除害，看他们以后还敢不敢仗势欺负人。别说了，快吃吧。"

耀翔大口咬起汉堡，晓彤沉吟半晌，实言道："其实，那天我突然跑走，也不是因为那些难缠的客人，是因为……我看到我男朋友了。"

耀翔一时忘了咀嚼，愣住了。

晓彤说："我一时间不知该怎么跟他解释，所以就跑走了，没想到你却误会是那些客人欺负我，还把人家打了一顿，瘟神，我真的很抱歉，害你丢了工作。"

"那天晚上我去找你的时候，你怎么没说？"

"当时我跟他有一点争执，心情很乱，也不知道该不该跟你说，你不会生气吧？"

耀翔苦涩地说："当然……不会！反正那份工做不做都无所谓，只是……你们和好了吗？"

晓彤甜蜜一笑，"嗯，还好后来都解释清楚了，他来向我道歉。我发现，他真的很在乎我。过去我以为他会在意，所以刻意隐瞒，现在看来全都是我自己想得太多，杞人忧天自寻烦恼。其实他根本就不在意。经过了这一次，我们两人感情更好了。我也发现……我更离不开他了。"

耀翔几乎快要听到自己心碎的声音，他故作镇定地硬是挤出一丝笑容："喔，那很好……"

"唉呀，真不好意思，老说我自己的事情，"晓彤见耀翔看着汉堡发愣，"瘟神，你怎么不吃啊？"

耀翔索性将汉堡一放，苦笑："突然……饱了，吃不下了。"

晓彤并未察觉有异:"对了,你约我出来,不是有话要跟我说吗? 是什么事啊?"

耀翔支吾:"我……你不是说你表姐要结婚了吗? 现在怎么样了?"

"大部分的事情都办得差不多了,他们明天就要去拍婚纱照了。"晓彤不解,"你叫我出来就是要问我这个? 你什么时候开始关心我表姐的事情来了,你很奇怪啊。"

耀翔努力想出一个借口:"怎么说……她也介绍了工作给我。她要结婚了,我也该准备个红包给她。"

晓彤说:"你日子也不好过。这些礼俗就免了吧。"

"不好过也不能忘恩啊。你不让我表达一点心意,岂不是让我难堪?"

晓彤见他坚持,突然想出了一个办法,"要不这样吧,你不是在学摄影吗,不如你明天来帮我们拍照好了。"

耀翔毫无兴致:"你们有专业的摄影师了,我去干吗?"

"明天我表叔表婶都会去,你就帮我们大家跟慧玟姐合拍一些照片留念,一方面也可以看看人家专业的摄影师是怎么工作的。这样,你对慧玟姐的心意也到了,岂不是一举数得?"

"你想得还真周到。"

"就这么说定了。"晓彤拿出一张名片给耀翔,"明天中午在这里。别迟到了。"看了看表,"不早了,我该走了,明天见。"

耀翔苦笑着目送晓彤离去,脸上的神色失望至极,"我还没说出口就失恋了。这就是老天爷送我的生日礼物啊。"

# 十七

恩祈急急忙忙从楼上下来。才一开门，差点跟要进屋的美龄撞个正着。"妈，你回来了？"

美龄问："你匆匆忙忙地要去哪里？"

"我有点事，出去一下。妈，你好一点了吗？"

美龄的神色显得很平静："没事了。你先去忙你的吧。"

美龄一进屋，就见到良平。

"你回来了。"良平有些不安。

美龄走上前，表情显得很平静、诚恳："良平，这两天我一个人好好地想清楚了。与其这样绊着你让你痛苦，不如我大方地让你走。好歹我们也夫妻这么多年了，没必要到最后连朋友也做不成。"美龄从皮包里拿出离婚协议书，放在桌上，"我不为难你了。我签字。"

美龄拿出笔当场签下名字。

美龄的转变速度之快，让良平错愕。

"不必吃惊，我想通了，我若不肯放手，只会让我自己伤得更深。我已经失去婚姻了，没必要也输掉了自己，你想要追求自己的人生，你去吧。我们夫妻没能白头偕老这是我的遗憾，但是既然这对你已经不重要了，我也不必坚持什么，我只能说我祝福你。"

"美龄，我真是没想到……你会这么想。"

美龄苦笑："不要老是把我想得这么不堪，我周美龄虽然没有大慈大悲，但也还算是个有血有肉的人，尤其是对我爱过的人，我没有必要伤害他。我知道你们爱慕着对方，我若还是不识趣挡在

你们中间,也只是更加深了你们的情感,所以,我干脆让开,成全你们。"

良平说:"美龄,慧玟真的只是导火线,她不是我提出离婚的真正原因……"

"良平,就算她只是导火线,不可否认,你对她是有感情的。现在我想开了,我放你自由。你有权利去选择你所爱的,不用为了守着你对我的承诺而放弃这么好的一个人,你应该要好好把握的。"

良平说:"我们真的没什么,她已经要结婚了。"

美龄劝说:"良平,在她还没结婚之前,你都是有机会的,如果你要放弃她,那我签这个字就没有意义了。"

良平沉吟不语。

"去吧,不用觉得对不起我,快去找她谈谈,也许她就在等你这一句话。想想你们好不容易才有机会在一起,迟疑了一定会抱憾终身的。"

在美龄的鼓励下,良平站起了身:"美龄,谢谢你,我知道该怎么做了。"


镁光灯闪烁不停,摄影师正在替新人拍照。

耀翔匆忙赶来,晓彤迎上前:"瘟神啊,你怎么现在才来!"

"不好意思,昨天喝多了,睡过头了!"

晓彤急忙拉着耀翔上前:"来! 来! 先替我们大家照一张,慧玟姐,你们先别换衣服! 我们来拍一张照。"

晓彤忙着招呼众人站好位置。

耀翔赶紧拿出相机拍照:"好,大家再往左边挪一点,对,往中间挤一点,新郎头抬高,好,不要动,我要拍了!"

耀翔按下快门,"好,再来一张……"相机又"咔嚓"一声,"行了!"

大伟说："谢了！那我们去换衣服了。"

众人离去，晓彤望着耀翔："瘟神，你拍照没问题吧？"

"应该可以吧，反正也是练习。喂，姓关的，别动！这个角度好，再替你拍一张。"

晓彤一听定住，耀翔按下了快门："棒！姓关的，我这个技术加上我这台相机，绝对把你拍得美美的！"

晓彤觉得好笑："把自己说得好像专业摄影师。真不害臊。"

耀翔边拍边说："喂，你别小看我，自从我迷上拍照后，可真的是花心思学的。等你看到照片后就知道我有没有吹牛了。来，再拍一张，笑一个……"

晓彤很配合地笑着。看见相机，却出神了，"这相机……"

"喂，你发什么呆啊，怎么不笑，浪费我的胶卷。"

"瘟神，你这台相机……哪里来的？"

耀翔得意："这台相机很不错吧？放心，不是偷来的，我老板送的。"

"你老板？他什么时候送的？"

"昨天啊。"耀翔不好意思地笑笑，"昨天是我生日，我老板大手笔地送我这玩意儿，他人很好吧？"

晓彤有些错愕："你老板……他叫什么名字？"

耀翔莫名其妙："怎么？这工作是你给我介绍的，你不知道吗？他叫陆恩祈啊。"

"陆、恩、祈？"

随即恩祈赶了进来，"晓彤……"

同时间耀翔也回过头，一见到恩祈，三人都傻眼了。

恩祈问："耀翔？你怎么会在这里？"

两人同时看着晓彤，晓彤搞清状况了，脑中一片空白。

耀翔看看晓彤："原来，我老板是你的男朋友？"

"瘟神,我真没想到你的老板就是恩祈。"晓彤惊呼,"怎么会这么巧,你知道吗? 恩祈就是我在希腊遇到的那个人,结果他到了上海,你又认识了他。"转头对恩祈说,"瘟神就是跟我一起去希腊旅行的友伴,把我气哭的就是他。"

耀翔恨不得找个地洞钻进去。

恩祈对耀翔说:"原来你去过希腊,还是跟她去的?"

晓彤对耀翔说:"我的手链就是恩祈送的。"接着又对恩祈说,"后来搞丢还是瘟神帮我找回来的。"

耀翔张口结舌:"真是太巧了。搞了半天大家早就认识了。"

"瘟神,原来昨天是你生日,你怎么没跟我说,结果还让你请我吃饭,这样,我很不好意思呀。"

恩祈想起什么,看了耀翔一眼,"耀翔,原来你昨天约的……"

耀翔打断他:"不是不是! 我说的当然不是她,老板,你不要乱想了,姓关的我当她是哥们儿,我们都称兄道弟的,绝对不是她。"

恩祈心中了然。

晓彤不解:"你们在说哪个'她'?"

耀翔说:"你别问了,这是男人的秘密。"

晓彤也不想多问,很自然地拉着恩祈的手,耀翔看在眼里,有点不是滋味地转过头去。

"真是有趣,让我想想看,瘟神的工作是我介绍的,我又是替慧玟姐找司机,这么说起来……"晓彤觉得有趣,就像发现新大陆似的。

恩祈听了一惊,"你说什么? 你表姐是郑慧玟?"

"是啊。"晓彤回答,片刻之后突然惊呼,"这么说,你是我表姐老板的儿子? 那你也早认识我表姐了。这世界怎么会这么小,真是太巧了。这样,我也用不着介绍了。"

恩祈却再也笑不出来了。

AEGEAN SEA

LOVE OF THE

耀翔讪讪地说："今天还真有趣，大伙儿好像来这里认亲戚喔。"

大伟急急忙忙跑过来："晓彤，你有没有看到慧玟？"

"慧玟姐？你们不是去休息室换衣服了？"

大伟也觉得奇怪："我们不过才出去一会儿，回头就不见她了。"

"怎么可能。我去找……"

晓彤跟着大伟出去了，留下恩祈与耀翔。耀翔看看恩祈，却见恩祈神色沉重，而耀翔也心虚恩祈是否猜到了什么。

良平从出租车里下来，向四周观望。慧玟穿着婚纱礼服跑出来。良平回过头，与慧玟四目相视。

"慧玟，谢谢你愿意跟我见面。"

望着良平憔悴的样子，慧玟隐忍着心痛，淡然道："你这又是何苦，我不见你就是希望别再引起不必要的误会，你却执意要来。难道你就非要看到我穿着婚纱，准备要嫁人了，你才会死心吗？"

良平痛苦地望着慧玟。

慧玟艰涩地说："我拒绝你，全世界的人都会体谅我的作为。但是你若不放手，还这么藕断丝连的，全世界的人都不会原谅你的。"

良平沉吟半晌，幽幽道："不会再有这种事了，因为我……已经离婚了。"

慧玟震惊，平静的心情再次被搅乱。

"老实说，我也不知道自己究竟存着什么心，非要来见你一面不可。或许在我的心里，还存着一丝希望吧。"良平黯然一笑，"不过，看到你有个好归宿，我也放心了。你是一个好女人，该有个值得让你依靠的人托付终身。来这里看清真相也好，以后……我也

不用为你牵挂了。"

慧玟眼里泛着泪光。

良平凄然望着慧玟一身婚纱,"你……这样真的很美。不好意思,打扰了。我……走了。"

慧玟望着他的背影,再也按捺不住,一个箭步奔上前去,直视着良平:"你突然出现就丢给我这么几句话,就这样一走了之?你要我怎么安心地去结婚?"

良平不语。

慧玟泪流满面:"你为什么不勇敢一点!你心里想说什么为什么不说出口。你都自由了,难道还想让我遗憾吗?"慧玟扑到良平的怀里,"我宁愿当一个罪人,我也不要……有遗憾……"

良平紧搂住慧玟,泣不成声。

慧玟父母的家里乱成了一团。晓彤与大伟急着打电话找人,郑父、郑母在一旁担心。

恩祈与耀翔坐在一旁无所适从。

恩祈上前问:"晓彤,有需要我帮忙的吗?"

晓彤摇头,歉意地说:"对不起,也不知道慧玟姐为什么突然不见了。今天本来想介绍你让家人认识的,结果却变成这样……"

"别说了,以后有的是机会,先找人要紧。"

晓彤说:"不耽误你的时间了。我看你跟瘟神先走吧。"

到了屋外,耀翔问恩祈,"你不留下陪她?"

恩祈说:"我帮不上忙,呆在那里反而会造成她的困扰,晚一点我会再跟她联络的。倒是你……"恩祈看着耀翔,"可以跟我说实话了吗?"

耀翔心虚,"什么实话啊,我又没跟你撒过谎。"

恩祈沉重地问:"你喜欢的那个人,是晓彤吧?"

耀翔急忙否认:"我不是说过了吗? 我跟她是哥们儿。我根本将她当男人看啊,你都不知道她在我面前有多粗鲁,简直就是个留长发的男人。我怎么会喜欢这种一点女人味都没有的人?"耀翔发现愈描愈黑,随即澄清,"喂,我是指她对我喔,不是对你。你别因为我这么说对她打折扣,这样不公平。"

恩祈说:"你很护着她。"

耀翔坦言:"就算护她,也是应该的。毕竟,像关晓彤这种肯跟我们这样低水平的人做朋友的,还真的不多。她是一个,你也是一个。"

恩祈说:"耀翔,你知道吗? 我没有兄弟,所以,格外在乎我们之间的情谊。"

耀翔点头,"我懂,我都明白。"

"我不希望我们因为同时喜欢一个女孩,而伤了感情。晓彤对我很重要,而你也是。"

耀翔不想加重恩祈的负担,笑着说:"都跟你说不是了,你怎么那么死脑筋还想追根究底? 如果我们喜欢的是同一个,你会让我吗?"

恩祈一顿,"我……会告诉晓彤,以她的决定为答案。"

"啐,老板,亏你已经想这么远了。好啦,不吓你了,过两天我带我喜欢的那个女孩的照片来给你看,让你相信我说的话,这总行了吧。"耀翔嬉皮笑脸地转移话题,"如果你不小心喜欢上我的那个朋友,我也会让给你的。男人嘛! 干吗为了一个女人伤感情,女朋友满街都是,能肝胆相照的朋友可不是那么容易找到的。"

恩祈一震,从耀翔的言语中,他已经找到了答案。

"好啦,不说了,我先闪人了。明儿见。"耀翔大咧咧地转身离去,也只有在转身之后,耀翔的脸上才流露出失落的神态。走了几步,突然看见前方街道一辆出租车停下来,下车的竟是美龄。

LOVE OF THE

AEGEAN SEA

同时间,恩祈也见到了。只见美龄昂首阔步往郑家走去,耀翔回过头望向恩祈,喊着:"老板,你见着没? 那不是你妈?"

一家人愁容满面,晓彤拿面巾纸让郑母擦眼泪。

郑母念叨:"怎么会突然不见了。该不会出了什么意外吧?"

晓彤安慰:"表婶,慧玟姐看起来就是个福福气气的人,不会出什么意外的。也许她是突然想起什么事情,先离开一下,却给耽搁了。等一会儿一定会回来的。"

大伟站在一旁,不祥的预感已油然而生。

门铃响了,晓彤马上站起来,"一定是慧玟姐回来了,我去开门。"

门开了,站在门前的竟然是美龄。

两个人都是一愣。

美龄问:"你怎么会在这里?"

晓彤还没说话,大伟已经预感到什么,跨步上前:"你来这里做什么? 请你出去。"

美龄有备而来,睨了大伟一眼,冷哼一声。

晓彤不解:"你们认识? 这到底是怎么回事?"

随即恩祈与耀翔追了上来,"妈,你来这里做什么?"

"做什么? 我来找你爸啊。也找郑慧玟啊。"

晓彤问:"恩祈,这是怎么回事? 你妈找我表姐做什么?"

恩祈心里一凛,晓彤已说出了她跟慧玟的关系。

美龄听明白了,直视晓彤,更是怒火中烧,"你说什么? 搞半天郑慧玟是你的表姐。"转而望着恩祈,"这是怎么回事? 怎么? 你跟你爸联手欺骗我吗? 你们都联手偷偷背着我私下交往吗? 还竟然是表姐妹?"美龄冷笑,"这可真是有趣了。"

耀翔在一旁有些明白了。

恩祈息事宁人地说："妈,我也是刚刚知道的。妈,有事情我们回去再说吧。"

美龄甩开他："你爸跟郑慧玫跑了,我还回家做什么?"

郑父、郑母大吃一惊,大伟更是倒抽一口冷气。

晓彤有些生气："你在说什么? 伯母,我尊重您是个长辈,但是您不能血口喷人。"

"哼,我有没有乱说,问这可怜的未婚夫不是最清楚吗? 董先生,你不是说郑慧玫温柔体贴,对大家都一样,结果呢,她现在温柔地把我老公给拐跑了,却把你给丢下了,这怎么解释?"

大伟脑中一片空白,晓彤揪住大伟:"大伟哥,这是怎么回事?"

大伟说不出话。

"怎么回事? 让我跟你们说不是更清楚吗? 我老公不要我了,说他要跟郑慧玫远走高飞。哼,"美龄望着郑父、郑母,"听说您二老是为人师表啊,你们是怎么教养自己女儿的? 让她这么有本事,做这种拐人老公破坏家庭的事情。请问你们俩是怎么教育孩子的?"

郑父、郑母错愕。

恩祈劝阻："妈,您别说了。"

美龄咆哮："凭什么要我别说,你是胳膊肘往外弯了是吧? 今天你究竟站在谁这边?"

恩祈不敢说话了。

美龄哽咽着说:"我是受害者啊,我家庭破碎了,难道要我连吭都不能吭一声,你们郑家倒是还我一个公道来。"

恩祈挽住美龄:"好了,妈,我求你别闹了。我们有事回去说好吗? 我求你……"转而向屋里其他人说,"对不起,打扰了。"

美龄一边往外走,一边频频叫骂:"叫郑慧玫来跟我说个清楚啊,要不然我不会饶过她的……"

美龄的叫骂声渐远，留下一屋子错愕的人。

耀翔走向晓彤，尴尬地说："姓关的……我……"

晓彤乏力地说："对不起，让你看笑话了，请你……先回去好吗？"

耀翔也只能离开。

郑父沉吟半晌，颤抖着说："大伟，你肯定知道什么对吧？给我一字不漏地说清楚！"

大伟黯然缩在一角，晓彤急切地问："大伟哥，你别不说话啊。你要知道什么就快告诉大家，让大家明白到底是怎么回事？"

大伟喃喃自语："我不相信慧玟会做出这种事，她告诉过我，一切都已经过去了，不可能的……"

郑母听闻，眼眶一红，"大伟都这么说了，那么，就表示真有其事啰。怎么可能啊……老伴，我们慧玟犯了什么滔天大罪了？"

郑父跌坐在沙发上。

门再次打开，众人齐刷刷地看着门口。

慧玟走进来，"爸，妈……"

大伟正要迎上去，却见到慧玟身后的良平。

晓彤也认出了恩祈的爸爸。

良平看见晓彤，一时间也有些错愕。

慧玟不知发生了何事，低着头，上前赔罪："爸，妈，大伟……对不起，我今天突然离开，是因为……"

话还没说完，郑父冷然问道："你身后这个男人是做什么的？"

慧玟一时不知如何开口。

郑父突然咆哮起来："我在问你话啊。是不是这个男人把你给带走的？"

良平上前，护住慧玟："伯父、伯母，请别动怒，听我说完。我知道，这事情对大家都有伤害。但事到如今，我也该出来承认我的错。没错，是我带走慧玟的，因为我无法再昧着良心，因为……我真的很爱她。"

晓彤不敢相信这是事实，不由得眼眶红了。

大伟终于忍不住冲上去，一拳打向良平。良平被打倒在地。

慧玟尖叫："大伟，你别这样！大伟，住手……"

大伟红了眼，推开慧玟，边骂边使出全力狠狠地打良平，"你凭什么说爱她？你拿什么去爱她！你忘了吗？"大伟痛心疾首地喊，"你已经是个有家室的人了。你忘记自己的身份了吗？你没来由地跑来破坏了慧玟的幸福，你自己又有什么能力给她一个完整的幸福，你有吗？"

良平被打得嘴角出血，慧玟用自己的身体护着他："不要打了。大伟，他已经离婚了，他自由了，他有能力，他可以的！"

大伟痛心地说："慧玟，你怎么会傻到这个地步，你还在帮他说话。刚才他的老婆才来过，彻彻底底地将我们数落了一遍啊，说你抢了他老公啊。"

良平不相信："美龄？"

"不可能……"慧玟看着晓彤，"这是真的吗？"

晓彤凄苦地点头。

良平挣扎着站起来，"怎么可能？我和美龄已经签了协议书的。是真的！"

"是真的她会亲自登门理论吗？"大伟怒不可遏，"陆先生，亏你还是个大老板，这种谎言你也编得出口。你把我们当成三岁小孩耍是不是？"

慧玟也六神无主了。

良平摇头，"不可能，我说的是真的，美龄不会这么做。我以我的人格发誓，我绝对没有说谎，我这就回去拿我的协议书过来以示清白。"

LOVE OF THE

AEGEAN SEA

良平转身跑了出去。

# 十八

良平回到家里,见到美龄就问:"美龄,你今天是怎么回事?为什么跑到慧玟家去?"恩祈起身叫了声爸。良平无暇管恩祈,只顾问美龄:"他们说你去糟蹋了郑家的人,是真的吗?"

美龄冷哼一声:"你急忙赶回来,就是问我这事吗?没错,我是去骂了他们一顿,你儿子也在场啊。"

良平望向恩祈,恩祈不语,等于默认。

良平惊骇地问:"你为什么要这么做?为什么?"

"笑话。人家抢我老公、破坏我的家庭,难道我要去跟他们说谢谢吗?"

良平气极,"美龄,你太过分了,那你今天早上跟我说的话,签下的字,完全都是玩弄我吗?"

"我对你说了什么?我签了什么?有这回事吗?谁看到了?恩祈,你看到了吗?"

恩祈不解地摇头。

良平知道被她将了一军,"好,美龄,你够狠,我见识到了。我终于明白你原来是为了整我……"

"哼!是你背叛这个家的,现在反倒怪起我来?你打人还喊冤枉啊。恩祈,你自己看看,这就是你的父亲,一个为了外头的女人丧心病狂的没用男人。"

恩祈哀求说:"爸妈,我求你们别吵了,你们这样针锋相对,要我怎么理出一个头绪来。大家能不能好好谈谈……"

良平怒道："我不会跟一个失去良心的卑鄙女人谈话了。美龄，你够狠，我今天总算见识到你可怕的一面。你实在……太令我痛心了。"

良平翻开每个抽屉，疯狂地在房内寻找协议书，恩祈尾随在后："爸，你镇定点……"

"我一定要找出协议书，你妈当着我的面签了字的。我没有骗人！"

"爸，你们现在各说各话，你要我该相信谁？"

良平说："我一定会找出来证明不是我在说谎。我不能伤了慧玫……"

恩祈激动地说："你不能伤她，那我跟妈呢？你就能这样伤我们？"恩祈哽咽了，"爸，我们二十几年的情感，真的比不过一个郑慧玫吗？"

良平稍稍回复神志，凄然道，"恩祈，你真正爱过人吗？如果你真正爱过人，就能体会我现在为什么这么义无反顾。如今走到这一步了，我已经是无路可退了……"

恩祈颓然走到客厅，望着这个已是人心离散的家，不禁心酸，他搞不懂这到底是怎么回事，到底该相信谁。恩祈颓然抱住头，无意间，眼神一瞟，竟在沙发角落发现了撕毁的离婚协议书的一角，上面还有美龄不完整的字迹，恩祈颤抖地捡起纸条，答案已是呼之欲出。

幽暗的客厅里，美龄独自坐在沙发上，环顾这偌大的屋子，心中更感孤独，不由得叹了口气，"我辛苦经营了一辈子的家，到头来居然什么都没有，这真是一个天大的笑话。"

管家慌慌张张跑进来，"太太，有人在门口吵着要见老板。他

说他叫……"

话还没说完，大伟已经闯进来了，"陆良平呢？叫他出来！"

看见大伟，美龄尖酸地说："董先生，你一进门就像疯狗似的乱喊乱叫，你不知道做人要有礼貌吗？"

大伟咆哮："你少在这边跟我鬼扯！陆良平呢？躲起来不敢见人了吗？叫他给我出来！我今天一定要把他打得头破血流！"

美龄冷冷说："我以为郑慧玟还有点品位，没想到原来她结婚的对象一点脑子都没有，难怪你要被甩。董先生，未婚妻被人抢了你就想办法追回来啊。光在这边大呼小叫、动手动脚有用吗？你以为把我先生毒打一顿郑慧玟就会回头了吗？真是块朽木！"

大伟举起拳头："你说什么！你这个臭女人，信不信我连你一起揍！"

美龄呵斥道："说你笨你就真的自暴自弃了！像你这样没智商的人你凭什么跟人家争！你注定就是一个失败者！"

大伟反唇相讥："哼，你聪明！你了不起！你自己连老公都保不住了，又凭什么教训我！"

美龄厉声说："你别说得太早，事情不到最后，还不知道鹿死谁手呢！最起码我用脑袋在处理这件事情，我就不相信我抢不回我的老公。"

大伟被美龄的自信慑住，稍微平息了怒火："你说的是真的？"

"哼，这天底下还没有我周美龄做不到的事！"

大伟有点喜形于色："如果真是这样，慧玟就会回到我身边了。"

"干吗？你还想不劳而获。"美龄不屑，"董先生，我真是看扁你了。"

大伟茫然："不然我应该怎么做？"

"我要抢回我的老公，你要跟郑慧玟结婚，我们的目标既是相同,何不联手出击!"

"联手出击? 你说,你有什么好方法?"

"好方法我当然有,就要看你愿不愿意配合了。"

"怎么配合?"大伟着急地问。

"说你傻你还真傻! 天下男人的脸都给你丢光了,你说女人最重要的是什么? 郑慧玟可以这么轻易就跟你分手,想必是因为你还没得到她的人吧?"

大伟面有难色,"我跟她还没结婚,我当然要尊重她。"

"哼,尊重? 你尊重她,结果落个什么下场。别傻了,直接霸王硬上弓不是快一点。以后她的心想不跟着你都很难。"

"这样好吗?"

"你是她的未婚夫,你跟她,也是迟早的事。"

大伟沉吟,美龄睨着大伟,继续怂恿道:"董先生,方法我也说了,听不听就随便你了! 你以为我为什么要对陆良平这么死心塌地的,还不就是因为他是我的第一个男人! 女人嘛,会这么想不开,还不就是为了这档子事儿。"

离开美龄家,大伟认真考虑着美龄的话,犹豫着拿出手机,最后还是拨了电话:"喂,慧玟。是我……我们可以出来好好谈一谈吗?"


美龄在沙发上睡着了,一切都显得那么安静。恩祈有些心疼,轻轻走到美龄身旁,却见到桌上的空酒杯。恩祈颓丧地坐下。

"谁啊?"美龄听到动静,迷迷糊糊地问。

恩祈叹气:"是我,妈,我扶你回房休息。"

美龄有些不胜酒力,但还没到烂醉的地步,"恩祈是你啊,你回来得正好……来,陪妈好好庆祝一下……"

美龄又要拿起酒杯,恩祈劝道:"妈,你喝醉了……"

"我没醉,我清醒得很! 我现在心情好得不得了!"

恩祈难过地说:"妈,为什么你不能好好解决你跟爸的事呢,这样借酒浇愁,你会愉快吗?"

美龄冷哼:"愉快……我当然愉快啊!"

"你不要骗自己了,你要是真的愉快,也不用一个人在这喝酒了! 伤心已经够了,你还要伤身……"

见美龄脸色骤变,恩祈不说了,"我扶你回房休息!"

正要扶美龄,美龄却甩开恩祈的手:"你走开! 没有人会懂我的,谁知道我的心酸啊……我不甘心啊! 一个女人的青春岁月多么宝贵啊,我就这样无怨无悔地给了这个家,到现在人老珠黄,不值钱了,就被别人一脚踢开,我恨啊!"

恩祈说:"妈,你的恨,只会让你的世界更狭窄,换个角度看这件事情吧,你把自己关在这个情绪里,对你有害无益的。"

美龄不耐烦地说:"什么狭窄,我听不懂!"

"妈,别这样。今天就算爸做错了,你也不要用他的错来惩罚自己,你这样做只会让大家都付出惨痛的代价!"

美龄听着突然得意地笑起来,笑得歇斯底里,"恩祈,你放心,你们大家都被爱情冲昏头好了,反正我的脑袋是清清楚楚的。我告诉你,要解决这种热恋头昏病,就要懂得对症下药,对付郑慧玟这种狐狸精,只有我才知道要下什么药来治她……"

恩祈警觉地看了美龄一眼,安慰道:"妈,你醉了,你根本不知道自己在说什么……"

美龄扑哧笑出声:"你不相信? 那个董大伟已经听了我的话,再不要多久,那个郑慧玟就彻彻底底是他的人了。什么贞节烈女,哼,到时候,我看你爸爸要不要她……"

恩祈震惊:"妈,你这么说是什么意思,你要董大伟做什么?"

美龄昏昏沉沉地说:"什么什么意思,你别多问! 反正……我

LOVE OF THE

是不会输掉我的婚姻的……不说了，我累了……"

美龄说完，疲惫地合上眼休息，嘴角还带着一抹微笑。

大伟望着眼前的两杯水，又看看握在手中略已汗湿的药丸。

慧玟进了餐厅的门，朝大伟的方向走来。

大伟心一横，将药丸往自己的水杯里一丢，药丸尚不及底，就在水中溶解，大伟迅速将水杯调换。

等慧玟走近，大伟故作镇定清一清喉咙："坐啊！"

慧玟忐忑不安地坐下，"等很久了吗?"

"嗯，还好，刚到……"

两人有些尴尬，大伟拿起水杯喝水，不安地盯着慧玟面前的杯子，"要不要吃点什么，还是要喝点什么?"

"不用了，我喝水就好了。"慧玟拿起水杯，轻啜了一口。"大伟，希望你能够认清事实，不要再为我浪费时间跟感情了。我不值得……还好你愿意约我出来，而且看你稍微平静了，我就放心了。"

慧玟捧着水杯，感到一阵轻微的晕眩。

大伟根本没在听她说话，只注意她的反应。

"大伟，你怎么这么看着我? 我脸上有什么东西吗?"

"没有……"大伟心虚地转过视线，"我在听你说话。"

慧玟并未起疑，"其实，我不是有心要欺骗你的，你对我的好，我心里都非常清楚，也非常感激。所以，今天让你受到伤害，我真的是非常愧疚，除了我不能用感情回报你，其他的只要你肯接受，我都愿意做。"慧玟又喝了一口水。

大伟刻意轻描淡写，"我想……我不面对现实也不行，总不能逼着你跟我结婚吧！ 既然你爱的不是我，我也能说声祝福了……"

慧玟有些感动："大伟，谢谢你。"

"谢什么呢? 有些事，不去想，慢慢就淡了、就忘了。人的脑袋你若说它清楚,其实是很健忘的,你说是不是?"

慧玟做了一个深呼吸,显得有点精神不集中,似乎想接着说些什么话,却像失了节奏漏了一拍。慧玟有点紧张,"我……对不起,你刚才说什么我没听清楚,我突然觉得头好晕。"

大伟假装担心:"慧玟,你是不是累了?"

慧玟迷迷糊糊:"也许吧,我不知道。刚才还好好的……"

"你这几天一定是压力太大了,没有好好吃东西,你先多喝点水,我给你叫点吃的!"

"不,不用了,我不想吃……"

慧玟的眼皮沉重起来,面前的大伟已经模糊。

大伟搀扶着昏沉的慧玟走进宾馆的长廊。

"大伟,你要带我去哪里?"

大伟寒着脸没回答,将房间门打开,把慧玟推进去,赶紧将门关上。

"这……不是我家啊……"慧玟茫然。

大伟扶着慧玟坐在床上,慧玟全身无力,但极欲离开这个地方:"我要回家……"

"你不要急,我会送你回家的,但是今天就先在这儿住一晚吧。"大伟开始脱上衣。

慧玟见状,挣扎着要站起来,"我不要在这儿,我要回家……我要打电话给良平……"

听到良平,大伟怒从心头起,上前将慧玟推倒:"不许再提到这个人! 我告诉你,今天这里就是我们的新房!"

大伟扑上去,要替慧玟脱去上衣,慧玟拼命挣扎,"大伟你做什么,你住手……"

大伟一边解慧玟的衣服一边说:"你刚不是说要回报我吗?"

"董大伟,你住手,你不要让我看轻你!"

LOVE OF THE

AEGEAN SEA

大伟听不进去,强吻慧玟,慧玟左闪右避极力挣扎:"不要! 你走开! 你不是这样的人,你不会这样对我的……"

"我之前就是把你当成女神一样供奉在手心,才会让你这样对我视若无睹!"大伟像发了疯似的亲吻慧玟白皙的颈项,而慧玟任凭怎么挣扎,也逃不开大伟的掌握,大伟喘息着,"反正我们两个再不久就是夫妻了,你早晚是属于我的,你相信我,过了今晚,你就会忘了那个陆良平!"

慧玟喊:"我不会忘了他……我爱他!"

大伟将慧玟两只纤细的手腕高举过头,恶狠狠地咆哮:"你不能爱他! 你爱的应该是我! 你怎么能说出这种话来伤我的心……你知道我有多爱你吗? 在这个世界上没有人比我更爱你郑慧玟了!"

慧玟哭着哀求:"大伟,你以为这样我就会接受你吗? 我之前敬重你是个君子,你不要用这种方式来毁掉我对你的尊重……"

大伟怒吼:"我不要你的尊重! 我要你爱我!"

大伟粗暴地欲扯开慧玟的衣服,慧玟声嘶力竭:"董大伟,你用了什么手段,你这个禽兽! 你放开我! 你这样对我就是逼我死。你只要再碰我,我就咬舌自尽,我告诉你,我就算是死了都不会原谅你! 我恨你、我恨你! 你永远都别想得到我的心! "

听见慧玟的诅咒,大伟不禁打了一个寒战,失神地松开手:"我在你心中,就这么不堪吗?"

慧玟趁机推开大伟,翻身滚下床,不顾一切跌跌撞撞地向外冲去。

良平、恩祈和晓彤将虚弱的慧玟扶上床,良平揪心地看着慧玟,一旁的晓彤流着眼泪:"慧玟姐不会有事吧……"

良平比较冷静:"先别紧张,我刚看了,只是受了惊吓,先让她

AEGEAN SEA

睡吧。"

"慧玫姐怎么会变成这样……董大伟到底对她做了什么?"

恩祈说:"晓彤,让你表姐好好休息吧!"

"让晓彤在这儿照顾慧玫吧,恩祈,你跟我出来……"

恩祈黯然跟父亲来到客厅,良平问:"这是怎么回事? 你为什么知道慧玫会出事?"

恩祈想到这是美龄的计谋,却无法说出口。

良平问:"你为什么会打电话给我,是不是你知道什么?"

恩祈颓丧地在沙发上坐下:"这是妈的意思,她刚才在家说漏嘴的……是她怂恿董大伟做这件事的。"

良平一惊,简直不敢相信自己的耳朵:"你妈……她居然……真是太可恶了! 我去找她!"

恩祈拉住良平,"爸,别去! 你已经把妈逼得失去理智了,你这一去,只会让妈更生气,到时候她又会有什么激烈的手段,就没人能预料了。"

良平愤怒地说:"她太过分了! 她这样逼我,到底希望得到什么?"

恩祈绝望地说:"玉石俱焚吧……"

良平不寒而栗地看着恩祈,恩祈说:"你难道不知道? 她得不到的东西,是会把它毁掉的,这就是她的作风,她输不起的。你应该比我还清楚。对妈来说,你是屠杀她骄傲人生的刽子手。她不会这么轻易原谅你的。"

良平无言。

恩祈说:"爸,你先回去吧,妈的事情让我来说,我会想办法劝劝她的。"

"恩祈,是我拖累你了……"

"爸,别多想了,我知道很多事我们都是身不由己。"

良平感到些安慰,拍拍恩祈:"那我先走了。"

恩祈目送良平离去,然后颓然靠在墙上。晓彤走过来,安静地上前拉住恩祈的手。

恩祈望着星星苦笑:"我好怀念在圣托里尼的日子……"

## 十九

恩祈一进屋,就看见晓彤坐在那里愁眉不展,接着看见了耀翔。

"耀翔,你也在?"

耀翔心虚地解释:"我白天跟姓关的去喝茶,没想到她接了电话才知道发生了这事。我不放心……就一路跟来……"

恩祈根本没在听他解释,走到晓彤身边。

晓彤说:"恩祈,我表叔把慧玟姐关起来了,你说现在怎么办才好?"

"他们怎么能用这种方法? 知道你表姐在哪里吗?"

晓彤摇头:"我表叔不让我插手,怎么都不肯说。恩祈,怎么事情会变成这样,你说接下来该怎么办才好?"晓彤无助地靠在恩祈肩膀上。

耀翔觉得自己很多余:"唉,我就不碍在这里当灯泡了。你们好好谈谈吧。"说罢起身。

恩祈说:"耀翔,谢谢你……陪晓彤。"

耀翔挥挥手,转身离去。

恩祈凭着直觉,可以感到耀翔的尴尬与难堪。

晓彤却什么也没有察觉:"恩祈,我觉得事情愈来愈复杂了。

今天我看到慧玟姐被强行拉走,我真的很心疼,却一点忙也帮不上,慧玟姐不知道会不会怨我?"

"晓彤,别想那么多了。"恩祈为难地说,"这种事,也不是我们预想得到的。我相信慧玟一定能了解你的难处。"

晓彤难过得说不出话来。

良平匆匆赶了过来,看到恩祈,愣了一下。

"爸,你怎么来了?"

"我打电话给慧玟,却是董大伟接的。"良平急切地问,"慧玟出了什么事?她人在哪里?"

晓彤不语。

恩祈说:"爸,别问了。晓彤也不知道。他父母为了断绝你们的关系,把郑慧玟关了起来。你们恐怕见不了面了……"

良平心一凉,"为什么会这样,我车票都买好了。"

晓彤诧异,"你们要远走高飞?你们怎么可以这么做?你要慧玟姐和你私奔吗?"

"我何尝愿意这么做?只是……这地方我们还能留吗?这里还有我们的容身之地吗?"

晓彤无言以对。


看到美龄,大伟停下车,打开了车门。

美龄问:"怎么样了?"

大伟有些不安,"我已经照你的话把慧玟给关起来了。你是不是也应该趁这个时候快点挽回你先生的心,你知道,我不可能把她关太久的。"

美龄满意地一笑,"那是当然。不过,你那个地方隐秘吗?"

"放心,在我一个朋友家里,绝对隐秘,连慧玟的爸妈都不知道在哪。"

大伟内心还是有些不安,美龄看出端倪:"瞧你,一副犯了滔天大罪的模样。别苦着张脸,我也是迫不得已才出此下策,我知道你心疼她。但是为了我们大家的未来,你就忍耐一下吧。"

"我是怕慧玟太倔强,关久了会出事……"

"既然这样,就让我去跟她谈谈吧。从出事到现在,我这个当事人都还没有机会跟她碰面。人家说见面三分情,说不定见了面之后她还能同情我这个已经人老珠黄的陆太太,答应把良平还给我。"

大伟有些犹豫,"这样好吗?"

"有什么不好,女人的感情也只有女人才懂,就凭你能跟她说得通吗? 何不让我来试试,也许比你有效。"

大伟被说动了:"好吧,我带你去见她。"

两人上了车。

远处的耀翔跟过来,见状恍然大悟:"又是慈禧太后?"


大伟打开房门,美龄尾随其后。房内黑乎乎的一片,慧玟背着身在床上昏睡,大伟走到床边,唤道:"慧玟,有人来看你了。"

床上的慧玟没有反应,美龄有点担心,"董大伟,她怎么没反应啊?"

听到美龄的声音,慧玟缓缓睁开眼睛。

美龄松了一口气,想把大伟支开:"董大伟,你把人家关在这里,也不能什么都不管啊。你看看这里吃的、喝的都没有,你让慧玟活受罪怎么行! 还不赶快去买点东西回来。"

大伟迟疑。

"快去啊!"美龄催促。

"好,那你跟她谈谈……"大伟慌忙出去了。

美龄来到床边,露出鄙夷的微笑:"你还装什么睡,没脸见我

吗?"

慧玟心中明白,这次又是美龄的主意,叹了一口气,缓缓起身。

美龄凶狠地说:"我告诉你,少给我装可怜,没有人会同情你。哼,放着好归宿不要,非要来破坏人家的家庭,郑慧玟,你真是行啊! 就是有你们这种狐狸精没事勾引男人,我们女人的脸全都被你丢光了!"

慧玟忍着内心的悲痛:"陆太太,我知道你不会谅解……但是我爱良平……"

美龄愤而打了慧玟一巴掌,"你闭嘴,你有什么资格跟我说话,你不配! 今天我来这里已经是抬举你了! 我告诉你我一辈子都不会原谅你的! 只要我活着一天,我就会想尽办法来阻止你们在一起,你不会有机会的,最好赶快死了这条心。"接着又得意起来,"现在你被关在这里,良平是绝对找不到的,等到你可以离开的时候,良平也把你给忘了。你还以为他真爱你,他不过是想找点刺激,拿你来调剂一下。"

慧玟痛苦地摇摇头:"他不会的……"

"不会? 他昨天已经乖乖回家了,我们家良平怎么说还是一个负责任的人,要他为了一个女人抛家弃子,这种事他怎么做得出来? 你啊,你就安心跟你的董大伟结婚吧。"

慧玟喃喃说:"不可能……"

美龄拿出一沓钞票:"没有什么不可能的,你不要再痴人说梦了,这是良平给你的分手费,拿去用吧!"美龄将钞票用力甩在慧玟脸上,"如果你还有一点羞耻心的话,就离良平远一点! 听懂了没?"

美龄说完气焰嚣张地走了出去。

大伟端来食物放在慧玟床前,慧玟背对着大伟一动也不动。

"慧玟,别这样,你从昨天就没吃过东西,身体受不了的,好歹你也起来喝点水……"

慧玟绝望地啜泣起来。

大伟望着地上的钱,"是不是那个女人对你说了什么?我真不应该让她来的,但是我也是不得已的,我不忍心看你把自己推入火坑啊!跟一个结了婚的男人在一起有什么好,又不能给你保障,又不能给你承诺,还冒着触犯法律的危险。慧玟,你清醒一点吧。"

慧玟不听,只是啜泣。

大伟放下手边东西,要将慧玟扶起来,此时房间门突然被撞开,耀翔跟恩祈冲了进来。

大伟大吃一惊,"你们干什么?陆先生?"

"干什么?光天化日之下你竟敢把人给关起来,你好大的胆子啊!"耀翔说。

大伟护着慧玟:"这是我的家务事!你少管!"

"家务事?你限制人家的自由就是不对。"

大伟还想阻拦,耀翔三拳两脚把大伟打倒在地。

恩祈上前揽住慧玟:"你还好吗?"

慧玟感激涕零:"陆先生……"

"别说了,快走。"恩祈揽着慧玟快步离去。

大伟挣扎着爬起来,"不许你带走她……"

耀翔用力一推,大伟再次跌倒,"甭追了,你不是我的对手。别再找罪受了!"

眼见大势已去,大伟哀嚎起来。

# 二十

慧玟与良平忐忑不安地坐在小旅馆的台阶上。

看见恩祈的车,两人同时起身。

恩祈缓缓下车,走到良平面前,将离婚协议书递给了良平。

良平有点不敢相信:"这……"

恩祈淡然说:"这回是真的。另一份我会交给律师,请他处理好所有的善后事宜,你放心吧。"

"陆先生,谢谢你。"慧玟说。

"儿子,我让你很难做人吧。你妈有没有为难你?"

恩祈冷冷说:"你都已经打算要走了,还关心这些做什么?"

良平语塞。

恩祈深吸一口气,"不要以为我帮你,就是认同你的作为。我只是不希望妈再因为不甘心,做出更多伤人伤己的举动罢了。你们两人相爱,却要大家为你们付出那么多代价,凭这一点,我……不能原谅你们。"恩祈的眼中已经有了泪光,"你们走吧。从今以后,我不想再见到你们。"

恩祈上车绝尘而去。


晓彤抱着书低着头经过校门口,薇薇喊道:"晓彤,可终于见到你了。"

"薇薇……这几天我都没来上课,我……"

"知道知道,我通通都知道。"薇薇打断她,"放心,该替你写的笔记我都做好了。你漏听的课我也替你留了讲义。"

"谢谢。"晓彤想想，又有点疑惑，"慢着，你怎么知道我家出了事?"

"我知道的事情还不止这些呢。你也一定没空去上班对吧?"

"嗯，我都没去，也忘了请假，可能也被辞了吧。"

薇薇胸有成竹:"放心，姐妹不是当假的，我替你去代班了。"

"什么?"

"就知道你这迷糊虫一定会忘了请假，我跟经理说好了，等你事情办好就回去上班。还有……"薇薇随即掏出钱包，拿了几张大钞出来，"你的工资。"

晓彤推拒，"你都替我去上班了，这工资归你才对。"

薇薇笑着说:"小费呢，我就自己先收下了。工资还是给你吧。你现在一定很缺钱，收着收着，别跟我争了。"

晓彤感激地说:"薇薇，谢谢你这么帮我。"

"好姐妹说这些做什么? 对了，你那慧玟姐有没有下落?"

晓彤一愣，"你连这都知道? 你到底是从哪听到这些事情的。"

"还不就你那好朋友瘟神告诉了小三，小三再告诉了我。"

晓彤奇怪:"你什么时候跟小三成了好朋友了?"

"就这几天的事情。"薇薇傻笑，"其实，跟他熟了之后，觉得这人也挺不错的。你现在心情一定不好。如果不能去上班也没关系，我今天还可以替你代班。其实想想，在那儿上班也挺不错的，有钱拿又能认识一些大人物。"

望着薇薇一派乐观的样子，晓彤只有苦笑。

薇薇看见小三的破车开了过来，冲车子挥手，"小三，我在这里。"

小三下了车，朝两人走来。

"你们两个什么时候变得这么好了?"

"哎呀，你不知道的事情可多呢。等你有空我慢慢说给你听。"

小三说:"女人家话那么多干吗?你先上车去,我有话跟关小姐说。"

薇薇应声上车。

小三望着晓彤,清清喉咙正色道:"关小姐,我知道你现在心情不是很好,但有件事情,我想请你帮个忙。"

"你请说。"

"我们家翔哥……近来精神不太好,也没什么斗志,把书搁着也都不看。您要有空,能不能请你劝劝他。"

晓彤不解:"我劝他?"

"他很听你话的。你说一句,抵我们说一百句啊。"

晓彤莫名其妙:"我有这么大影响力吗?可是他为什么心情不好啊?"

"这……"小三暗骂晓彤猪头,"其他的我就不多说了。总之,你要是碰上他,请你费点心就是了。我走啦。"

小三转身上车。

晓彤纳闷:"怎么说话没头没尾的?叫我从哪里劝起?我看瘟神也很好啊。"

小三一上车,薇薇紧张地问:"喂,你跟我同学说了什么?为什么不让我听。"

"男人的事情你别多问。喂,我问你,你那同学看起来冰雪聪明的,怎么实际上根本就是少根筋啊。"

"女人啊,对不喜欢的人或事才会少根筋。对喜欢的可就集中注意力,变得犀利有神了。"

"啐!难怪她不懂翔哥为何心情不好。"

"你说瘟神啊?他干吗心情不好?"

小三瞪眼:"你少管闲事会少块肉吗?话多。"

薇薇噤声,小三发动车子,往前一看,前方一辆车停了下来,下车的是疯牛和几个兄弟。

"坏了,遇冤家了。"小三急忙低下头。

薇薇还不知死活地张望:"冤家?哪里?"

小三忙将她的头也压下:"还看!你找死啊。"

"不会吧,有这么严重吗?"薇薇被吓到了,"早知道就不上你车了,你有这么多冤家为什么不告诉我。"

小三屏气,余光瞥见疯牛一步步朝他走来,打了个寒战,不料疯牛等人却越过他走远了。

"走啦?"小三抬起头,"搞半天不是找我的?"

薇薇抱怨:"你吓死人不偿命啊。以后不坐你车子啦。"

小三从后视镜一看,顿时傻眼了。疯牛等人快速走到晓彤身后,将晓彤打昏,接着将晓彤带上车。

"在看什么?"薇薇顺着小三视线看去,随即惊呼,"啊……"

小三捂住薇薇的嘴,直到疯牛的车子开走。

薇薇挣脱小三:"你干什么?他们把晓彤抓走了!"

"我又没瞎!"小三也乱了阵脚,"怎么办?我现在该怎么办?"


晓彤睁开眼,惊惶失措,"你们是谁?为什么把我架到这里来。你们放开我。"

疯牛哼了一声:"别再做无谓的挣扎了。为什么?呆会儿你就知道为什么了。"

疯牛语毕,门开了,美龄趾高气扬地走进来。

疯牛起身恭敬地说:"陆太太……"

晓彤目瞪口呆:"伯母?"

美龄睨了晓彤一眼,从皮包中取出一沓钱,递给疯牛:"辛苦你们了。出去吧。"

疯牛喜滋滋地接过钱出去了。

晓彤怯怯地望着美龄："伯母,你为什么要这样对我?"

美龄找了张椅子一坐,冷笑道:"为什么? 我找不到郑慧玟,当然只好找你出气了。谁叫你倒霉,是郑慧玟的表妹。"

美龄在晓彤身边徘徊,愤愤不平地说:"郑慧玟这贱人,敢拐跑我老公。你也好不到哪去。你说郑慧玟现在人在哪里?"

"我不知道。"

"是不知道还是不想讲?"

"我真的不知道。就算知道了,我也不会告诉你。"

"你说什么?"美龄大怒。

"我原本以为我表姐错了,她爱上了不该爱的人。但是今天看到你的行为,再加上你之前所做的,我终于体会到为什么你的先生想要弃你而去了。你不觉得你的手段也太过分太卑鄙了吗?"

"你还教训我?"

"伯母,我是没资格说您。但是今天我实在是看不下去了。你以为用强硬的手段就能得到你想要的一切吗?"

美龄一巴掌打在晓彤的脸上:"臭丫头。轮得到你来跟我说教! 哼! 你们表姐妹可真是厉害,一个抢走我老公,一个拐跑我儿子,现在好得意是吧? 还敢来跟我示威。"美龄咆哮,"你们不是为人妻为人母的,哪里懂得我的痛心。凭什么教我怎么做!"

晓彤含泪不语。

美龄像发了狂似的:"我没好言好语劝过你们吗? 我要你离开我儿子,你听进去了吗? 你还不是一样我行我素,害得我跟我恩祈吵架。哼,你们两姐妹真是厉害,嘴上说没有,私底下却做这种拐人的勾当。"

晓彤澄清:"不是这样的……"

"够了! 我懒得听你解释了。你们的解释也不过都是缓兵之计,把我耍着玩的。我不会再上当了。"美龄不怀好意地一笑,"你啊，只能怪你倒霉了。我找不到郑慧玟，你就替她受这份气吧。"说着，美龄就从皮包中拿出一把小刀，笑吟吟地在晓彤面前比划。"你这脸蛋还真是漂亮，你说，如果我在你脸上划上几刀，恩祈还会要你吗？"

晓彤胆战心惊，美龄已经失去理智，晓彤不敢再激怒她。

美龄手上的小刀在晓彤脸颊边游走。

晓彤哀求："伯母，我求您别这样……我和恩祈是真心相爱的。您自己也了解有情人不能终成眷属的痛苦，为什么不能为恩祈想想。"

美龄冷笑："我干吗为你们想。我得不到，别人也休想得到。更别想得到我的儿子。"

恩祈冲进来，见状大惊："妈！"

美龄一愣："恩祈，你来做什么？"随即架住晓彤。

晓彤泣不成声。

"妈，你别这样行吗？"恩祈劝说。

"哼，儿子，你竟然英雄救美救到这里来了。"

耀翔和小三跑进来，见状却步。

恩祈一步步缓缓走向美龄，哀求说："妈，你怎么会变成这样，这不是你的作风啊。这不是我那高雅美丽的母亲会做的事情。"

美龄挟持着晓彤，厉声道："不要再走过来！再走近一步，我就对她不客气了。"

恩祈停步。

耀翔更紧张，担心晓彤受伤害。

"高雅美丽又怎么样？最后还不是被抛弃？"美龄语带哭腔，"我最后还比不过一个平凡庸俗的女孩子。恩祈，你当着她的面告诉我，你是要我这个母亲还是要她，我要你亲口给我一个答案。"

恩祈为难。

耀翔一眼瞥见一旁的椅子，向小三低声耳语。

美龄大吼："要你做个决定这么困难吗？我养了你二十几年，难道比不过她？好，既然这样，你就别怪我狠心了……"

美龄气急败坏地举起小刀。

晓彤惊叫，恩祈不知所措。

"你这疯婆子！"小三抓起椅子，往晓彤的方向扔过去。

美龄下意识地一闪。

同一瞬间，耀翔奔上前用自己的背护住晓彤，椅子打在耀翔的背上，耀翔被击倒在地，晓彤毫发未伤。

美龄跌坐在地上，恩祈上前一把抓住了刀，"妈，你这是何苦？你这是何苦？"

美龄回过神，见恩祈用手掌紧握住小刀的刀刃，已经渗出血来，惊叫道："恩祈！流血了，你流血了！"

晓彤泪眼婆娑地帮恩祈裹伤口："伤口这么深，血还在流……"

一旁的小三替耀翔推拿，有些愤愤："喂，我们翔哥也受了伤。"

耀翔低声制止："好了，多嘴什么。"

恩祈望着耀翔："今晚真的很谢谢你。"

"谢什么！姓关的也是我的朋友嘛！"

薇薇提了几袋食物进来："我买了一些吃的，来，填填肚子吧。今晚大伙儿同心协力大战慈禧太后一定累坏了喔。"

恩祈有些尴尬。

"啐，哪壶不开提哪壶，不会说话就闭嘴。"耀翔骂道。

"我说错什么了？"薇薇有点无辜，突然看见恩祈，反应过来，马上捂住嘴。

恩祈歉意地对众人说："对不起，我母亲为大家带来了这么多困扰，我真的很抱歉。晓彤，对不起，请你原谅我妈这种犯罪的行为，她真的是一时失去了理智。"

"我看她是疯了。"小三说，"干脆报警把她抓走吧，这样，你们两人不也就没人阻挠，可以顺理成章地在一起了。"

耀翔一掌击向小三："你多嘴什么！啐！"

晓彤说："恩祈，你放心，我不会放在心上的。只是耀翔为我忙了一个晚上，还受了伤……"

"别在那儿谢来谢去了，事情过了就算了，只是老板，"耀翔语重心长地说，"我看你妈真的疯得不轻，不知道何时又会做出疯狂的举动伤害她。我想，此地不宜久留。"

"就是啊。"小三附和，"我看你们先避开这里一阵子吧。等慈禧太后情绪缓和一点后，事情也解决了，再回来也行。"

恩祈想想有理，看着晓彤，"你觉得呢？"

"我没意见。"晓彤说。

"耀翔，你知道有什么安全的地方可以避避风头？"

"放心，早替你们想好了。"

耀翔弄了些吃的，来到晓彤和恩祈暂时居住的木屋前。

看见耀翔，晓彤有点意外："瘟神，怎么是你？恩祈呢？他怎么没来？"

耀翔一愣："老板还没来吗？"

晓彤泄了气，转身走回屋内："他说下午要过来的，现在都晚上了，他还没出现，而且他的手机都不通。瘟神，你说这是怎么回事？他该不会是出了什么事了。"

"别乱想了！老板是说到就会做到的人，也许有事耽搁了。"耀翔将带来的食物在桌上摊开。

晓彤说："瘟神，我总觉得事情……"

耀翔接话，"事情就那么简单，姓关的，你要是再这样乱猜下去,小心跟老板他的妈一样疯掉。来,吃晚饭了,我替你跟老板都准备好了。"

晓彤虽提不起食欲,却由衷地感激耀翔:"瘟神,真的谢谢你,可是我现在吃不下。"

"那怎么行,在这个非常时期最重要的就是储备体力,才能迎向未来啊,多少吃一点吧。"

晓彤黯然到一旁的沙发上坐下:"我真的不饿,瘟神,你先回去吧。"

"不急,我等老板来再回去吧。不然,这边荒凉偏僻的,我怎么放心让你一个人呆在这里。"

"我一个人在这里不会有事的,而且要你在这陪我也不太好。"

"有什么不好?难道你怕孤男寡女的人家会说闲话?拜托,我们在希腊的时候还睡在同一个房间呢,也没人会误会。"

"那时候情况不同啊。而且我们也没别的选择……"

耀翔悻悻:"啐,我这个猪头!你说得对,现在情况不同了,你有男朋友了,我们是该保持距离。不过,你一个人真的不怕吗?"

"我只要想到恩祈就会来,就算有再大的恐惧我都不怕。"晓彤笑笑。

"哼,爱情的力量还真是伟大啊,既然如此,我就先回去了。"

耀翔走到门口又再次叮咛,"喂,别忘了吃东西。"

"我知道,谢谢你专程送东西来给我们吃。"

美龄的房门虚掩着,恩祈轻轻敲门,"妈,你在里面吗?"

美龄不应声。

恩祈犹豫了一下,艰难地说:"妈……我决定,暂时先搬出家里一阵子……"

美龄仍不应声,恩祈推开房门,看见美龄倒在床边,身旁还有许多药丸。

美龄躺在病床上,昏迷不醒。

医生在一旁小声跟恩祈说:"还好你早送来一步,不然,你母亲真的救不回来了。"

"医生,我妈什么时候会清醒?"

"这要看情况。陆先生,现在病人的身心很脆弱,尤其是情绪会不稳定,你要多加留意。"

恩祈沉重地点点头。

回到床边坐下,恩祈心烦地看着美龄,这时恩祈想到晓彤还在等他,赶紧拿出手机,却发现手机没电了。

恩祈估计晓彤一定等急了,正打算出病房打电话,此时美龄却迷迷糊糊醒来:"恩祈,恩祈……你在哪里……"

恩祈赶紧回到床边"妈,我在这儿。"

美龄转头看着恩祈,昏昏沉沉地问:"我在哪里?"

"你在医院,现在没事了……我把你送到医院来了。"

美龄定神一看,发现自己果然躺在病床上,不禁悲从中来,痛哭道:"你为什么要救我。为什么不让我死了算了……"

"妈!你说什么傻话,你先别激动,有什么事情等你身体好了再说,先休息。"

美龄激动地要拔掉点滴,恩祈大惊,拉住美龄:"妈,你做什么!"

"你不要管我,我是死有余辜,我居然做出这些伤天害理的事情,我没脸活下去了!你让我死!"

美龄说完又要起身,恩祈只得按下床边的紧急铃。

护理人员进来见状,赶紧拿出准备好的镇静剂,上前要替美龄打针。

"不要!我不要打针!你们让我死!"美龄疯狂抗拒,护理人员

跟恩祈都束手无策。

恩祈说:"妈! 你再这样胡闹,我就不理你了!"

美龄一听,惊慌地拉住恩祈:"不要! 你不能不理我! 妈知道错了,妈知道对不起你,妈是一时受不了打击,乱了方寸,恩祈,你不会丢下我的对不对? "

美龄不再挣扎,听话地让护理人员打完针,护理人员对恩祈点点头,表示没事了。

美龄依旧不安地拉住恩祈:"恩祈,妈都听你的话,妈答应你,绝对不伤害关晓彤了。恩祈,妈只有你了,妈不能失去你……"

恩祈紧握住美龄的手:"妈,我不会丢下你的,你安心地睡,我就在这里陪你,哪里都不去……"


晓彤拿着手机不安地来回走动,不时探头向窗外看。

耀翔蹲坐在屋子外面的角落里,痛恨地打着蚊子,"死蚊子,再咬我就翻脸了!"

晓彤失神地走到窗边,伸手一扶,突然大声尖叫。

耀翔紧张地跳起来:"姓关的出事了!"

正准备冲进去,却发现恩祈开车前来,只得欠身躲在一旁。

晓彤在窗口看见一只怪虫,吓得连忙倒退到门口,正要夺门而出,在门口遇见恩祈,晓彤的眼泪夺眶而出,冲上前紧抱住恩祈。

"晓彤,发生什么事了? 你怎么跑出来了?"

"刚刚有一只好大的虫子,把我吓坏了……"

"原来是虫子,"恩祈放心了,"你把我吓坏了。来,不要怕,我来把它赶出去。"

恩祈拉着晓彤进屋。屋外躲避的耀翔嘟囔:"啐! 叫得那么大声,搞半天原来是为了一只虫子。刚不是说什么都不怕吗? 就会嘴硬!"

恩祈关上窗子："别怕了，我把它赶走了。"

晓彤不安地由背后抱住恩祈，"你怎么这么晚才来，电话又不通，我担心死了……"

恩祈考虑着要不要说出美龄的事，最后决定不让晓彤担心。"对不起，让你担心了，我没注意到我的手机没电了，在公司一忙就忘了时间，真的很抱歉。"

"没关系啦，人到了就好了。对了，瘟神带了一些吃的东西来给我们，你一定还没吃饭吧？我去热菜。"

恩祈暗叹一口气。

屋外的耀翔拍拍身上的杂草，"好啦！男主角出现了，我保镖的任务也结束了。可以回家睡我的大头觉了，困死我了。"

# 二十一

晓彤打开门，出现在面前的竟是薇薇，薇薇热情地抱住晓彤。

晓彤有些错愕："你怎么来了？"

紧接着看到小三、耀翔父子跟了进来。

薇薇说："晓彤，我们准备了好多吃的呢，今天晚上我们可要大吃一顿。"

黎港生赞叹："哇塞，真是有钱人住的房子，"对耀翔说，"有这种好地方你怎么不早一点带我们来。"

小三也在屋内东摸西看："哇靠！老爹你来看这厕所，弄得多有情调啊！我这辈子还没在这种地方洗过澡。"

晓彤把耀翔拉到一边："瘟神，这是怎么回事，恩祈呢？"

"老板有事在忙，他怕你寂寞，就叫我先来陪你。我怕你觉得

孤男寡女共处一室不妥当,就带大家来热闹一下啰。"耀翔突然大叫,"喂! 老爸,你不要乱碰人家的东西!"

晓彤问:"瘟神,恩祈到底在忙什么?"

耀翔支吾:"他还能忙什么,不就是忙公司的事。"

薇薇招呼:"东西都拿出来了,你们快来吃啊!"

"我饿死了,先吃东西吧!"耀翔拉着晓彤坐到餐桌前,晓彤还是满肚子的疑问。

吃过饭,小三、黎港生、耀翔、薇薇兴高采烈地玩起扑克牌。

耀翔输得一塌糊涂。

"唉,儿子,你又输了,怎么回事? 今天这么没用。"

耀翔不自觉地望向站在落地窗前沉吟的晓彤。只见晓彤望眼欲穿地盯着大门,等着恩祈。耀翔四人的欢乐气氛,似乎跟她一点关系也没有。

晓彤睨了众人一眼,拨通了恩祈的手机。

"恩祈,是我……"

"我知道。"

"你在哪里? 为什么还不过来?"

恩祈有苦难言:"喔……公司,还有些事情还没处理好。"

"你不是在家里我就放心了,我还怕是你妈为难你,不让你出门。"

恩祈转身睨了母亲一眼。

"恩祈,你妈最近还跟你提起我的事情吗?"

"没有。"恩祈心虚地掩饰,"她最近也忙自己的事情,没空管我。对了,我让耀翔去陪你,他在吗?"

晓彤回头,望着身后的四个人闹得快掀屋瓦了,叹了一口气:"在! 他们几个现在玩得正开心呢。"

"有人陪你那就好,你不跟他们一起玩吗?"

LOVE OF THE

"我只想见你。"

恩祈的心抽搐了一下。

"我只想跟你在一起。"晓彤有些哀怨,"任何一个人,都取代不了你……"

"恩祈……"房内传来美龄的轻唤。恩祈紧张地将话筒一掩,急切地说:"晓彤,我还有事,就先这样了。今天我不过去了,明天再说吧。"

恩祈迫不得已将电挂了,急奔到美龄身边:"妈,我在这里……"

美龄紧揪着他的手,昏昏沉沉地说:"恩祈……你是妈的好儿子,你别走……"

晓彤愣愣地望着被挂掉的电话出神。

耀翔走过来不解地问:"这电话这么好看吗?值得你这么盯着?"

晓彤失落地说:"我刚才打了电话给恩祈……不知道他在忙些什么?讲没两句就挂了……他到底在忙些什么?瘟神,你知道吗?"

"我?我哪会知道?哎呀,你干吗愁眉苦脸的,我老板是个日理万机的人呐,可能在处理几百万的合约,所以才没空跟你讲话。"耀翔劝道,"你就别胡思乱想了,要知道,大老板的女人没那么好当的,都要识大体、不要乱吵乱闹,否则会惹人嫌的。"

晓彤有点委屈:"我想见他很过分吗?他是我的男朋友啊……"

耀翔等在公司外,看见恩祈开车过来,耀翔快步迎上:"老板!"

恩祈神情憔悴:"早!"

"你怎么回事?为什么不让我去接你?"

"我想你们昨天大概也玩得很晚，想让你多休息一下。"

恩祈转身要进公司，耀翔追上去："这理由也未免太体贴了吧。你搞清楚，我是你的员工，我领你的钱啊。你叫我去吃喝玩乐，还要我多休息？哪有这么好的事？我看你是不是跟你妈一样傻了？"

恩祈不答，继续走着，耀翔一个箭步挡在他的面前："喂，你说话啊。还有，你昨天不是说要去找那姓关的。我们一群人等你到天亮啊。"

"我……忙到今天早上……"恩祈支吾。

耀翔有点恼了："有什么事情可以比姓关的重要？好，就算要忙到这么晚，你好歹也跟她说一声，你知不知道她整晚没睡，牵肠挂肚的就是想着你啊。"

恩祈心中很疼，掩饰着回答："有你们陪着她就好了。我会叫她不要胡思乱想。"

耀翔越听越气，"喂，什么叫做有我们就够了。你知道我们一百个人都抵不过你一个。她想见的人是你，挂念的是你。听你讲这种话我真的会气死，要不是你是我老板，我早就送你两个拳头了。"

恩祈不语，耀翔发现自己火气太大了，微微收敛："老板，你到底是怎么了？你以为出钱把姓关的丢在那个美丽的小别墅里拘禁着，躲着你妈就没事了吗？你总要有个想法啊，你妈把姓关的逼到这个地步，不会成全你们的。你耗着跟她对立也是徒劳无功，干脆你们走吧，离开这个地方算啦，我会帮你们准备的，怎么样？"

恩祈何尝不是这么想，但此时的处境却令他两难："那样……我不就跟我爸一样了。"

"难道还有别的办法吗？这都是你妈自作自受，活该！"

"你别这么说，她毕竟是我妈。就像你说的，你气你爸，但是这份亲情是永远割舍不掉的，不是吗？"

LOVE OF THE

AEGEAN SEA

耀翔语塞，有点明白了："老板，你心软了，对吧？"

恩祈不语。

耀翔担心地问："你妈给你压力了对不对？她又想了什么方法来对付你了是不是？"

"你别乱猜了。"

"老板，你什么都不说怎么解决事情啊？沉默不是好方法啊。"耀翔逼视着恩祈，突身后传来怡倩的声音。

"恩祈……"

两人回头，见到怡倩，都是一愣。

"怡倩？你怎么来了？"恩祈问。

"我是特别赶回来看你的。"怡倩说。

耀翔跑到怡倩面前："希腊的好心人。你还记不记得我？"

恩祈没想到两人认识，有点诧异。

怡倩看着耀翔，想起来了："你是那个……那个……"

"啐！您真是贵人多忘事，还要想那么久！真巧啊，我们竟然可以在这儿碰上。"

恩祈问："你们认识？"

"在希腊有几面之缘。那你们呢？也认识？"

"可巧的咧。我是他的司机。"

怡倩惊呼："真的？"

"那你们是……"耀翔看着恩祈和怡倩。

恩祈赶紧接话，"怡倩是我老板的女儿。"

怡倩听闻恩祈解释她的身份，神色有些黯然。

"哇……"耀翔张大嘴，比着后面的大楼，"原来你是大老板千金啊。我真是有眼不识泰山。"

怡倩说："这是我爸的本事，又不是我的本事。"

"好了，别在这儿说话，我们先进去吧。"恩祈为防怡倩再多说

些什么,连忙示意怡倩进楼。

怡倩对耀翔说:"有空再聊。"

耀翔向怡倩挥手,有点纳闷,自己这么穷,怎么尽认识这么有头有脸的人? 想想又有些疑心,怡倩刚才说是特意赶回来见恩祈的,他们又是什么关系?

第二天早上,天空中细雨绵绵,恩祈正准备开车,怡倩追出来,"恩祈,等一下。"

恩祈停步,怡倩拿了一袋早餐,"早餐也不吃。这样哪有精神工作? 带着。"

恩祈说:"谢谢!"

"别这么客气。下雨了,伞带了没?"

恩祈木然说:"车上有。"

怡倩黯然说:"你还是没变。跟我说话永远是我问你答,那么简单扼要,永远都舍不得多说几句。"

恩祈回避着:"时候不早了,我该走了。"

"等一下。迟个几分钟进公司,我爸应该不会跟你计较吧。"怡倩见他领带歪了,替他调整,"我很喜欢这种感觉,好像已经成为你的妻子,在送老公上班似的。"

恩祈感到很不自在,极欲离开。

一辆出租车开过来,耀翔下了车:"老板……"一眼看到怡倩亲昵地在调整恩祈的领带,愣住了,不懂怡倩为何会在这里。

怡倩招呼:"喂,怎么站在那儿淋雨,快过来。"

耀翔木然走过去。

恩祈说:"不是跟你说直接到公司去就成了,你来做什么?"

耀翔有些气恼:"来接老板本来就是我的工作。老是让你自己开车,我这个司机是摆着看的吗?"看看怡倩,"这位大小姐,你又怎会在这里?"

"喔,我暂时先住这里。"

"什么? 你们什么关系? 你住这里?"耀翔问。

恩祈抢着说:"我说过我们是世交。好了,别说了,走吧。"

怡倩不明就里,"恩祈,其实大家都认识,让他知道也不为过吧。坦白告诉你,我是恩祈的未婚妻。"

耀翔开着车,恩祈坐在后面,两人沉默。

雨刷左右摆动,耀翔的火气逐渐升温,"你现在可以说了吧? 那位连小姐,真的是你的未婚妻吗?"

恩祈不语。

耀翔一脚踩住刹车,"你不说话是什么意思? 是默认吗?"

恩祈说:"耀翔……你不懂。"

"这么说是真的?"耀翔火冒三丈地开门,将恩祈拉出来,不管外面在下雨,也不管是在大街上,冲恩祈咆哮着,"你是怎么回事? 既然你有未婚妻,为什么还跟姓关的交往? 你存什么心啊?"

恩祈痛苦地说:"耀翔,别问了。"

"这么重要的事我能不管吗? 难怪你这些天都不去看她,原来正牌的女朋友回来啦,让你无暇分身啊。我没想到你是这种人,你……"耀翔冲动地揪着恩祈的衣领,险些要打,拳头在半空中停住了,耀翔终究是下不了手。

"你怎么会是这种人?"耀翔怒吼,"你是我尊敬的人啊,你知道我有多仰慕你吗? 你怎么能做出这种让我唾弃的事情? 搞半天你是一个对感情这么不负责任的人啊? 搞半天你跟其他浑蛋没什么两样!"

恩祈淋着雨,分不清脸上的水是雨还是泪。

"难怪你要躲我,难怪你叫我别问。现在好了吧,纸包不住火

了。哼！我真是白痴,还为你找了一堆借口骗那姓关的,你是要害我陪你一起下地狱是吧?"

"耀翔,对不起……"

"把这话留着去跟姓关的说吧。从今以后,老子没你这种骗子朋友,老子也不为你这种人卖力了。我不干了!"

耀翔淋着雨大步走了,留下恩祈一个人伫立在雨中。

# 二十二

清晨,小三推着睡眼惺忪的耀翔:"翔哥,你别睡了!快醒醒吧!"

耀翔不耐烦:"七早八早的你吵什么啊!"

黎港生在客厅准备早餐:"儿子啊,听老爸的话,早餐吃了就快点去上工了。"

耀翔不悦:"我昨天就跟你们说了,我已经开除老板了,你们听不懂吗?"

"年轻人干吗那么意气用事,你老板一直都对你不错啊,等会儿去跟他道个歉就没事了。"

"是他做错事,为什么要我跟他道歉!免谈!"

耀翔悻悻然要回房去睡,小三伸手挡住:"翔哥,老爹说得没错,老板是你的衣食父母,就算他有千错万错,你也要忍耐点。"

耀翔正色说:"小三,你要是再挡着我,我就连你一起开除了!"

"干吗一大清早火气就这么大……"小三抱怨。

此时就听见黎港生抱着肚子喊叫:"唉哟,怎么突然疼起来了?疼死我啦……"

小三紧张地问："老爹,你怎么啦?"

"不知道,就是肚子疼……"

快要进房的耀翔又折了回来,警告道:"老爸,别以为用苦肉计我就会听你的话,今天就算是老妈显灵到我面前来劝我,我的答案也都一样,不去!"

"你这个兔崽子! 唉哟……"黎港生皱眉,按着肚子表情痛苦,"好疼啊,小三,救救我啊……"

小三扶着黎港生:"老爹,你到底怎么了? 翔哥,你快来看看,老爹的情况真的不对,他在冒汗啊。"

耀翔怒道:"小三,你还跟着他一起演!"

"翔哥,不是开玩笑,是真的! 你自己看!"

耀翔仔细一看,发觉老爸真的在冒汗,"真流汗啊? 老爸,你怎么演的? 这么逼真,连汗都被你逼出来了。"

黎港生痛苦得说不出话,接着倒在地上。耀翔一惊,抱住父亲:"哇! 全身发冷啊! 这可装不得,快送他去医院!"

耀翔跟小三扶着虚弱的黎港生走出诊室,到椅边坐下。

小三说:"好端端的怎么会得什么急性肠胃炎? 老爹,你到底吃了些什么?"

黎港生孱弱地说:"就吃了碗路口的馄饨,还有几个猪肉包子……"

"路口?"耀翔破口大骂,"早跟你说过那家东西不干净,你偏不信邪,现在吃出病来你高兴了吧!"

黎港生嘟囔:"老子什么脏东西没吃过,想当年发了霉的我都吃,谁知道今天会栽在他手里。再说那家特便宜,我也是为你省钱啊。"

"省钱? 结果呢,劳民伤财啊。"耀翔越说越心烦,"明知道我现

在是待业青年还给我生病花钱,你啊,就会找麻烦!"

黎港生委屈地说:"你以为我愿意啊?我也是受害者啊!"

"小三,我去拿药,你看着我爸。"耀翔拿着单子,找领药处,却见前方人群中,美龄的身影闪了一下,"咦?那不是慈禧太后吗?她怎么来医院啦?"

医生愁眉苦脸地看着病历,美龄好言道:"王医生,上一次多亏了你,我家的事总算有些转机了。不过,还是请你帮到底,告诉恩祈我现在的情况很严重,行吗?"

医生为难:"陆太太,你上一次假自杀,我瞒着院里让你住院,而且对恩祈撒谎说你的情况很危险,这样于公于私都很不道德。况且院里已经开始调查这件事情,听说要处分我,这次你还让我继续说谎,你想让我丢饭碗啊?"

"王医生,你就好人做到底吧。你跟良平是多年的好友,又是我们的家庭医生,你看我们家这样,总不能见死不救吧。再说,医生不只医病也要医心。现在我的家庭关系生病了,你要是不帮我,我真的无路可走了。"

医生终于无奈地点头。

耀翔贴在门边听着,估计美龄要出来了,闪身一躲。

门开了,美龄得意地走出来。待美龄走远,耀翔冲进诊室,一把揪住医生,凶狠地说:"刚才你跟那个女人在讲什么?"

医生害怕地说:"她不舒服,来看病啊。"

耀翔怒喝:"还嘴硬,我在外面都听到了,她要你帮忙说谎,到底是要对谁说谎?"

医生不敢回答。

耀翔威胁:"你不说是吧?那我找你们院长去!看他知不知道这事,你觉得怎么样?"

恩祈疲惫地走出会议室,一抬眼,看见耀翔站在他面前,顿时喜出望外:"耀翔?"

耀翔冷然道:"我先告诉你,我不是来上班的!"

恩祈心里一沉。

耀翔接着说:"除非你把事情说清楚了,老子我也许还能考虑考虑。"

恩祈问:"你想要问我什么?"

"今天早上我在医院碰见你妈了。"

恩祈一愣。

"啐,富家子弟就是不同,连看个病都有家庭医生。"耀翔望着恩祈,"我问你,你妈自杀住院的时候,是送到家庭医生那里去的吧?"

恩祈点头:"你怎么知道?"

"我知道的还不止这些呢。告诉你,你妈自杀全是假的,那是做给你看的,她可厉害,还买通了医生呢。"

恩祈震惊,"你别胡说!"

"我胡说对我有什么好处。我揪着那医生问清楚的,要是有半句假话,我遭天打雷劈啊!"

恩祈脑中一片空白,没想到母亲竟用这种方式骗他。

耀翔问:"你最近整天眉头深锁的,就是为这事吧?你没空陪那姓关的,也是因为这事情吧?啐!老板啊,你的一世英明到哪去了?我们是什么?是朋友啊,朋友间有话要说清楚讲明白,这样我们才能帮你。你把心事全往肚子里藏,我不是你肚子里的蛔虫怎么会知道,这样对整件事情也不会有帮助啊。"

恩祈沉吟半晌,这才幽幽地说:"我不想再让你们担心了。因为我家的事,连累了这么多人,害你们为我担心,害得晓彤连住的地方都没有,还整天寝食不安……我本以为我能一人承担,好好处理这些事情,把彼此的伤害减到最低,没想到……"

耀翔接话:"没想到道高一尺魔高一丈,你那厉害的老妈永远有使不完的手段。你啊,真是白忙一场,被耍了还不知道。"

恩祈苦涩地说:"我妈……我真的是没想到……"

耀翔也不好再落井下石:"算啦!事情讲清楚就好了。之前算我误会你了,我跟你道歉!不过,还有件事情可没了结喔,你跟那个未婚妻,又是怎么回事?"

恩祈艰涩地说:"这……是真的。"

耀翔朝墙上捶了一拳,"啐,我最怕听到这句话。你老妈的事情我还可以通融,可是这件事情……我真的找不出什么文雅的话来骂你,我……"

耀翔的怒气无处发泄,索性往自己脑袋上捶,恩祈见状,一手将他揪住,"耀翔,有时候……我还真希望你打我。"

"啊?"耀翔诧异。

"有时候,我真气我为何不狠心一点、自私一点。不喜欢就拒绝,也不需要顾及任何亲情或是人情的压力。我想要的也不过就是做我自己,但是身处这样的环境,我真的身不由己啊。"恩祈说着,眼眶红了。

耀翔了然:"所以,那个未婚妻也是奉母之命的吧?"

"我一直要解决这件事情,没想到家里的事情还没了结,怡情却回来了。怡情没什么不好,但我确定那跟晓彤不一样。认识晓彤后我才知道什么是真爱,我是真心想要捍卫、拥有这段感情啊,却总是天不从人愿。耀翔,你知道脚踩不到地的空虚感吗?这就是我目前的生活,我的心情啊。"

耀翔苦笑:"难怪你以前羡慕我,说我的双手可以掌握我自己的未来,你却不行。原来你不是无病呻吟啊。"耀翔突然正色说,

"但是我也要告诉你,天无绝人之路。这是我闯荡江湖几十年来的心得。只要你有心,就不能放弃。除非你投降了,要不然,没有人能阻挡你去做你自己,懂吗?"

恩祈受到鼓励,点点头。

"至于姓关的那里,你还是快跟她说清楚吧。不要让她最后一个才知道,那样会更伤她。不瞒你说,我昨天一气之下带她回家了。"看恩祈突然紧张起来,耀翔说,"放心,我什么都没说,只是不忍心她一个人呆在那屋子里胡思乱想。这种话,还是留着你亲自跟她解释吧。"

恩祈不发一语地坐在席间。服务生上了最后一道菜。

怡倩问:"怎么不吃呢? 这些菜不合口味吗?"

美龄说:"恩祈啊,你连夹菜都不好意思吗? 怡倩,你坐得近,让你为我们恩祈服务一下吧。"

"没问题!"

恩祈睨着母亲谈笑风生,想起母亲骗他,愈想愈气。

连镇鑫说:"美龄,我看你气色真的好很多了。"

"这都是怡倩的功劳。这回亏她回来陪我。见到这孩子我整个心情就豁然开朗,什么伤心事也都没空儿想了。唉,如果能天天见到怡倩该有多好。"

连镇鑫笑道:"美龄,你这话好像有要我嫁女儿的意思啊。"

美龄顺水推舟:"就等着你这句话呢。那还得看你肯不肯将掌上明珠交给我们了,是不是,恩祈?"

恩祈不语。

连镇鑫说:"这想娶老婆的人都不说话。老是让你妈开口,怡倩是要嫁给恩祈又不是要嫁给美龄。"

美龄笑着说:"哎呀,恩祈木讷嘛……"

恩祈望着母亲的谄媚,知道她又在逼他就范,心头火起。

连镇鑫说:"木讷也得有个程度,如果一个人连自己的婚姻都得让母亲来开口,那我怎敢把怡倩的幸福交给他?"

美龄赔笑:"您说得是。恩祈,你也开口说话啊,难得今天大家都在,咱们不如把婚期订下了吧。也省得大家老为这事悬在心上。"

怡倩望向恩祈,恩祈深吸一口气,对连镇鑫说:"董事长……"

美龄一笑,以为儿子要依她的指令行事。

恩祈说:"关于我跟怡倩的事,我曾经的承诺,我做不到!"

众人愕然。

连镇鑫怒道:"你说什么?"

恩祈起身,"我说……我不能娶怡倩。"

美龄制止:"恩祈!"

连镇鑫沉着脸:"让他说! 我倒想知道我们怡倩哪里不好,为什么他不能娶?"

怡倩低下头,脑子里一片空白。

恩祈知道她不好受,但也不得不说出理由:"不是她的问题。是我,因为……我有喜欢的人了。"

连镇鑫震惊,怡倩无措,美龄更是心寒。

恩祈说:"对不起……"

连镇鑫气极,重重地拍着桌子:"一句对不起就算了吗? 一句对不起,就可以枉费我们怡倩的一片痴心吗。"

怡倩难堪地起身,"你们都别说了。"转身跑了出去。

"恩祈,你还不快去追……"美龄说。

恩祈尾随着跑了出去。

恩祈追上怡倩,"怡倩,你不要这样,你听我说……"

"我不想听!"怡倩捂住耳朵,"恩祈,我现在脑子里乱哄哄的,我不能思考,你什么都别告诉我……"

"怡倩……"

怡倩柔声请求:"你让我静一静,好吗?"

恩祈不敢强人所难,怡倩转身,穿过马路,恩祈停在原地,并未追上。

怡倩恍惚地走着,眼泪潸然落下,一辆摩托车疾驶而来,眼见就要撞上怡倩,恩祈见状惊呼:"怡倩!"

回过神的怡倩一转头,就看见摩托车大灯直晃着她的眼睛,接着就是"砰"的一声,怡倩倒在路中央。

## 二十三

晓彤站在恩祈家门外,不时看表。

美龄从出租车上下来,一眼看见了晓彤,沉思片刻,朝她走来。

"你在等恩祈吧?"

晓彤低头不敢说话。

"进来吧。"美龄说着先进屋了。

晓彤余悸犹存,怯怯跟着美龄走入客厅。美龄坐下,见晓彤害怕的样子,冷哼一声:"坐啊,怕我在沙发下藏刀子吗? 我承认,上次我那样对你是不对。把你给吓着了,真对不起。不过,今天我也刚好有话要跟你说,你就安心坐下吧。"

晓彤坐下,美龄鄙夷地望着晓彤,"想想你跟郑慧玟还真像,都是打不死的苍蝇,黏人黏得真紧啊。说穿了,就是命贱,愈是不能到手的东西愈是要跟人家抢,这到底是什么坏习惯。"

晓彤不卑不亢："伯母,今天既然遇到您了,请容我跟您说几句话。我知道慧玟姐的事令您伤心,这也不是我所愿意见到的,过去的事情我不会放在心上。但是,我跟恩祈的事情是另一码,求您成全我们吧,好吗?"

美龄冷笑："哼,好痴情啊,来求我成全。也不衡量一下自己是什么货色,说得那么理直气壮。小女孩,你该听长辈的话才对啊,恩祈真的是跟你玩玩的,你还天真地以为你们会有未来吗?真是笑死人!"

"伯母,我跟恩祈的感情有多深,我心里清楚。我相信他不会骗我,您也不需要再说这些话来伤害我,我不会动摇的。"

"好勇敢啊,真是令我钦佩。可惜啊,要不是恩祈已经有了未婚妻,我一定不为难你们!"

晓彤愕然,"您说什么?"

"未婚妻啊,你没听懂吗?咦,我上回忘了告诉你吗?恩祈有个未婚妻,就是他现在公司老板的千金,你不知道吗?"

晓彤感到脊背一阵发凉。

美龄自顾说着："这恩祈也真的是的,未婚妻不在身边玩玩也就算了。如今未婚妻都来了,也该收心了。这样隐瞒事实有什么好处,到头来岂不是更伤人。"

晓彤脑中一片空白："我不相信!我不相信……"

"不信啊?我可以带你去看看,让你知道我说的是真是假。"

怡倩幽然醒来,一见环境陌生,坐起身："这是哪里?我怎么会在这里?"

恩祈艰涩地说："你被车子撞到了,你忘了吗?刚才你爸爸到医院来看过你了。他现在回去替你带些东西,等一下就会过来了。"

LOVE OF THE

怡倩回忆着，"我想起来了，我们去吃饭，然后……"望着恩祈，"你对我说……你有喜欢的人了……"

恩祈低下头，不知该如何面对怡倩。

"当时我脑子里一片空白，一时间，我真的没有办法接受这件事。"怡倩哽咽，"恩祈，这是真的吗？真的有这个人吗？"

恩祈不敢再多说刺激她："怡倩，医生说你受了点惊吓，先休息吧。有事我们明天再说。"

恩祈搀着怡倩要她躺下，岂料怡倩却抱住他泣不成声，恩祈无所适从，也只能让她抱着。

美龄领着晓彤来到病房前，一见门未掩，往里一瞧，"正好呢，两人都在。你自己看吧，别说我骗你。"

晓彤半信半疑，上前一步，映入眼帘的，竟是两人相拥的画面。

美龄在一旁窃喜，庆幸来得真是时候。

晓彤呆望着两人，只见恩祈轻轻推开怡倩，要安抚她睡下，岂料怡倩却心一横，拥向他，吻了恩祈。

恩祈愣住了。

晓彤见状，随即回头，不敢再看下去。

"怎么了？不敢看了吗？"美龄说。

晓彤的眼眶里溢满了泪，愣怔半晌，转身离去。

恩祈还在医院的长廊里徘徊，手机响了，是耀翔打来的。

耀翔问："老板，你到底跟那个姓关的讲了什么？"

"你说晓彤？"恩祈莫名，"我今天还没碰上她呢。"

"那她为什么会跑来跟我说你有未婚妻了？"

恩祈大惊："什么？这到底是怎么回事？"

"就是不知道才问你啊。她气呼呼地跑来我家，就说你有未婚妻了。"

"她现在人呢？"

"我追出去找不到人，已经开车在街上绕了大半圈了，就是没看到她。"

"好，我也去找她。"

恩祈懊恼地挂了电话，正要转身离开时，连镇鑫从病房出来，"恩祈！"连镇鑫沉着脸，"你想清楚没？我们家怡倩为你受了伤，你还想辜负她吗？"

恩祈低头不语。

"我就怡倩这么一个女儿，我是小心翼翼捧在掌心里来疼的，今天你居然让她为你伤心，还出了这种意外。恩祈，我真的对你非常失望。"

"董事长，我知道我没照顾好怡倩，我真的很对不起她……"

"如果不想对不起怡倩，那就快点跟那个女人彻彻底底断个干净。只要你跟那个姑娘不再往来，往后专心对待怡倩，今天的事我就不再跟你追究了。你的事你妈都跟我说了，恩祈，你跟怡倩这么多年的感情难道比不上一个上海姑娘？男人没结婚前玩玩可以，但是头脑要清楚，要知道谁才真正适合做你的另一半！"

恩祈正色辩驳："对不起，我从来没想过要用玩玩的态度跟别人交往，我跟晓彤是认真的。"

连镇鑫大怒："你……"

"董事长，对我来说爱情不是商品也不是游戏，我只是用我的心认真去对待，至于谁最适合，那只有我才知道。"

连镇鑫气愤地说："陆恩祈，我让你跟怡倩在一起，是念在你还是个人才，你不要以为怡倩非你不可，我的公司也非你不行。"

"董事长，我从来也不敢这样想。我很感谢你对我的提携，但是这跟怡倩交往是两回事。"

连镇鑫大为光火，"好一个两回事！撇得真干净。陆恩祈，你

AEGEAN SEA

LOVE OF THE

不要得了便宜还卖乖,我连镇鑫既然可以把你高高捧起,也可以重重地把你摔得粉身碎骨,你要不要试试看?"

"董事长,您这是威胁我吗?"

连镇鑫冷笑:"对你这种后生小辈我还用得着威胁吗?我只是要你好好想清楚,人生遇不到几次重大的决定,但是这一决定,就关系到你的一生。"

"如果董事长没办法接受我的决定,那我只好请我母亲退出公司的投资,也许这样大家都没有话说了。"

连镇鑫听完大笑:"年轻人,我连镇鑫可是在商场上打滚了几十年,要打如意算盘我会输给你?上一次的股东大会你没参加吧?我们镇鑫集团现在是草创初期,所以是亏损状态,公司早就在办理增资了,你以为你母亲的钱还会原封不动地摆在那里吗?当初你母亲的投资,在兴建厂房的时候就用光了,我知道你母亲没钱了,但是看在亲家的份儿上,我自掏腰包替她补上了一笔,好巩固她大股东的地位。现在你要抽出资金,我当然没有异议。只是,当初这么大笔的资金投入,现在恐怕很难回收喔,想要抽手的股东心脏得要好一点,不然,我怕她会受不了这个打击……恩祈,你觉得你母亲会让你做这种血本无归的事情吗?"

恩祈知道连镇鑫在威胁自己:"就算血本无归,我也不想为了这些钱出卖我自己!"

"好!够气魄!我就是欣赏你这一点,但是男人的气魄要用在对的地方,你不要敬酒不吃吃罚酒!"

"对不起,如果董事长一定要我喝罚酒,那我也只有吞了。"恩祈说完径自转身离开。

月光下,晓彤握着手链坐在喷水池前发呆。

恩祈出现在晓彤面前。"你果然在这里。"

晓彤一见是恩祈,气得起身就要走。

恩祈上前一把拉住晓彤,晓彤挣脱:"我不想再见到你了! 你走开!"

"晓彤,别这样! 你听我解释……"

"还有什么好解释的……"晓彤哽咽,"今天我在医院都看到了,你真是太令我痛心了……"

恩祈简直不敢相信:"你怎么会到医院去?"

"如果不是你妈说要带我去看清楚真相,我还不知道要被你瞒到什么时候? 要当多久的傻瓜!"

"我妈……"恩祈懊恼至极。

"你说啊,你有未婚妻这件事情,是不是真的?"

恩祈脑中一团混乱:"晓彤,你听我解释,事情不是你想的那样。"

晓彤逼问:"你还没回答我,到底是不是真有这回事?"

恩祈颓然点点头。

晓彤突然愤怒地捶打恩祈:"你为什么要骗我! 为什么! 为什么!"

恩祈紧握住晓彤的双手:"晓彤,我对你绝对是真心的,请你相信我,我没有骗你,你可不可以给我一个解释的机会……"

晓彤泣不成声。恩祈将晓彤的手放在自己的心上:"很多事情看到的、听到的不一定是真的,但是感觉往往是最真实的。晓彤,你没感觉到我的诚心吗? 我的心从来都是毫无保留地面对你,你要相信自己的感觉啊。"

望着恩祈诚恳的目光,晓彤哭着倒在恩祈的怀里。

# 二十四

美龄尽量镇定地望着连镇鑫,不安地问:"镇鑫,你这么急着找我来有什么事?"

连镇鑫说:"这两天我跟恩祈谈过了,他告诉我,他要退股。"

美龄心一寒。

连镇鑫问:"他跟你提过这事吗?"

美龄恳求:"我想,暂时撇开恩祈的事不说,我们一样可以合作的,对不对?"

"看来,你是真的搞不定你自己的儿子?"

美龄颜面尽失,黯然低下头来。

连镇鑫叹了一口气,拿出一沓资料交给美龄。

"这是什么?"

"你所投资的资产明细。"

"怎么会剩这点钱?"美龄惊呼,"怎么会?"

"美龄,你前一阵子心情不好,有些事情我本来不想跟你说,免得雪上加霜。但是如今,我不得不实话实说了。前一阵子公司开了股东会议,必须增资。我知道你已经没钱了,所以替你代垫了钱。你也知道公司草创初期必定亏损,若你现在要退股,也只剩这些钱了。"

"开什么玩笑!这样我岂不是血本无归?镇鑫,你为什么要在这个时候跟我算账?这样岂不是落井下石吗?"

"这是恩祈的意思,我也不想这么做啊。美龄,过去我念在咱们是亲家,我愿意帮你。但是现在恩祈跟我都把话说绝了,咱们什

么也不是了。你说我该怎么帮你？你也该知道，我是个商人，商人图的是什么？不过就是利字啊。一句话，看你是要补差额继续增资，还是退股，之前的账就一笔勾销。"

美龄手一松，文件散落满地。

怡倩冲进来，"爸，你对阿姨做了什么？你不能因为恩祈不喜欢我，就公报私仇啊。"

连镇鑫说："怡倩，这是公司股东的事情，你什么都不懂就不要过问。"

怡倩还要再劝："爸……"

连镇鑫说："别说了。美龄，你好好想想，我等你答复。"


耀翔吃惊地发现怡倩站在他家门口。

"不会吧？你竟然知道我在哪里？"

"要查出你住哪儿并不难。"怡倩苦涩地说，"我要找恩祈却是那么困难。"

"啐，有没有搞错？你找老板怎么找到我这儿来了。"

"耀翔，我整晚打电话都找不到他，你是他身边的人，你一定知道他在哪儿，对吧？"

耀翔心虚地摇摇头："我是他的司机，又不是他的保姆，我哪会知道。"

"你一定知道。你们一定有很多我所不知道的秘密，对吧？"

耀翔不语。

"我并不想探究我不该知道的事情。但是请你转告他好吗？"怡倩艰涩地说，"恩祈……他不要我没有关系，但是不要拿自己的事业开玩笑。"

耀翔一惊："你在说什么？"

"你请他回家一趟，他就会知道了。"怡倩恳切地说，"求你，转告他……"

怡倩转身离去。耀翔轻声唤道:"喂,等一下,你记不记得在希腊,你解释哲学给我听的时候,你说,要是哪一天爱上一个人却得不到这个人,日日在精神上忍受折磨与摧残,就会知道什么是柏拉图式爱情了。当时,折磨你的人,是我老板吧?"

怡倩眼眶一红,"对不起,我该走了。"

怡倩离去,耀翔望着她的背影,知道自己和怡倩是同病相怜。

恩祈急急忙忙赶回家,在客厅见不到人,转到饭厅也无人,走回客厅时,见桌上有一沓文件。拿起一看,是股东催款,再看明细单,吓了一跳:"赔了这么多?"

恩祈心想,董事长是来真的了。妈看了这些,怎么受得了?

美龄房里无人,书房里也见不到人,恩祈开始紧张,一种不祥之兆油然升起。

恩祈走向楼梯处,通往屋顶的门是开的。

美龄站在顶楼边缘,迎着风,显然想要轻生。

恩祈惊骇地大叫:"妈!"

美龄幽幽转过头来。

恩祈颤抖着说:"妈! 你做什么?"

"不要过来!"美龄冷冷说。

恩祈却步。

美龄平静地说:"你都已经不要这个家了,还管我的死活吗?"

"妈,你为什么老是要用这种激烈的方法来处理事情?"

"我心里痛啊……岂能让伤害我的人过好日子。谁对我好一分,我就对他好十分。反过来说,谁伤我一分,我就回敬他一百分。这向来是我的作风,你不知道吗?"美龄一笑,"你放心吧,我的气也出够了,只要我死了,以后不会再有人为难你了。"

恩祈一凛:"妈,你千万别这么做……"

美龄转过头来:"恩祈,现在活着对我有什么意义呢?丈夫走了,儿子也跑了。事业没了,连你外公给我的祖业,也成了没价值的一堆废纸了。我一生努力堆砌的成就与骄傲,全在此时,一样也不留。就算活着也只能受尽世人的嘲笑,笑我是个失败者、笑我的无能。"美龄凄然一笑,"我到底做错了什么?如今要沦落到这种地步。恩祈,我一直以为你是我的骄傲,我的依靠。可是今天才知道,你也是扼杀我的一个刽子手。你要我成全你,但是反过来说,你为何不让步?难道我养你几十年,还没资格让你听我的?没错,我做了很多伤害你的事情,但是我也是因为在乎你、想挽回你啊。事到如今,一切都没用了,都完了……"

美龄往前跨了一步,恩祈骇然,见母亲真是心意已绝,大喊:"妈!你千万别这么做……妈!"

美龄泪流满面地转过头,"恩祈,我这一回不是威胁你。是我不想再为难你了……我用手段挽回你们,每做一次,我也憎恨那样的自己,可是我无计可施,我不知道我还能怎么做,才能让我们像过去一样,看你气我、骂我、离开我,我的心真的很疼啊。哪一个做母亲的想见到这种局面。谁想让自己的儿子怨恨?看到你对我失望,我何尝好过啊……恩祈,我不要你再恨我了。你不会再有牵绊了,你自由了……"

眼看着母亲欲再往前一步,恩祈大喊:"妈,我不恨你,我不怪你……我求你……"恩祈投降了,无计可施地跪下来,"我求你千万别做傻事。要不然,你给了我自由,我这辈子又怎能原谅自己?"

绝望的美龄宛如得到一线生机,恩祈泣不成声:"妈,我答应你……我,我认输了……"

怡倩服侍美龄睡了,下楼来到客厅,发现恩祈一人坐在沙发上表情凝重。

"恩祈?"

恩祈回过神,关切地问:"我妈妈她……"

"我给她吃了药,情绪镇定多了。睡了。"

"谢谢你。今天还好有你,要不然我真不敢再想下去……"

"别这么说,看到阿姨这样我也很难过,再说这事是因我爸而起的,我应该跟你道歉呢。"怡倩来到恩祈身边坐下,"不过,我还是不清楚,事情怎么会这么严重?"见恩祈不说话,又问,"是不是因为我的事,才让你跟阿姨闹得不愉快?"

恩祈违心地摇摇头:"跟你没关系。我之前是为了一些小事跟我妈闹得不太高兴,所以……那天吃饭,才故意说出那些话来气我妈的,没想到她竟然放在心上。"

怡倩一愣,没想到恩祈竟给她这样的答案。

"很抱歉,"恩祈继续说,"破坏了大家吃饭的心情,还让你产生误会,还受了伤,怡倩,我真的很抱歉……"

怡倩有些不敢相信这是真的,"所以,你那天说的话……是气话? 不是真的?"

恩祈点点头。

事情转变得实在太突然,怡倩心中也半信半疑,但她宁愿相信恩祈说的是实话,"算了,事情过了就算了。以后要是有什么事,大家就心平气和坐下来谈,别这么意气用事,好吗?"

恩祈木然响应,怡倩的心情却突然好起来,"想想我也真冲动,为了找你,还去找了黎耀翔,我大半夜的跑去找他,肯定把他给吓坏了。不如这样吧,你找他出来吃饭,我做东,顺便跟他道个歉。啊,方便的话连他女朋友一起找来。"

"女朋友?"恩祈不解。

"你不知道吗? 我在希腊遇见他的时候,他正满街找手链,就是我跟你提的那条 Plato's eternity，他说把他朋友的手链给搞丢了，找不到，又没钱买，最后他竟然把他母亲留给他的传家宝金链子给当了，买了一条新的给他朋友。"

恩祈惊讶得瞪大了眼睛。

怡倩说："我想，也只有对自己心爱的人才会这么舍得吧。我说他女朋友真幸福，他还死不承认，他真是害臊。有女朋友很自然啊，真不知道他为什么不敢承认……"

恩祈明白了，原来晓彤戴的那条手链是耀翔买的。

晓彤走到家门口，发现门半掩着，吓了一跳，"天啊，我怎么没关门？"

晓彤冲进屋里，尾随在后的耀翔却并不紧张，慢悠悠地跟在后面。

晓彤一进屋，顿时目瞪口呆。

桌上摆满了食物和饮料。黎港生、薇薇、小三都在。

薇薇说："嘿！意外吧，是瘟神叫我们来这里庆祝的。"

小三说："没错，连老爹都很给面子喔，二话不说就跟我们来了。"

"可是……你们怎么进来的？"晓彤不解。

薇薇拿出晓彤的钥匙："我偷偷拿的，现在还你。"

"原来你们设计我。"晓彤恍然。

"喂，别说得那么难听，我是看你心情不好，想让你开心，顺便替你去去晦气，才处心积虑办这场庆祝会的。"耀翔说。

"我们今天要庆祝什么？"

黎港生豪饮一口啤酒，已有些醉了："只要想庆祝，就是海南岛的母鸡下蛋我们都可以有个名目。"

"老爸，你在胡说什么！你看你，主角都还没到，你就已经喝得

AEGEAN SEA

LOVE OF THE

满脸通红了，我们今天可是专门来替姓关的饯别的，你别忘了。"

"对对对，要庆祝他们两口子苦尽甘来，有情人终成眷属吧。准备要远走高飞了，对吧？"

晓彤懂了，感激地望着耀翔。

黎港生不解地看着耀翔，添上一句："那你怎么办？"

耀翔瞪他一眼："去！什么怎么办！少喝点，别乱说话。"

"别光顾着说话，大家喝饮料啊！"小三拿来一罐冰啤酒给晓彤。

晓彤为难："我……不会喝酒……"

"今天难得大家都来为你饯别，多少喝点吧。"

晓彤勉为其难接过啤酒。

耀翔举杯："来，大家一起来。我们先祝姓关的从此摆脱慈禧太后，跟我老板以后就开开心心过生活！"

众人碰杯。

黎港生说："还有，听说你这间房子也准备要卖了，以后我们也没机会来玩了。大伙儿能聚在这里也是个缘分，来，老爹也祝你卖一个好价钱。"

小三说："我也要敬酒，我要谢谢关晓彤，要不是她，我今天就不会认识向薇薇了！认识薇薇之后，我才知道什么叫做快乐！我敬你！"

黎港生胡噜小三的脑袋："混蛋！你什么意思！认识我们就不快乐吗？不会说话罚三杯！"

小三委屈："老爹你一天到晚打我，我怎么快乐……"

晓彤被众人这一闹，才开心地笑了出来。

黎港生说："你看笑了多好，你笑了我们也会开心！小姑娘，人生没什么不能解决的事情，开心了好运也就跟着来了。"

"你们这样对我，我真的很感动。你们总是在我心情最低落的

时候,在我身边……"晓彤哽咽,"有你们这些朋友,真好……"

耀翔说:"姓关的,怎么一轮到你说话气氛就那么感伤。你以后若是想念大家,只要拨个电话,马上就可以解决思念啦! 不过啊你打来要是哭哭啼啼,我可不接。你跟老板这么辛苦才能在一起,一定得幸福才行! 知道吗?"

晓彤笑着点头:"谢谢各位,我敬大家!"

晓彤趴在钢琴上,迷迷糊糊睁开眼,天已经亮了。再看周围,一群人在客厅里睡得东倒西歪,客厅里一片杯盘狼藉。

晓彤纳闷,奇怪,恩祈没有回来吗?

听见门铃响,晓彤以为是恩祈,跑上前开门,果然是恩祈出现在门口。还没说话,又看见了恩祈身后的美龄。

"伯母?"晓彤诧异。

美龄一见屋内的模样,摆出了一副嫌弃的表情。

晓彤急忙转身摇醒一旁的耀翔:"瘟神,起来了……"

耀翔伸了个懒腰,含含糊糊地问:"啊? 发生什么事了……"等他揉揉眼睛,看清楚美龄的脸,整个人一下子跳了起来,"啊! 慈禧太后!"

所有熟睡的人都被耀翔的叫声惊醒,小三更是夸张地四处张望,"在哪里? 你说老巫婆在哪里?"

美龄不屑地别过脸去,恩祈显得有些难堪。

耀翔说:"啐! 老板,你真是太厉害了,居然带着你妈登门来道歉,你到底是怎么办到的?"

美龄寒着脸看看恩祈,恩祈迫不得已,走上一步:"我妈不是来道歉的。"

众人都愣了,薇薇问:"那你带她来干吗?"

美龄冷冷地说:"真是太不像话了! 男男女女就这样共处一

室,恩祈,你看看你认识的都是一些什么低层次的人!"

耀翔有点生气:"喂,老太婆,你讲话客气一点! 我们层次再低也总比你坏事做绝要好吧。"

"黎耀翔! 请你对我妈说话客气一点!"恩祈正色说。

众人面面相觑,耀翔也傻眼了,"老板,你是怎么了?"

恩祈深吸一口气,违心地说:"我今天来,是来告诉大家,从今以后我跟大家一刀两断,不再往来。"

晓彤上前拉住恩祈:"恩祈,你在说什么? 大家这么支持我们,你居然要跟大家绝交?"

恩祈推开了晓彤,"我不只要跟大家绝交……"恩祈咬了咬牙,"还包括你……关晓彤。"

晓彤一阵茫然。

恩祈低着头:"我今天就老实告诉你吧,从头到尾……我跟你,就只是玩玩的。谢谢你陪我度过这段时间,不过,现在我未婚妻来了,我想我们也该告个段落了。"恩祈在说话的同时,双手也微微颤抖着。

晓彤不敢相信这是恩祈说出来的话。

美龄在一旁得意地冷笑。

耀翔一把抓住恩祈:"陆恩祈,你鬼上身啦! 你现在说的是什么鬼话啊! 你说,是不是你这个妈又逼你了,要你这样昧着自己良心说话。"

恩祈甩开耀翔:"请你放尊重一点! 黎耀翔,不要以为我对你客气,你就可以爬到我头上来,你别忘了你只是一个司机!"

"你是个浑蛋!"耀翔咆哮,激动得举拳要揍人。

小三死死拉住他:"翔哥,你别理这个疯子,就当我们喝到假酒,眼睛瞎了,没看清他的真面目!"

"你放开我!"耀翔挣扎着,"我今天要是不把他打醒,我就不叫

黎耀翔!"

美龄将恩祈拉到一边去,"恩祈,我早跟你说过不要跟这些野蛮人来往,我们走吧,免得被疯狗咬到。"

美龄拽着恩祈离去,半晌,厅内一片寂静。

薇薇终于开口:"我们……是不是还没醒啊?"

耀翔的破车疾驶而来,横挡在恩祈的车前,耀翔下车,对恩祈怒目而视。

"你是怎么回事? 不是回去找你妈理论吗? 怎么回去一趟以后却变了另一个人回来了? 你告诉我,这一回你妈又对你做了什么? 逼得你不得不就范,才会说出那些违背自己心意的话来伤害那姓关的,对不对?"

恩祈不语。

"老板,有事情你说出来,我们会替你解决嘛! 何必做出这种违背良心的事来伤人。你知道姓关的这两天流的眼泪,足够上海居民一天的用水量了。你这么做有什么意义? 伤了爱人又不能骗你妈一辈子。对不对?"

恩祈淡淡地说:"没有人逼我。我所说的都是我的真心话。如果你是要来找我理论这件事,那我也告诉你,事情就是这样,没有回旋的余地了。也请你转告关晓彤,游戏……已经结束了。像我这种对感情不忠的人,她不值得为我流眼泪。"

恩祈转身欲走,耀翔一步上前挡住他:"慢着! 你这话什么意思? 你就这样结束了? 你不是这种人,你把我头砍下来我都不信! 老板,你说过的话你都忘记了吗? 你不是说要捍卫你们的感情吗? 就差一步了,你却要放弃,这怎么说得过去?"

"你要我说几遍才会懂! 我跟她是玩玩的。"恩祈正色说,"我就是这种人,你到现在才认识我也还来得及。我怎么可能为了一个平凡的女孩子，去放弃大好前程，现在是什么时代？是追求金钱、名利的年代啊，换做是你，你会去当这种傻瓜吗？"

耀翔气极，一拳打在恩祈脸上："你再说一次！"

恩祈捂着脸："关晓彤有什么好？除了气质出众长得漂亮外，其他全都一无是处。这样的女孩子到处都有。干吗为了她搞得一家鸡犬不宁！"

耀翔又是一拳："你再说！"

恩祈踉跄着退了几步，"之前说什么爱她，肯为她牺牲，那全是我兴致所来随口说说的，我只是想知道一个女孩子到底能为我付出到什么地步。我只是觉得好玩，你听懂了吗？"

耀翔将恩祈扑倒在地，双拳紧握，正想再打，突然见到恩祈眼中噙着泪水，耀翔痛心地大喊："为什么要说出这么可恶的话。这根本不是你的意思。你干吗要这么自欺欺人，为什么要这么懦弱，我要怎样才能帮你！老板！"

耀翔坐起身，愤愤地朝了地上捶了两下。

恩祈也坐起来，面不改色："我懦弱，那你呢？你又好到哪去？关晓彤手上的手链，是你用传家宝典当换来的吧？会用这么珍贵的东西去讨一个女孩的欢心，可见这女孩子在你心中的分量非同小可。你也爱她不是吗？早在希腊的时候你就爱上她了，你为什么不说，你为什么不表现出来，还处处成全我、帮我。难道你就不懦弱？"

耀翔辩解："这是两回事……"

"在我看来就是一回事！"恩祈苦笑，"其实，我跟关晓彤的缘分，早在希腊时就随同那条手链丢掉了、结束了。现在好了，你也不用昧着良心委曲求全了，或许你跟关晓彤才是最适合的。因为你们才是同一类的人，我不想蹚入你们这种低下阶层的人的生活领域，来贬损我的价值……"

"够了! 要走你就走吧,不要再说这些话让我看低你这个人。"耀翔直指着他,"过去我尊敬你、仰慕你,就当我瞎了狗眼。从今以后,我不认识你,你滚! 滚!"

陆家已经是人去屋空,晓彤站在门口,气喘吁吁,望着这宅外的一片静谧,目瞪口呆。

管家走出来,锁上门正要离去。

晓彤怯怯上前:"请问……这家人在吗?"

管家打量着晓彤,冷冷说:"他们已经回加拿大了。你要找谁?"

晓彤颓然摇头。

管家早已离去。晓彤一人站在屋外,此时她反而流不出半滴眼泪来了。

半晌,耀翔走过来,叹息着说:"姓关的,你还好吧?"

晓彤不发一语,缓缓转身。

耀翔紧张地说:"姓关的,你要是难过就哭出来,别藏在心里面,会生病的。"

晓彤面如死灰:"我也知道,哭出来会好些。可是,我想哭,却哭不出来了……"晓彤木然望着耀翔,"瘟神,我其实是该哭的,对吧?"

# 二十五

晓彤心不在焉地用着餐,江少杰坐在她对面喋喋不休:"晓彤,这家餐厅啊,我觉得是全上海最棒的餐厅,尤其是这里的牛排,口

AEGEAN SEA

LOVE OF THE

味真是太棒了,你要不要试试我的?"

江少杰说着,马上切了一块放到晓彤的盘里,晓彤全无胃口,勉强地笑笑。

"快吃吃看啊,真的很不错!"

晓彤心虚地望着江少杰干笑,低下头偷偷看表。

耀翔带着小三横眉竖眼地走进餐厅,服务人员迎了上来:"两位先生,用餐吗?"

小三挥挥手示意服务人员闪开,"别碍路! 老子来找人的!"服务人员害怕地退到一边。

小三一眼看见晓彤,手一指:"翔哥,在那边! 看到没?"

耀翔见到晓彤的背影,跟小三杀气腾腾地走来,然后两人恶狠狠地瞪着晓彤跟江少杰。

江少杰不知发生什么事,"两位……有事吗?"

晓彤见是耀翔,装得很害怕,"你……怎么来了?"

江少杰莫名其妙:"怎么? 你认识他?"

耀翔恶狠狠地瞪着他。

小三说:"翔哥,我没说错吧! 她真的背着你跟别的男人出来吃饭。"

少杰问:"晓彤……这位是?"

耀翔拍桌怒吼:"闭嘴! 你是什么东西! 这里没有你说话的份儿!"

少杰吓得不敢说话了。

邻桌客人见大势不妙纷纷退避。

小三拉来一张椅子,耀翔霸气地一脚踩在上面,凶狠地说:"关晓彤,我真没想到你是个水性杨花的女人,竟敢背着我黎耀翔在外面跟别的男人吃饭! 现在人赃俱获你还有么话说?"

晓彤假装很窘迫的样子:"瘟神……"一想不对,马上改口,

"翔……哥,你误会了……他只是一个普通朋友。"

耀翔大声说:"普通朋友?普通朋友要花大钱到这种地方来吃饭?"耀翔一拍桌子,"你们两个肯定有鬼!你说,我堂堂黎耀翔居然连一个女人都看不住,这事要是传出去了,你叫我以后还要不要在外面混!"

江少杰有些害怕:"这,这位朋友,别激动……"

"朋友个屁!"耀翔呵斥,"关晓彤,你跟他说清楚我们是什么关系!"

晓彤愧疚地说:"少杰,对不起,其实我……有男朋友了。"

"你说他……"少杰有点不敢相信。

耀翔一把揪起江少杰:"臭小子!你没听清楚啊!我,就是她男人!你小子照子也不放亮一点,把马子把到我黎耀翔的女人身上,我看你活得不耐烦了!"

小三帮腔:"是啊!你也不去打听打听,我们翔哥在道上可是响当当的人物,你竟然敢动我未来的嫂子,你小子找死啊!"

耀翔跟小三一唱一和虚张声势,晓彤起身哀求耀翔:"翔哥,给我点面子,江先生是我表叔介绍的,好歹大家都是朋友……"

"我管你是表叔表婶还是表姨妈介绍的!朋友?再多吃两顿饭后就怕看对眼成夫妻啦。"耀翔指着江少杰,"这个姓什么破玩意的我警告你!离她远一点,她是我黎耀翔的女人,你要是再敢跟她来往,我见一次就打一次!听到了没有?"

江少杰唯唯诺诺地点点头。

晓彤低声说:"少杰,对不起……"

"对不起个屁!你对不起的是我!还不快叫他滚!"

小三也跟着说:"叫你滚了还赖在这干吗?找打啊!"说着作势要打人。

江少杰狼狈地起身离去,"对不起……我先走啦。"

耀翔提醒:"喂,别忘了付账!"

江少杰匆匆放下几张大钞,跑得比飞还快。小三忍不住扑哧笑出声:"这家伙还真没用!凶他两句就吓得屁滚尿流了,过瘾!"

耀翔则悻悻然地看向晓彤,将桌椅放好,"姓关的,这下你满意了吧?"


一个客人挑剔地挑花,拿起一枝花看看不满意,随手一丢,再去挑别的花。

工作台边的李莉一手拿花一手拿剪刀,眼睛却恶狠狠地瞪着客人,终于忍无可忍,将手边的花放下,拿着大剪刀指着客人的鼻子:"喂!"

客人吓得倒退一步:"你做什么?"

"挑三拣四了半天,不买花也就算了,还不爱惜我的花,你给我出去!"

李莉拿着剪刀赶客人,客人节节后退,退到门口,与正好进屋的耀翔擦肩而过。耀翔对这种事早就习以为常,一副见怪不怪的样子。

客人说:"出去就出去!破花店!"

李莉火了,举起剪刀,"你再说!"

客人慌慌张张地跑了,李莉拿着剪刀还要追,耀翔挡下剪刀:"好啦,你跟客人计较什么?"

"他伤我的花呀!"李莉绕回花桶边,将花摆好,"他懂不懂,这花是要小心爱惜的,哪禁得起他这么摧残。"

耀翔将货单一搁,轻笑道:"真看不出来,粗鲁的女人也有这么细心的一面。"

李莉瞪他:"你说什么?"

"没空跟你斗嘴了。"耀翔看看表,"我得先走了,喂,老板要是来了替我顶一下。"

"知道啦。"

耀翔拍拍她，李莉没好气地甩开他的手，"别拍我肩膀，我又不是你的哥们儿拍什么拍。"

耀翔扳住她的肩膀，让她对着镜子："你自己照照，这么杀气腾腾的脸还不像男人吗？你也别怪我将你当男人看。"

见李莉又要发火，耀翔赶紧往外走："不逗你了。我去啦！"

"慢着！东西没拿。"李莉转过身拿出一束包得很漂亮的花，"拿去！小心点拿，我可是用最好的花材。"

耀翔打量着："啐，不错嘛！包装得挺漂亮。喂，老实说，你虽然粗鲁，但是手艺真的没话说。"

"别以为嘴甜我就会少算钱，一毛也少不得。"李莉眉毛一挑，"除非你告诉我这花要送谁？"

"当然是送女人，我拿花送男人岂不是有毛病。"

"是女朋友？"

耀翔心里一沉："不是！"

"是吗？老实说的话我可以在账单上打你九折。"

耀翔被说到痛处，板起脸："说不是就不是，随你信不信！走啦。"

耀翔捧着花走了，李莉叨念着："死鸭子嘴硬。若不是女朋友犯得着送这么贵重的花？"转过身，看见镜中的自己，上下打量着，"我真的没女人味吗？"

没想到耀翔又跑进来，李莉吓了一跳，假装在擦镜子。

"喂喂，男人婆，外头塞车，摩托车借我行不行？"

李莉没好气地从口袋中掏出钥匙，丢给耀翔。

"谢啦！"走到门口，耀翔回过头，"喔，那镜子我早上擦过了，你甭擦了。"

LOVE OF THE

李莉恨得牙痒痒："猪头！你管我擦不擦！"

花篮堆满了休息室，上面写着"祝关晓彤音乐独奏会成功"的字样。晓彤换了便服，在众人簇拥下走出来。

一边和朋友们寒暄，晓彤转过头四处张望，寻找耀翔的身影。

小三慌慌张张地跑进来，薇薇嗔怪："喂，小三，你跑哪去啦？"

"解禁啊！憋了一个晚上也不让人上厕所，这音乐会怎么这么没人性。"

薇薇说："不是要拍照吗，快点！"

小三忙着拿相机，晓彤走过来问："小三，瘟神呢？"

小三看看表："哎哟，他还没到啊。应该快了，他说他一定会来。"

大家都站好了，准备要拍照。

晓彤往镜头方向一看，笑容凝结了，相机正是恩祈送给耀翔的那一台，往事顿时浮上心头。一晃三年都过去了。

闪光一闪，晓彤回过了神。

小三说："好啦。"

耀翔狼狈地抱着花跑进来，经过转角，正巧遇见小三落寞地扛着相机走出来，显些与耀翔撞个正着。

"翔哥，你怎么到现在才来？"

耀翔气喘吁吁："别提了，姓关的呢？"

"大伙儿早走了。你以为大家会等你。"

耀翔有些失望，握着花的手也垂了下来。

小三将脖子上的相机取下来交给耀翔，"拿去！照片我是拍了，水平好不好我可不敢保证。"

# 二十六

李莉撅着嘴对镜子端详,"应该再红一点……"说完又转出口红,沿着唇线小心补起妆来。

"李莉!"门外传来耀翔的声音。

李莉一惊,手一动,口红在脸上画了一道,李莉又气又急,一边擦一边回骂,"你叫魂啊!"

耀翔惊喜地拿了一束蓝色的玫瑰花走过来,"我们店里什么时候进了这种特别的玫瑰,这个颜色真美!"

"美什么? 这些还不都是用白玫瑰染的,现代人不就图个新鲜!"

耀翔目不转睛地盯着花,从背包中拿出相机,"就算是作假的也很美丽,我一定要拍一张。"

李莉对于耀翔完全无视于自己的存在感到生气:"老是拍花,花有什么好拍的,跟你同事这么久,也不帮我拍几张。"

耀翔敷衍:"大姐,胶卷很贵的。我每天省吃俭用就是为了存钱买胶卷,我可不想浪费。"

李莉一把夺走耀翔的相机,"拍几张照能花你多少钱,我每天偷偷替你打卡,让你少扣了多少迟到费,难道不值得你为我拍几张照?"

耀翔这才抬头注意到李莉,吓了一大跳:"哇!"

李莉有些得意,"怎么样? 发现我的不一样了吧?"

"你没事学人家擦什么口红啊! 真恐怖啊。本来还想替你拍一张的,可是你现在这样我实在拍不下去。你先去擦掉,我再替你拍。"

李莉恼羞成怒,用力将相机塞给耀翔:"不必了! 本小姐只是随口说说,谁稀罕你替我拍什么照。"

耀翔也觉得自己的话有点过头,走过去问:"生气啦?"

李莉不吭声。

"你知道我心直口快,没恶意的。我不习惯看你化妆,老实说,我也觉得你不化妆最漂亮。"

李莉的气消了一点,睨着耀翔:"真的?"

耀翔抽出面巾纸递给李莉:"擦掉吧。我替你拍照。"

李莉接过面巾纸,但也没拍照的兴致了:"跟你说着玩的。你的胶卷还是用到有用的地方去吧。"说着,李莉从口袋里掏出皱成一团的海报递给耀翔。

"这是什么?"耀翔打开一看,"摄影比赛? 对啊,我老拍照,怎么没想过该去参加个比赛呢,啐! 我真是猪脑袋。"

李莉在一旁擦掉口红,见耀翔欣喜的样子,多少有点欣慰。

耀翔感激地说:"李莉,没想到你这么关心我,还专程替我拿了这张海报回来提醒我,果然是我的好兄弟。"

李莉听到"兄弟"二字就冒火:"你给我看清楚,我是女人! 再说,谁专程替你拿? 这是刚才包油饼的纸!"

耀翔一愣,拿到鼻子前闻了闻,"怎么没味道啊?"

李莉气坏了,啐了一口,不理他了。


晓彤气呼呼冲入小三家,只见耀翔跟小三一身伤地瘫坐在沙发上,"瘟神! 你不是答应我不打架了吗?"

耀翔不语,薇薇说:"晓彤你先别生气……"

"我怎么能不生气啊! 早跟他说过是文明人就不用武力相向,你不也答应我了? 怎么现在又跟人家打起架来啦! 还打得头破血

流的,臭瘟神,以后我都不相信你的话了。"

耀翔一言难尽,小三生气地站起身:"喂,你不分青红皂白地乱骂什么? 翔哥还不是……"

耀翔一把捂住小三的嘴:"小三! 你少废话!"

小三激动得呜呜大叫,耀翔死不放手,小三索性用力咬了耀翔的手一口,耀翔痛得放开手哇哇大叫:"你这个臭小三! 你敢咬我!"

小三怒火冲天:"翔哥! 你能忍我不能忍啦! 这次我一定要说出来!"

"你不准说!"

"我一定要说!"

晓彤生气地大叫:"好了! 不要吵了!"上前拉开耀翔,"你走开! 让小三说!"

小三说:"姓关的,我们翔哥要不是为了当你的挡箭牌,他也不会一再惹上这些麻烦!"

晓彤不解:"为我?"

耀翔还想阻止:"好了! 够了!"

"不够! 我算给你听啊,之前先是走在路上莫名其妙被人威胁,后来又是汽车轮胎被人放气,这次更夸张了,那个姓江的居然是疯牛的拜把兄弟,居然找疯牛来把我们毒打一顿。关晓彤,你说我们爱打架,我还想问问你认识的都是一些什么牛鬼蛇神呢! 为何每次他当完你的挡箭牌我们就遭殃。"

晓彤震惊得一句话也说不出来。

晓彤帮耀翔擦药,看着耀翔身上的伤,愈看愈自责:"把你打成这样,真是太过分了。"

耀翔不以为意:"别难过了。是我和小三太久没跟人家打架

LOVE OF THE

AEGEAN SEA

了。是我们自己太逊了!"

晓彤有点生气:"你连这种事情也要揽在身上吗? 你以为这么说我心情就会好过一点吗? 都是我害你的,原来已经好多次了……臭瘟神,你为什么不说? 还愿意当我的挡箭牌,你怎么那么傻呀? 天底下为什么会有你这种傻瓜?"

耀翔艰涩地说:"因为……因为……我们是朋友啊。你没听过吗? 朋友就是要两肋插刀、扶持到底啊。"

晓彤沉吟着没说话,耀翔将药收好,站起身:"走啦! 我送你回去。"

晓彤不动,幽幽说:"你总是在我最困难的时候陪着我,为我被打、为我操心,甚至……为了不让我自责,你也能想出一套说辞,让我心里好过一点。朋友做到这种地步,是不是太多了。反过来想,认识你这三年来,我到底为你做了什么?"

耀翔有点紧张,怕被晓彤看出破绽,"喂,你不要想那么多,我又没要你还,我不会跟你讨人情的,你尽管放心吧。"

晓彤望着耀翔:"瘟神,你为什么要对我这么好?"

"我刚才不是讲过了,我们是朋友啊。你是犯了健忘了是吧? 怎么才一说你就忘了。啐!"

晓彤深吸一口气,脱口而出:"瘟神,我们交往吧? 好不好?"

耀翔以为自己听错了:"啊?"

"瘟神,你听到我说的话没有?"

"我……这……你……实在……太意外了……"耀翔觉得自己的心脏快从嘴里跳出来了,"我……你……让我想想……我……想想……"

耀翔木然转过身去,也忘了要送晓彤回家,自己就走了。

# 二十七

宾客们在会场里互相寒暄,台上设置了一台钢琴,还有一个小演说台。红布帘上写着"镇鑫集团新任总经理欢迎酒会"。

旁边布置着一些花艺,李莉正在整花,耀翔在一旁看着。

"这样差不多了。"李莉问,"怎么样? 我这会场设计得很典雅吧?"

耀翔自顾说:"这镇鑫集团的排场愈来愈大了。今天是什么人来啊? 弄得这么盛大?"

"你这口气好像你跟这个集团很熟似的? 你该不会告诉我你以前在这公司里上过班吧?"

耀翔懒得跟李莉多解释:"喂,你弄好没?"

"差不多了。喂,一会儿没事,一块儿去吃个饭吧,我请你。"

"不用了! 我有事。"耀翔一转身,看见了晓彤,"姓关的?"

晓彤看见耀翔也有点吃惊:"瘟神? 你怎么在这里?"

李莉带着敌意打量晓彤。

耀翔说:"我跟店里的人来这儿布置会场。"

李莉上前打招呼:"是我揪他来这里帮忙的。你好,我叫李莉。"

"幸会。我叫关晓彤。"晓彤与李莉握手。

耀翔问:"你不是说你要去表演吗?"

"是啊,就是在这里。没想到那么巧遇见你了。"

"什么? 你是音乐家?"李莉诧异。

晓彤对耀翔说:"我弹完一曲就走。你可以等我吗?"

LOVE OF THE

AEGEAN SEA

"当然!"耀翔回答。

晓彤看看表:"那我先到里面去准备了,待会儿见。李小姐,再见啦。"晓彤转身进了休息室。

李莉兴师问罪般地睨着耀翔:"你们是什么关系?"

"你真多事。别说啦,东西弄完快点走吧。人家酒会要开始了。"耀翔忙着将工具拿走。

李莉满脸狐疑。


场内的灯光逐渐暗下来,来宾都已经就位。

耀翔与李莉在会场大门外,李莉不甘心地追问:"你要等你朋友? 要不要我陪你等?"

"不用了,你快走吧。"

"你干吗急着赶我走? 怕我碍事当灯泡? 我看你喜欢那女孩,对吧?"

耀翔生气地说:"你实在很烦人!"

"好,我不说了。"李莉悻悻,"嫌我碍事,我走就是了。告诉你,明天别迟到了,我不会帮你打卡的。"李莉愤愤不平地走了。

耀翔见里面典礼快开始了,退到门外去等,百无聊赖地拿出香烟。

会场里传来主持人的声音:"各位来宾,我们的典礼即将开始,现在就让我们用最热烈的掌声,欢迎镇鑫集团的新任总经理——陆恩祈先生为我们上台致词。"

门口处的耀翔闻言一愣,随即推开门进去看个究竟。

只见恩祈走上台,接过麦克风:"欢迎今天所有的宾客前来共襄盛举,我谨代表镇鑫集团全体同人向各位致以十二万分的谢意……"

耀翔呆在原地。

恩祈下台,怡倩迎上来,"恩祈,你刚才表现得非常好。"随即拉着恩祈在她身边坐下。

主持人说:"我相信大家期待这一刻已经很久了。这一位来宾,可是我们花了好大功夫才邀请来的……"

恩祈不以为意:"今天请谁来?"

怡倩笑道:"你马上就会知道了。"

主持人说:"让我们掌声欢迎国内最年轻、最漂亮的音乐家,关晓彤小姐。"

随着掌声响起,晓彤走上台,对众人鞠躬。

恩祈倏地站起身。

同时间,晓彤抬起头来,正好见到台下的恩祈。

四目相对,两人怎么也想不到,三年后再相遇,竟是在这样的场合中。

怡倩将恩祈拉下坐好,不解地问:"恩祈,你在做什么?"

恩祈惊觉失态,脑中是一片空白。

晓彤瞥见怡倩,也回过神来。

主持人说:"关小姐今天为我们演奏的是活泼轻快的巴哈组曲,让我们掌声欢迎。"

晓彤木然坐回钢琴边,颤抖地将双手靠在琴键上。

门口的耀翔也紧张地看着晓彤,生怕她面对恩祈,会做出什么失态的事情。

晓彤深吸一口气,双手往琴键上一放,弹奏的竟是《四手联弹》的曲子。

宾客们愕然,纷纷交头接耳。

怡倩不解:"这是什么曲子? 不过也挺好听的,对吧?"

只有恩祈知道晓彤弹这曲子是冲着他而来的。恩祈静静望着晓彤的表演,晓彤的琴音似乎在告诉他,这三年来,她仍是想念他的。

恩祈听着,眼眶湿了。

耀翔黯然转身,在门口处,点起了一支烟……

晓彤压抑着澎湃汹涌的情绪奔入后台,一进门,就见到了耀翔,"瘟神?"晓彤揪着耀翔,断断续续地说,"你看到了吗? 你看到了吗? 我是不是眼花了? 看错人了? 啊?"

耀翔正要开口,就看见在晓彤后方,恩祈、怡倩和秘书走过来。

秘书说:"关小姐,我们连小姐想跟您认识一下。"

晓彤一回头,神色立刻沉了下来。

耀翔回避到一边,实在不知如何面对这尴尬的场面。

怡倩上前紧握住晓彤的手,由衷地说:"关小姐,你刚才弹的那首曲子真是太好听了。我未婚夫听了非常感动呢。"

晓彤怔了片刻,苦涩地一笑,心情立刻变得五味杂陈。

怡倩没注意到大家尴尬的表情:"我介绍你们认识一下。来,恩祈……"怡倩把恩祈拽到自己身边,笑容可掬,"这是我未婚夫陆恩祈,我特别将他找来跟您认识一下,因为他以前也很喜欢钢琴。只可惜他现在都不弹了。"

晓彤硬着头皮向恩祈点头示意,一眼见到了恩祈和怡倩手上的订婚对戒,心里一痛。

恩祈也注意到晓彤的视线,下意识地将手藏在身后。

怡倩说:"我想介绍你们认识,也希望我们以后有聚会时你也能来。多跟我未婚夫谈谈音乐交流一下吧,我怕他老是沉迷公事,会抹煞了他原有的艺术气质。"

晓彤木然地点点头。

怡倩这才望向一旁,看见耀翔的身影:"那一位是你的朋友

吗？"

把脸遮半边的耀翔被点了名，终于迫不得已转过脸来。

怡倩又惊又喜："咦，是你？唉呀，怎么这么巧？"

三人都很尴尬，只有怡倩被蒙在鼓里，兴高采烈地说，"恩祈，你看，是黎耀翔没错吧？"又对耀翔说，"你怎么回事，明明见到我们了，为何不吭一声啊？"

耀翔勉为其难地搪塞着："刚看你们……那么有成就，高高在上的，我哪敢认你们。"

"你说的那是什么话？我们会是这种势利眼的人吗？恩祈，你说是不是？"

恩祈尴尬地和耀翔打招呼："耀翔，你近来……好吗？"

耀翔悻悻："老样子。"

怡倩望着耀翔与晓彤，再见到晓彤手上的手链，激动地拉起晓彤的手惊呼："Plato's eternity？啊？我知道了，原来你是……"

耀翔立刻打断："唉，别说了。晓彤累了，她该休息了。"

"干吗？还害臊让人知道啊。"怡倩笑道，"我知道了，原来你是关小姐的男朋友，对不对？"

"别说啦……"耀翔简直无地自容。

晓彤突然接话："没错！他是我男朋友。"

晓彤脸不红气不喘地说出此话，恩祈和耀翔都是一愣。

"我就说嘛！黎耀翔，你不好意思些什么？有个音乐家的女友应该很骄傲才是，堂堂一个大男人不敢承认，真是的！"

恩祈说："好了，怡倩，招呼打完了我们也该回去了。别在这里妨碍他们了。"

"好了，那我就不耽误各位时间了，找个机会大家一起出来吃个饭吧。"

怡倩笑容满面地跟大家打完招呼，挽着恩祈的手离去。恩祈转过头,再次与晓彤的目光相遇,所有情绪全写在脸上。

　　恩祈把车停在喷水池前,下了车,静静地坐在池边。望着四处,恩祈也意外自己竟会到这个地方来。从昨天见到晓彤以后他就心神不宁,再回到此处,是为抚平昨日那份怦动。

　　想到昨天晓彤说出自己已心有所属,恩祈仍感到一丝遗憾。

　　恩祈提起精神,起身想要离开,才走几步,意外地看见晓彤静静地站在前面。

　　两人相视半晌,谁也迈不开步伐再往前一步。

　　晓彤幽幽地说:"恩祈,好久不见。你好吗?"

　　恩祈木然点头。

　　"你怎么来到这里了?"晓彤问。

　　恩祈冷冷说:"我只是经过,顺便下来走走,散散步罢了……"

　　"真的吗?"

　　恩祈不语,就怕多说了,再也掩饰不了自己伪装许久的真面目。

　　晓彤说:"我跟你不同。我是在这里等你的,我想看看你会不会来。"晓彤笑笑,"你果然还是来了。我只想知道,你也是一样怀念我们的那段过去,对不对?"

　　"我该走了。"恩祈转身。

　　"恩祈,你真的忘了我吗?"晓彤还不死心。

　　恩祈深吸一口气,转身走向晓彤。

　　晓彤企盼地望着他。

　　恩祈走到她面前,亮出了订婚戒指:"看到这戒指了没有? 如果我还记得你,又怎么会跟别人订婚呢?"

　　晓彤面露凄然之色,恩祈的心也在淌血,低声道:"对你,我早就忘了。在三年前,就彻底忘了。三年前我对你说的那些话,都是

真心话。如果说,我现在还有放不下的,那就是……我欺骗了你的感情。这一点,让我对你很愧疚,就是这样而已……"

晓彤的眼眶溢满了泪水。

恩祈不敢多看,扭过头自顾说:"我对你很抱歉。这一点,我该跟你说对不起。至于我,现在过得很好,你也看到了。而你,也过得不错吧。和黎耀翔在一起,应该很快乐才对吧?"

晓彤只能点头。

"那很好啊。我们都各有归属了,只要你过得好,这样,我也放心了。"恩祈生硬地说,"关晓彤,我祝你幸福。我要说的,也只有这些了……"恩祈说完,决然离去。

<h1 style="text-align:center">二十八</h1>

李莉架着酒醉的耀翔蹒跚走到家门口,让耀翔往墙上一靠。

李莉气喘吁吁:"重死我了……喂! 到家了,你醒一醒啊!"

耀翔没响应,李莉只好猛按电铃,"没人啊?"又拍耀翔的脸,"喂! 黎耀翔你醒醒啊! 你家没人啦,你的钥匙呢?"

"吵死了!"耀翔醉醺醺地在口袋中掏出钥匙,交给李莉,李莉这才打开门。

"乌漆麻黑的……下次啊,我再也不做这种吃力不讨好的事了! 还送你回家……身价都没了!"李莉摸黑打开点灯,有些意外,"哇! 没想到你家挺特别的嘛!"

李莉好奇地打量着,突然想起耀翔还在门外,赶紧走到门口将耀翔扶进来:"你真是麻烦! 这家伙也不知道哪根筋不对,喝得跟个死人一样。搞不好还是为了别的女人……"

李莉越想越觉得恼怒，原先的体贴转为不甘愿，顺势把耀翔推倒在沙发上。耀翔瘫睡在沙发上像一摊烂泥。

"喂！我要回家啦！"李莉正想转身离去，但看着熟睡的耀翔，心中却又燃起一股女人天性的柔情，犹豫着，"喝得这么醉，把你一个人丢下好吗？"

耀翔呼呼大睡，觉得有一只手搁在自己的脸上。

耀翔拨开了手，迷迷糊糊地说，"小三，拿开你的猪手……"接着坐起身，"啐，头怎么这么痛，昨天我喝了多少啊……"

耀翔脚步不稳地站起身，一回头，愣住了。

李莉醒了，正望着他："你起床了？"

耀翔睁大了眼，看清了，清醒了，吓得往墙上一靠："你，你怎么会在这里？"

"昨天是我送你回来的，你忘了？"

"然，然后呢？"

"然后我看屋里没人照顾你，也没车回去了，于是我就留下来了。"

耀翔吞吞吐吐地继续问："再……再后来呢？"

李莉起身，走到耀翔身边："再后来就像现在，我们两个面对面的，说早安啦。"

耀翔一头雾水。

李莉突然想捉弄捉弄耀翔，回头说："我告诉你，经过了这一夜，从今以后你可要对我负责。"

耀翔瞠目："负责？"

晓彤黯然走回家门口，却见大伟呆坐在大门口等她，"大伟哥，你怎么来了？"

AEGEAN SEA

大伟不发一语，神情凝重。

进了屋，大伟失神地坐在沙发上，晓彤端来一杯热茶："大伟哥，你这么晚还跑来，发生什么事啦？"

"晓彤，我今天出外景的时候，遇到……慧玟了。"

晓彤震惊："你遇到慧玟姐了？她在哪里？她现在过得怎么样？"

大伟摇头："我没敢叫她，不过，她看起来过得还不错。"

晓彤激动地说："大伟哥，你快带我去找她！我想见慧玟姐！"

大伟抓住晓彤的双臂："我没办法！晓彤，你知道吗？天啊，她就这样站在我的面前，我却什么都说不出来，我的思绪整个都乱了。我明明每天都思念着她，现在却只能眼睁睁地看着她走过去！我不敢叫她，我不敢惊动她，她没有我，竟然还能笑得这么灿烂？而我呢，你看看我是什么样子？"

"对不起，大伟哥，我一时急昏了头，我没想到你的心情。"

"我以为我已经释怀了，可是今天看到他们两个……这么好，这么甜蜜，我就好像被人一棍子打在头上，一下子，所有回忆，全涌上来了，我真是太瞧得起自己了，以为我可以面对她了。结果……我还是放不下啊！"

晓彤同情地望着大伟，感同深受。想起她遇到恩祈，不也是这么百感交集吗。

慧玟拿着扫把走出咖啡馆，在做例行的打扫。

晓彤望着慧玟蹒跚的体态，知道她已经有了身孕，不禁心疼。

慧玟扫完了一处，转过身来，一抬头见到晓彤。

两姐妹久别重逢，四目相视，此时此刻竟百感交集说不出半句话来。

"慧玟姐……"晓彤哽咽着。

AEGEAN SEA

LOVE OF THE

慧玟潸然泪下："能再听到你说声慧玟姐,我……真的很高兴……"

晓彤眼眶红了。

慧玟愧疚地说:"晓彤,我一直很想去看你,可是我没脸见你……我知道,我的自私拖累了你,你能原谅我吗?"

"我来了,不就说明了一切吗?"

慧玟感慨万千,丢下扫把,上前紧紧搂住晓彤,泣不成声。

慧玟关上了门,将"休息"的牌子置于门外。

吸虹式咖啡壶冒着水汽,良平在煮咖啡,抬眼望了望晓彤,晓彤也睨着他看,四目相视,两人都不好意思地回避。

晓彤歉意地对慧玟说:"不好意思。我一来,你们生意都甭做了。"

"不碍事。看到你来,我比什么都高兴。"慧玟打量晓彤,"让我瞧瞧,三年了,你出落得更漂亮了。在乐团里应该还不错吧?"

晓彤讶异:"你知道我在乐团?"

慧玟感叹:"我虽然住在这偏远的郊区,但还是会关心你们的事情。你现在已经是个名钢琴家了,想不认识你都难。只可惜我不能亲自去听你演奏。"

"以后有的是机会。对了,你不打算跟表叔他们联络?"

"不是我不肯,是爸妈还不原谅我,我已经够不孝了,也不想再让他们生气。"慧玟苦笑,"有时候想他俩时,就拨个电话回去,听到他们的声音,知道他们还健在,我也就放心了。"

良平端来了咖啡:"尝尝我的咖啡吧,不知你喝得顺不顺口。"

晓彤客气地接过,两人显得有些生疏。

良平坐下,望向慧玟,慧玟知道他想说些什么,点头示意他尽管说。

LOVE OF THE

AEGEAN SEA

良平说:"关于你跟恩祈的事情,我也有耳闻。我知道你们俩因为我跟慧玟的事情迫不得已分手,关于这一点,我真的很愧疚。"良平低下了头表示歉意。

"别说这些了,都过去了。怪只怪我跟恩祈无缘,跟你们没关系。再说……"晓彤黯然,"恩祈根本就不喜欢我,是我自己太一厢情愿了。"

良平诧异:"晓彤,你怎么会这么想呢?"

晓彤苦涩地说:"是他亲口告诉我的。"

"不可能!晓彤,我很清楚恩祈的个性,他是一个择善固执的人。要是不喜欢你,当初怎么会跟你交往?"

"我也曾经这么认为。但是,你不知道他说出这些话时有多坚定,让我不愿意相信都很难。我骗自己三年了,三年来我始终不相信这是个事实,但是三年后,当恩祈再度跟我说出一样的话,让我不相信他都很难了……"

慧玟惊讶地问:"你的意思是说……恩祈回来了?"

晓彤点点头,"老天真会折磨我对不对。他不让我跟恩祈在一起,却要安排我跟他相遇。或许吧,老天也觉得我傻,要给我一个答案让我死心。我也真是的,就非得见到他跟未婚妻成双成对地出现,才能心甘情愿放弃。"

"未婚妻?"良平问,"你是说连怡倩?晓彤,相信我,恩祈一直将怡倩当妹妹看,这是真的。"

"你别安慰我了。不论你怎么说,也改变不了这些事实。你愈是安慰我,只会让我更放不下而已……"

良平不好再多说了。

"别说这些了。慧玟姐,你的宝宝什么时候出生啊?"

"快了,再过几个月你就能见到他了。对了,忘了问你,你怎么找到我们住的这个地方?"

LOVE OF THE

晓彤神色一沉，勉为其难地说："不瞒你们说，是大伟哥告诉我的。他前些日子到这附近出外景碰见你们的。"

慧玟的愧疚感油然升起，与良平互望一眼，低声问道："他还好吗？"

晓彤来到耀翔家，看见一女子在门外徘徊，等那女子转过身，晓彤认出了她，居然是怡倩。

怡倩也看见了晓彤，走过来打招呼。

晓彤尴尬地笑笑，不解地问道："你怎么会在这里？"

"我来找黎耀翔的。"怡倩又解释，"你可别在意我来找你的男朋友啊。我是闷得慌，找不到人可以陪我聊聊。而我在上海也没什么朋友，所以才想到了他。"

"我不会在意的。只是我也没他家的钥匙，他应该很快就回来了。咱们等一下吧。"

两人站了半天，晓彤看表："这家伙怎么还没回来呢？我打个电话催催他。"

怡倩有些心烦意乱："算了！我现在冷静地想了想，说真的，我找他也不知道该从何说起，无非也只是跟他倒倒垃圾罢了。别催了，我看我回去好了。今天就不耽误你们的时间了。我先走了。"

看怡倩神色沉重，晓彤关心地问："连小姐，你心情不好吗？"

怡倩有苦难言，沉吟半晌，问晓彤："关小姐，你能够陪我一下吗？"怡倩无助地恳求，"就一会儿，好吗？"

晓彤搅动眼前的红茶，睨了郁郁寡欢的怡倩一眼。

怡倩不好意思地笑了："对不起，硬将你拉出来。不知道为什么，我今天好想找人聊聊天说说话，实在找不到可以聊天的对象，所以……"

"没关系。"晓彤问,"你还好吗?"

"说不上好不与不好。就是心里闷。我将你拉出来,黎耀翔不会怪你吧。"

"不会,我晚点过去就行了。"

怡倩羡慕地问:"你们俩感情应该很好吧?"

晓彤心虚地笑笑。

"认识很久了吗?"

"算一算,大概三年多了。"

"他应该很爱你才是……"

晓彤不解:"你怎么会这么说?"

怡倩望着她的手链:"由一些小事情可以看得出来。哎呀,我不能再多说了,他会怪我的。"怡倩转了话题,"对了,这么说来,黎耀翔在当恩祈司机的时候,你应该也知道吧。怎么那时都没见到你?"

晓彤心里一凛,敷衍说:"我那一阵子忙,很少过问他的事情。"

"难怪你不认识恩祈。"怡倩感叹,"如果你早点认识恩祈就好了,或许今天我还能跟你聊聊他。"

晓彤觉得这么欺骗怡倩很不安,但仍好奇地问:"你找黎耀翔,就是为了聊他?"

"在这个地方,我也没什么人可以聊他了。跟恩祈的母亲聊这些事情,我又怕她老人家担心,又刺激了她。"

"刺激?"

怡倩苦笑:"说来你一定不会相信。三年前我跟恩祈的感情差点没了。如果不是到最后恩祈的母亲以死相逼,今天,我们也不会成为未婚夫妻了。"

晓彤惊骇地重复着:"他妈妈……以死相逼?"

"你不会想到吧? 我们的婚姻,是他妈妈用她的命换取来的。

我有时想想,还真是有点悲哀。"

晓彤恍然大悟。

"这几年我跟恩祈虽然表面上看起来很好,可是我的心中总觉得不踏实,我每次在他母亲或他的面前表现得很沉得住气,其实也是不想再激起无谓的事端。"怡倩叹气,"那一阵子,我们发生了太多事情,有时想想真觉得是一场噩梦,我真不愿意再去回想。但是心里过不去的时候,却又无人可倾吐,实在觉得好烦。"

怡倩见晓彤愣怔不语,以为自己说多了:"对不起,我一定是闷坏了,话匣子一打开就没完没了的,连这些家务事也给说出来了,真是对不起。"

晓彤吞吞吐吐地说:"没关系。"

怡倩恳切地说:"晓彤,你愿意当我的朋友吗? 以后没事的时候,我能找你出来吗?"

晓彤有些尴尬。

"原谅我提出这种请求。虽然我朋友也不少,但是那都是社交圈的朋友。能跟我谈心的人真是没几个。不知道为什么,我看到你就有一见如故的感觉。"怡倩诚挚地握住晓彤的手,"当我的好朋友,好吗?"

晓彤勉为其难地点点头。

# 二十九

看见恩祈的车停在家门口,晓彤迎了上去。"我是来找你的。"

恩祈沉下脸,"有什么事吗?"

"给我几分钟就好。我只是想跟你说你爸爸的事。"晓彤将一

张字条递给恩祈,"这是你爸爸的地址。"

恩祈犹豫着,不知道该不该接过来。

"其实,你心里很挂念他对吧?"

恩祈冷冷说:"背叛家庭的人,不值得我挂念。"

"何苦呢? 你心里根本不是这么想,为什么要这样压抑自己呢。"晓彤柔声说,"你还是收下吧。我知道你心里是很想看他的。"

"不要做出一副好像很了解我的样子。你若只是要跟我说这些,那么,我谢谢你的好意。对不起,我该走了。"

恩祈转身准备离开,晓彤上前一步拉住他,"我不了解你吗? 我真的不了解你吗?"

恩祈不敢正视晓彤,转过头去。

"你的事情我全都知道了,三年前你为什么会决然离开,是因为你妈妈,对吧? 她以死相逼,让你不得不放弃我,你对我说出那么重的话,只是为了要我……干脆一点地离开你,对吧?"

恩祈违心地否认:"你从哪里听到这些莫名其妙的话……"

晓彤用手掌轻捂住恩祈的嘴,不让他再继续说:"不要再说那些伤害我的话了,你说那些话,我的心会痛,你的……也会痛,我都知道,我真的知道,无论你对我说什么,都改变不了我爱你的心。只要你真的觉得这是对的,我……都支持你。但是我求你,不要说那些话来伤我,我们做不成情人没关系,但不要变成仇人。因为……我们曾经是那么的真心相爱。"

恩祈眼眶红了。

晓彤继续说:"我只要知道你不是真的不爱我,那就够了。若我走能让你减少一些压力,我……会走,不需要你赶我。恩祈,不要不开心,快乐一点。你要是不快乐,我……"晓彤哽咽着,"会更放不下你。"

晓彤望着恩祈,轻轻在他唇上一吻:"放心吧,从今以后,我不

LOVE OF THE

会再出现在你面前,搅乱你平静的生活。再见了,恩祈……"

晓彤将字条放在恩祈掌中,转身离去。

恩祈望着晓彤背影,克制住想将她拥入怀中的冲动,口中喃喃自语:"晓彤,终究你还是最了解我的人啊……"

恩祈下了车,拿着晓彤给他的地址,沉重地朝咖啡馆走来。

透过玻璃窗,可以看见店内的良平穿着围裙,忙碌地送着餐点,一旁慧玟大着肚子在收拾着桌面,恩祈见状愕然。

良平接过慧玟收拾起的杯盘:""我来吧,站了一天了,你进去休息一下。"

慧玟见到良平满头大汗,拿出手帕为他拭汗。

良平将杯盘收到吧台,拿出抹布擦着桌子,抬头的工夫,看见了咖啡馆外的恩祈,两人对视片刻,恩祈马上转头离去。

恩祈沉着脸,快步走向车子,正要开门时,良平追上来,一手按住车门,挡在恩祈面前:"既然来了,为什么不进来呢?"

恩祈冷冷地看着良平:"我只是替妈来看看,当初你不顾一切远走高飞,现在究竟过着什么样的日子。"

"我过得很好。"

"我看到了,而且又要做爸爸了,恭喜你啊!"

"恩祈,不要这样对我说话,我是你爸爸!"

恩祈语气冰冷:"我爸三年前就消失了。"

"别说这种气话,如果你没有原谅我,你今天就不会来看我了。"

"我怎么可能原谅你! 要不是你,今天家里不会变成这样,我也不需要为你放弃许多事情。"

良平心里一痛:"恩祈,这句话听起来,真的很沉重! 我知道是因为我,才会让你左右为难。你妈的脾气,我很清楚,她从来不在

乎别人的想法。不过,我没想到你竟然为了要安抚她牺牲了这么多,甚至是你跟晓彤的感情,我真的很愧疚。但是恩祈,这是你的人生,没有人可以替你做主,你要应该要试着做自己。"

"做自己?"恩祈苦笑,"我怎么做自己? 一边是我的爱人,一边是我的母亲,我能像你一样抛下一切,远走高飞吗?"

良平语塞。

"我做不到! 我没办法像你一样潇洒、自私,可以只了为自己而活。"

"恩祈,你真的变了很多,我真不敢想像这些年你都是怎么委曲求全过日子的,你的心里一定充满了恨吧?"良平心酸地说,"我该怎么做才能弥补你?"

"你说得太严重了,要弥补什么? 不过就是一段感情罢了,没有感情,日子一样可以过下去,反正这本来就是一个荒谬的人生,无所谓了。"

"别这样自暴自弃,你的人生才开始而已,别到了我这个年纪你才开始后悔自己失去的。"

恩祈听不下去,转头要走,慧玟却愧疚地出现在恩祈面前。"恩祈,这个错是我造成的。别怪你爸,我跟你道歉……"

慧玟说完深深一鞠躬,恩祈愕然。

慧玟哽咽着说:"你不要怪你爸,你也爱过晓彤,你知道两人相爱其实是没有错的,错只错在我们相爱的时间不对,可是我们真的是无路可退了!"

恩祈也不忍再苛责什么,掉头就上了车,快速开车离去,留下愧疚的良平与慧玟。

恩祈进屋的时候,竟然看见怡倩躺在床上睡着了,恩祈一愣,上前轻轻推醒怡倩。

AEGEAN SEA

LOVE OF THE

"恩祈,你回来了?"怡倩坐起身。

"怎么在这里睡着了?"

"等你啊。"怡倩揉揉眼睛,"你上哪儿去了? 这么晚回来?"

"去处理一点公事。"恩祈一语带过。

"公事?"怡倩有些不高兴,"秘书说你早走了,你去处理什么公事?"

恩祈敷衍:"有些事情说了你也不见得爱听。别说这些了,好吗?"

怡倩还想再问,恩祈打断她:"很晚了,我送你回去吧。"

怡倩鼓起勇气:"恩祈,今天晚上,让我留在你这里好吗? 我们都已经是未婚夫妻了,就算我住在这里,也不为过吧。"

恩祈显得很为难,沉吟半晌,索性点头:"好吧。我房间让你睡,我到客房去。"

怡倩一愣,起身奔到恩祈面前,再也压抑不住蓄积已久的不满,质问恩祈:"你这是什么意思? 你这么对我,像是将我当成你的未婚妻吗? 你还想躲我躲到什么时候?"

恩祈知道这样做很伤她的心,"怡倩,老实说,我还没调适好自己的心情……"

"是还没调适好? 还是心中还有别人的影子,所以你才不愿意碰我?"怡倩有些恼怒。

恩祈回避着,"你别乱想。我始终将你当妹妹看,到现在,我一直还很难将这个念头扭转过来。"

怡倩更加生气:"当妹妹? 陆恩祈,你说这话伤不伤人。我给了你多长时间了,你现在竟然对我说出这种话,难道我这么掏心掏肺地对你,还不足以让你将我当太太看吗?"

恩祈面带愧色:"对不起……"

话未说完,怡倩一步上前,紧拥恩祈,狂热地吻着他,口中恳切地说:"恩祈,我们改变这个现状好不好?"

恩祈身体僵硬,心情复杂。面对怡倩的主动,他也知道这已是怡倩抛下尊严的极限,然而他就是没有办接受怡倩的感情……几番沉吟,恩祈将手靠在怡倩的腰上。

怡倩以为恩祈有了响应,恩祈却将她轻轻推开了。

怡倩有些难堪,"你……这是什么意思?"

恩祈低声道:"该休息了。我……到客房去……"

恩祈转身想走,怡倩说:"你别走! 我自己走!"

怡倩心灰意冷,掩面离去。


# 三十


耀翔一进门,就看见李莉、小三和薇薇都是一脸乐不可支的样子,"你们怎么啦?"

李莉高兴地说:"是我召他们过来的,因为我们得好好讨论一下怎么庆祝啊。"

耀翔莫名其妙:"庆祝什么?"

三人贼兮兮地笑着。

小三拉来一张椅子,硬按着耀翔坐下。

"你们搞什么鬼?"耀翔一头雾水。

"李莉,你宣布吧!"

李莉按捺不住兴奋:"黎耀翔,你,摄影比赛得奖啦!"

耀翔"噌"地跳起来,椅子都被弄倒了:"我得奖了!"

小三拿出通知函给耀翔看:"千真万确,绝没作假。"

耀翔抢过通知函,激动得久久说不出话来。

AEGEAN SEA

LOVE OF THE

小三说："翔哥,李莉可是比你自己还关心你,迫不及待地就帮你问出来了。"

李莉不好意思地说："没什么,大家也都辛苦啦。所以,黎耀翔啊,我自己先做了决定,准备挪用你部分奖金办个庆祝会,你不会介意吧?"

耀翔看着手中的恶眼钥匙圈,根本没听李莉说话。

李莉继续说："有道是有福同享,有难同……"话还没说完,耀翔就欣喜若狂地冲出去了。

李莉一愣："喂,黎耀翔!"

薇薇问："小三,这是怎么回事,他乐昏头啦? 你要不要去跟着他去看看啊?"

李莉气结,愤愤然坐下："我不用想都知道他是跟谁去报喜!"

李莉恨恨地用力炒着菜,眼神不时瞄向客厅。

晓彤望着自己的照片,诧异地问："什么? 原来你拿我这张相片去参赛?"

"是啊,你不觉得这张拍得挺好的,你看你笑得多开心多自然啊。"

晓彤不解："这样的照片也能得奖?"

小三拿起一旁的评语："这里有评语呢,我来念念,你们听好啊,这幅作品精准地捕捉相片中主人翁的神韵,传达出主人翁的欢乐,体现了摄影艺术的真谛,光影与角度都运用得恰到好处,是一幅难能可贵的佳作,经过评审一致推崇,《最后的微笑》这幅作品,评为特优。"

"《最后的微笑》?"薇薇笑道,"瘟神,你取的这是什么怪名字,晓彤又不是不在人世了……"

小三打断她："我呸、呸、呸! 你可不可以说点好听的,人家洋人可以有蒙娜丽莎的微笑,我们翔哥就不能有关晓彤最后的微笑啊。啐!"

耀翔说:"姓关的,别怪我取这名字,你知道的,这有特殊的意思……"

晓彤握着相片有些感动:"我知道。瘟神,老实说,你拍得真的很好,这么多年来也只有你能够拍出我的心情。"

厨房里传来"砰"的一声,李莉用力把菜盘丢在桌上。

四人都愣了一下。

李莉不悦地走出来,"还看什么照片,东西收一收吃饭啦。小三,你过来!"

小三跟着李莉进了厨房。

晓彤觉得李莉的态度是冲着她来的,有些尴尬。

小三跟着李莉来到角落边:"莉姐,有什么吩咐?"

李莉睨了眼客厅里的耀翔跟晓彤:"你说这黎耀翔跟那姓关的到底是什么关系?为什么他一得奖就把她给带回来啊?我不是人吗?让我像个老妈子似的在这边烧饭。"

小三安抚道:"哎呀,我不是说过了吗?他们两个就像是亲兄妹一样的好朋友,所以,翔哥得奖当然会让他的晓彤妹妹知道啊。"

李莉狐疑地问:"是吗?"

"肯定是的,您就别多心啦。"小三吆喝着,"薇薇,你们还磨蹭些什么,快来吃饭。"

耀翔招呼晓彤,"一起吃饭吧,李莉今天准备了很多菜。"见晓彤犹豫,耀翔问,"怎么啦?"

晓彤小声说:"瘟神,我会不会影响你跟李莉交往啊?"

"什么?我跟她在交往?是谁告诉你的?"耀翔想了想,突然大叫,"小三!"

小三跑来:"翔哥,什么事?"

耀翔一掌朝小三头上挥去。

小三哭诉:"翔哥,你怎么乱打人啊?"

"你这个浑蛋!是不是你在造谣生事,说我跟李莉在交往?"

李莉从厨房里出来:"黎耀翔,你说什么?"

耀翔没好气地说:"我拜托你大姐,开玩笑也要有一个限度啊,我不是说过别再说了吗?你这么传出去,人家会真误会我的。"

李莉:"人家是谁?不就只有关小姐一个吗?谁不知道你就怕她误会。"

晓彤起身圆场:"好了,你们别吵了。"

"说什么好朋友,鬼才相信!好啦,关小姐,我跟你澄清,这一切完全是我李莉自己一厢情愿开的玩笑话,你用不着当真。"李莉又对耀翔说,"这样总可以了吧?哼!"说罢愤愤地进了厨房。

耀翔叹了口气,与晓彤面面相觑。

怡倩走进店里东张西望,李莉瞄了怡倩一眼:"小姐,找什么啊?"

"请问黎耀翔在吗?"

李莉一见又有漂亮女生来找耀翔,马上生起敌意:"你又是谁啊?"

"喔,我是他朋友。"

李莉心里嘀咕:"朋友?为什么这个黎耀翔有这么多女性朋友?"不过,嘴里稍微客气了一点,"黎耀翔他去送货了,你要不要先坐一下,他马上回来。"

"那不用了,我也没什么事,只是经过,想顺便进来跟他打个招呼。"

"你怎么称呼啊?"李莉问,"等耀翔回来我好跟他说一声。"

怡倩正要开口,店里电话响了,李莉接电话,"喂?小三啊,是啊,我计算过了,猪肉片八斤,鸡腿二十只,牛排三斤,鱼、虾至少也要个五斤……不多!烤肉,就是要吃肉啊!你照我说的数量去订就对了,对,别忘了跟他要葱蒜姜跟辣椒,好,想到什么我再跟你说,拜了。"

怡倩好奇地问:"你们要去烤肉啊?"

"对啊!我们要替黎耀翔庆祝。对了,你一定不知道黎耀翔参加摄影比赛得奖了吧?"

"摄影比赛?"怡倩摇头,"我不知道。"

李莉骄傲地说:"他的作品得了大奖啊,还有奖金呢,所以,我们这些好友筹划了一个两天一夜的烤肉庆祝会,准备好好给他庆祝一下。"

怡倩心里一动,想趁这个机会让恩祈跟耀翔联络一下感情。

怡倩打定主意:"请问我可以一起参加吗?"

李莉一凛,马上燃起敌意。

"我是说,我可不可以跟我未婚夫一起参加你们的活动?"

"未婚夫?"李莉立刻眉开眼笑,"原来你有未婚夫了,你们一起来那当然没问题!欢迎,欢迎!这样最好,人多才热闹呢!而且本次活动由黎耀翔请客,来了不用花你半毛钱。"

怡倩说:"对了,可不可以先别跟耀翔说,我想到时给他一个惊喜。"

# 三十一

小三一边把烤肉架搬上车,一边朝屋内喊着:"翔哥,快一点。咱们快迟到了。"

LOVE OF THE

耀翔提着一堆杂物走出来,只觉得浑身无力:"小三,替我接着……"

小三接过东西:"这又不重,你有必要提得这么吃力吗?"

"可能没睡好,老觉得整个人都没力气……"

"这叫老啦。岁数往上加,体力就不如从前啊。"小三提醒他,"要把握青春哟,趁现在还有人欣赏,自己要懂得盘算一下。"

耀翔知道他意有所指,朝他脑袋一拍:"行啦,要你多嘴。对啦,咱们今天到底在哪儿住宿?"

"湖边小木屋啊。你知道那个地方。"

"什么? 你说上次的那栋屋子?"

"是啊! 我们也就只知道那个好地方。有山有水的,我还谈到了折扣,多好呀!"

耀翔火了:"你哪个地方不好挑,挑那里做什么? 难道你不知道那里是姓关的伤心地吗?"

"天知道她还有多少伤心地啊。是不是她以前跟陆恩祈走过的地方我们都别去了。莫名其妙! 搞不好她都忘了,你在穷紧张些什么。"


李莉看看表:"还差五分钟。谁要敢给我不准时,待会儿准让他好看!"

随即看晓彤赶来了。李莉一见晓彤神色有些尴尬。

晓彤跟她打招呼,"莉姐……"

李莉说:"嗯,你来了。算一算,还是你最有时间概念。"

薇薇去看准备的食物,晓彤找到了机会,向李莉表示歉意:"莉姐,关于那天的事……"

"别提了。其实我也不好,我就是这么心直口快说话没遮拦,你习惯了就好,别放心上。"

随后小三的车开了过来，一停车，耀翔急忙下来，跑到晓彤面前："姓关的，你过来一下。"耀翔快速将晓彤拉到一边。

李莉不高兴了："这黎耀翔眼里没别人了吗？当我是空气啊。"

小三说："莉姐，你别生气。他们是有事情要沟通。"

另一边，晓彤诧异："去小木屋烤肉？"

耀翔说："对不起，我不知道他们安排那个地方。如果真会让你不舒服，那我换个地方好了。"

耀翔转身要去找小三，晓彤一想，阻止道："喂，别说了。既然都说好了，就别再更改了吧。再说，那件事我早没放在心上了。"

"你不会触景伤怀？"

"你别再提我就不会想起了。别说了，就这么办吧。"

晓彤走向李莉处。

李莉问："你们讲完了？"

晓彤点点头："嗯，莉姐，我们可以出发了吧？"

"别急，还有一组人没到呢？"李莉一抬眼，"有车过来了，应该是他们。"

耀翔和晓彤顺着李莉的视线望去，顿时觉得车子很眼熟。

李莉冲车子挥手："喂，这里……"

怡倩摇下车窗，一见李莉，挥手示意。

晓彤和耀翔都愣住了。

恩祈开门下了车，见到众人，也一愣。

怡倩对众人打招呼："嗨！大家早。"

耀翔瞠目："怎么会是你们？"

怡倩笑着说："惊讶吧？我让李莉别说的，想给你们一个惊喜。"

小三退到薇薇身边，低声道："这不是惊喜，是震撼吧。"

薇薇也低声嘀咕："还吓人呢。"

AEGEAN SEA

LOVE OF THE

怡倩说："我跟恩祈一起参加你们的聚会,大家不会介意吧?"

晓彤惊骇得说不出话来。

"不会。"李莉说,"咦,你那未婚夫干吗杵在那里,过来啊。"

怡倩招呼："恩祈,你过来跟大家打个招呼吧。"

恩祈勉为其难地走过来,怡倩介绍："他叫陆恩祈,是我未婚夫。"

大家的神色都有些尴尬,李莉不解地望着众人："喂,你们是怎么回事啊,见到新朋友要热烈欢迎啊。怎么突然像哑巴啦?"

晓彤展开笑颜,化解尴尬的气氛,"陆先生,欢迎你们一起来玩。"

恩祈勉强一笑："谢谢……"转头对怡倩说,"你怎么不告诉我,是约了耀翔他们。"

"我看你跟耀翔好久不联络了,特意安排你们见面,而且关小姐我们也认识,你应该不会别扭吧。"怡倩解释。

恩祈无言。

"好了,别说了,准备上车了。"李莉说。

怡倩说："我看,耀翔跟关小姐坐我们车吧。好不好?"

耀翔说："让李莉去坐吧。"

"为什么让我去坐,我跟他们又不熟。"李莉说。

晓彤知道耀翔在化解她的尴尬,也知道该来的躲不掉,迟早要面对,索性答应："我们就坐他们的车吧。"

晓彤首当其冲,上车去了。

怡倩挽着恩祈："那就上车了。"

看见大家都上车了,耀翔没好气地瞪着小三。

小三有点胆战心惊："这可不干我的事,我什么都不知道啊。"

"你跟我过来,我有话要跟你说。"耀翔将小三拉到一边去耳语。

李莉问薇薇："他们神神秘秘地做什么？"

薇薇不知从何说起："唉，莉姐，这故事说起来可长的咧。我看你还是别知道比较好。"

小三的车在前，恩祈的车尾随于后。

李莉坐在后座，瞠目结舌："什么？要我们假装关晓彤跟黎耀翔是一对？为什么？"

小三为难地说："这是翔哥特别交待的。拜托各位，如果没问就当我没说，要问了装都得装出来，要不然，我这条小命肯定不保了。"

李莉狐疑："你们真是太奇怪了。到底这么做是要演给谁看？该不会那姓关的跟那姓陆的……"

"莉姐，你就别问了。"薇薇说，"总而言之照做就是了。要不然那瘟神发起火来，大家都倒霉啊。"

小三埋怨："都是你啦，如果不是你让那两个人来，我们今天犯得着这么累吗？真是招谁惹谁了。"

李莉说："要我说那姓关的是黎耀翔的女朋友？那我怎么办？"

"就假装这么两天你会吃多少亏。反正我们心中认同你是我们的嫂子，这比较实际吧。"

李莉哼了一声，心里还是不服。

薇薇低声说："我想，后头那辆车现在可精彩了吧？"

两辆车相继在小木屋外停下，恩祈一见小木屋，又愣了。

晓彤和耀翔不安地对视。

只有怡倩不知情，兴高采烈地下了车："哇，怎么有这么好的地方啊。太棒了！"怡倩跑去与李莉说话去了。

耀翔勉为其难地说："对不起，老板，我们也是刚才才知道约在这里的。"

恩祈故作不在意的样子:"无所谓,在哪里都一样。还有,我已经不是你的老板了,你用不着拘束,直接叫我名字就可以了。"

恩祈下了车。

耀翔抱歉地望着晓彤,晓彤苦笑:"你别这么挂心嘛。我都说了,不会有人记得这里发生过什么事了。你看,我说得没错吧?"

晓彤也下了车,耀翔叹气,心中诅咒着这该死的聚会。

众人提着行李进了小木屋,李莉环顾四周,"不错嘛!小三,你说你以前来过,跟谁来的?"

小三苦着脸不说话。

"在问你话呢,怎么不应声?"李莉追问。

"你管他跟谁来的,"耀翔说,"赶快把该放的东西就位,去烤肉啦。"

李莉说:"喂,谁帮个忙,把那落地窗的窗帘打开。"

恩祈离得最近,上前拉开窗帘,一时间,似乎过去的往事历历在目,恩祈心中一凛。

怡倩说:"这里的景观真漂亮,要是能坐在这里欣赏夜景一定很棒吧?"

恩祈不语,回过身就见晓彤正望着他,两人眼神一交会,随即又默契地避开了。

李莉指挥着:"薇薇,小三,你们先把烤肉架摊开来,谁来帮个忙,把这些吃的东西拿到厨房去。"

"我来吧。"晓彤说。

怡倩也跑过去帮忙。两人拿着一袋食物进了厨房。

恩祈看耀翔在拿木炭,主动上前:"我帮你。"

耀翔不让他动,淡然说:"不用了!我怕这东西黑了你的手。"

恩祈收回了手,见众人都散开了,沉吟半晌,低声道:"我跟怡倩现在很好,我不想让怡倩知道,节外生枝。"

耀翔沉下脸,"早帮你料到了。哼,我本来还以为你怕怡倩知道了会为难姓关的。"耀翔苦笑,"结果你是怕伤了你未婚妻,怕伤了你们的感情?"

恩祈无语。

"放心啦,"耀翔说,"我们不会那么傻。我们的感情也很好,我也怕你来搅和,节外生枝。"耀翔起身,搬着东西离去。

厨房有些暗,怡倩到处找开关,晓彤转身直接就按到开关,灯亮了。

怡倩说:"你真厉害,马上就找到开关了。"

晓彤生怕露出马脚,掩饰着说:"我走进来就看到了。"

怡倩并没有起疑,"这里真是个好地方对吧?如果能跟自己喜欢的人在这里远离尘嚣过日子,那真是人生中最幸福的事情。"

晓彤心里感慨万千,殊不知这里曾经是她感到最幸福也是最痛苦的地方。

客厅里传来李莉的呼喊声:"喂,各位,出来集合啰。"

李莉自己画了一张房间图表,对众人道:"我已经做好了房间的分配,这里呢,有三间房。我决定大房间留给这一对未婚夫妻住,其他两间就我们男女分开住。大家有意见吗?"

众人无语。

恩祈觉得不妥,"我想,我跟大家一块儿住就行了。"

怡倩听到恩祈自作主张的决定,有些尴尬,却也无法表达意见。

薇薇说:"你们不是未婚夫妻吗? 同房我们不会说你们什么的。"

怡倩附和恩祈:"其实,我觉得这样也好,大家出来玩嘛,就要

LOVE OF THE

住一起才有趣,就这么说定了吧。大家别为我们俩伤脑筋了。"

李莉说:"好啦,既然决定了,就各自将行李拿进房里。"

晓彤主动拿起背包,就往房间走去。

李莉诧异地问:"咦,关小姐,我都还没说呢,你知道房间在哪儿吗?"

晓彤知道自己无形中又露了马脚,站住不动了。

怡倩笑道:"关小姐似乎对这里很熟悉呢。你以前来过这里吗?"

晓彤心虚地否认:"我……没有……"连她自己都觉得这话说得有气无力。

耀翔说:"好啦,别说了。大家各自去忙吧。房间在二楼,男左女右,就这么办了。"

李莉又吃了一惊:"黎耀翔,你又怎么知道了?"

耀翔火了:"我刚才看过了行不行。啰嗦,分个房间要扯这么久,天都快黑了,还烤不烤肉!啐!"

耀翔首当其冲上楼去了。


湖边一角,已架起了火炉。耀翔和小三忙着生火,李莉教怡倩跟恩祈将肉串起,薇薇在一旁帮忙。

李莉说:"这肉串起来,再加点青菜,把它泡在酱油里,等一下就可以烤了。"

怡倩玩得不亦乐乎:"真有趣,恩祈,很好玩吧。"

恩祈木然串着肉,心不在焉。

薇薇问:"我看你们一定没做过这种事吧。"

怡倩说:"说真的,平常还真没什么机会。"

薇薇感叹:"大少爷大小姐就是不同,光看你们的手就知道了。白皙又细嫩,每天等着数钞票跟弹琴就行了。"

怡倩问:"为什么说弹琴呢? 你该不会知道恩祈会弹琴吧?"

恩祈心里一震,薇薇马上闭嘴。

李莉问:"陆先生真会弹琴呀?"

薇薇吞吞吐吐地说:"我……随便说的……"

怡倩有点想不通:"随便说也能这么准?"

薇薇快招架不住了。

一旁的耀翔赶紧将薇薇唤过去:"薇薇,你过来替我们扇风。"

薇薇如释重负,随即跑到耀翔那儿去。

耀翔低声斥骂:"不是叫你们说话小心点。"

薇薇说:"这要从何处防起啊……"

小三低声说:"总之,为怕说错话,干脆嘴巴闭紧,什么都别说了,知道吗?"

薇薇委屈:"我这是招谁惹谁了? 我想回家……"

耀翔咬牙切齿:"谁以后敢再给我办烤肉会,我就跟他拼了。"

李莉叫道:"喂,你们三个,窃窃私语什么?"

小三和薇薇回过头,一个劲儿对李莉傻笑,摇头表示没事。

烤肉架上的食物香味四溢,众人木然坐在一旁,全无食欲。

只有李莉和怡倩兴高采烈地忙着。

李莉觉得有点不对劲:"怪了,你们鼻子坏了吗? 这么香的东西没勾起你们食欲吗?"

耀翔等人这才木然接过食物。

怡倩也不解地望着众人:"你们怎么看起来好像很没精神?"

众人面面相觑,有苦难言。

薇薇说:"你不懂啊,少说少错……"

"什么?"李莉没听明白。

耀翔瞪着薇薇。小三圆场:"她的意思是说,跟你们这种上流社会的人出来,怕说错话让你们见笑,不如闭嘴。对不对? 薇薇?"

薇薇点头如捣蒜。

怡倩说："你们别这样，你们拘束，反而让我们觉得尴尬，对不对？恩祈？"

恩祈说："大家来吃东西吧。我来分给各位，让大家别这么生疏。"恩祈主动分食给众人，分给晓彤时，刻意回避着晓彤的目光。

李莉说："这样就对了。大家要动起来，热络点。来，我们玩点游戏来带动气氛？怎么样？"

耀翔快受不了了，捂着胸口，不知这难堪的烤肉还要吃到什么时候。

大李莉想出了一个最无聊的游戏——黑白猜，"一、二、三，黑白猜！"

众人无力地伸出手掌，除了恩祈与怡倩伸出手背外，其他人全伸出手掌心。

"呵！你们俩可真是一对呀，连玩游戏都要输在一块儿。这肯定要罚！罚点什么好呢？"

众人不语。李莉唱独角戏："我看就罚你们俩来个爱的喂食吧？"

耀翔怒道："你在说什么东西？"

"让他们俩恩爱一下会怎样？制造我们节目的高潮呀！"

"这肉麻死了！没意思。换别的！"耀翔反对。

"他们恩爱他们有趣，又没叫你做，你怕什么？"李莉顺手拿起一个苹果，"两位，玩要服输，你们要想赖可就离不开这个地方啦。"

恩祈尴尬地接过苹果。

"喂，你们其他人是死人呐。"李莉吆喝，"动起来！快点动起来！"

众人木然地拍着手，眼睛却瞄向其他地方，看也不敢看。

李莉站着,热情地拍手兼吆喝:"加油!加油!不到目的就重新来过!"

恩祈与怡倩嘴顶着苹果,各吃一角,两人战战兢兢,不敢让食物掉下来。

晓彤抬眼望向恩祈,恩祈恰好也抬眼见到晓彤,一个失神,苹果掉了。

"重来!"李莉再递个苹果给恩祈,"陆先生,专心一点,你应该很迫不及待想要碰到连小姐的樱桃小嘴才对吧?"

耀翔看不下去了:"李莉,别玩了,别折磨人家了。"

"干吗呀!他们俩没意见,你在这里鬼叫些什么!再来!"

李莉这回换了个小一点的苹果,两人勉为其难地吃着,很快就嘴碰到嘴,完成任务了。

恩祈如释重负,倒是怡倩羞红了脸。

晓彤已经快坐不住了。

只有李莉一人拍手叫好:"好哇!你们俩总算是同心协力完成任务了。"一看众人都在发呆,"喂,拍手啊,我们现在又不是玩木头人,你们是怎么回事?"

众人听从指挥木然拍手。

耀翔说:"好啦,别玩啦。太无聊了。"

"不玩要做啥?要不然你想个娱乐节目?"

晓彤起身:"对不起,我吃得太多,我去走走,你们玩。"

耀翔望着晓彤的背影,为她感到心疼,回过头再看恩祈,两人皆无言。


晓彤独自坐在湖边,有种松一口气的舒畅,却也为之神伤。望着手上的手链,痛心地自语:"我还在留恋什么呢?这条链子……也该拿下来了吧?"

晓彤将链子取下,却不小心掉落在湖岸边的泥沼中,晓彤起身慢慢走向湖岸边,捡起链子要往回走,突然脚下打滑,失足滑入湖里……

晓彤的身影在湖边浮浮沉沉,"救命啊……"

耀翔一凛:"姓关的!"

众人齐声惊呼。耀翔二话不说要跳水,跑了两步,却心一揪,捂着胸口,双膝一软,瘫坐在地上。

小三骇然:"翔哥!"

恩祈奋不顾身要冲向湖面,怡倩阻止:"恩祈,你要做什么? 这湖水很深……"

"难道要见死不救吗?"恩祈用力推开怡倩,跳下水去。

怡倩被猛力推到一旁,李莉搀扶住她。怡倩有些震惊,从来没见过恩祈如此激烈地跟她说话。

李莉安慰:"不会有事的,放心,不会有事的……"

薇薇哭了起来:"晓彤……"

耀翔捂着胸口,寸步难行。

小三关切地问:"翔哥,你还好吧?"

耀翔已是痛得说不出话。

晓彤只觉得自己的身体逐渐往下沉,她已无求生的余力,只能逐波随流……将要闭上眼之际,朦胧中,晓彤见恩祈朝她游来,脑海中突然浮现出三年前在希腊落水的情景。晓彤也分不清这是梦是真。半梦半醒中,晓彤似乎看到恩祈向她伸出手,两人十指相触。

恩祈带着晓彤破出水面,众人终于松了一口气。

恩祈将一身湿漉的晓彤平放在地上,众人齐声呼唤,"晓彤……"

晓彤没动静。

薇薇哭着说："怎么回事啊……"

耀翔大喊："快叫医生！"

小三应声而去。

恩祈发现晓彤没呼吸了，惊慌地抱住晓彤："喂，你醒醒！晓彤，你醒醒……"

一边为晓彤做心肺复苏，恩祈一边说："你不许出意外，你听到没？"

见晓彤还没反应，李莉说："糟了，不好啦。"

恩祈激动地涨红了脸："不许胡说！"

恩祈专注地为晓彤做急救，口中吼道："你给我醒过来，你听到没……"

晓彤仍是没反应，恩祈叫着，眼泪也随之泛滥，众人都看傻了眼。

恩祈再也无视一旁的人，失控地叫道："关晓彤，我不许你死！我不许你死！我不许你死！"

怡倩瞠目结舌地望着恩祈，感到恩祈与晓彤的关系非比寻常。

恩祈压着晓彤胸口，为晓彤做人工呼吸。

晓彤终于呛出几口水，微微睁开了眼。

朦胧中，晓彤看见恩祈心急如焚、眼眶充满泪水的神情，孱弱地呼唤着："恩祈……恩祈……"

恩祈冲动地抱住晓彤，喜极而泣，"太好了，还好你没事，还好你没事……"晓彤依偎在他怀中啜泣着。

众人虚惊一场，这才松心。耀翔则是大喘一口气，瘫坐在地。

怡倩看着眼前的一幕，突然间想通了什么，怯怯地问道："你们两个……是什么关系？"

众人面面相觑。李莉也恍然大悟。

LOVE OF THE

怡倩断断续续地说："你们两个这样……让我如何相信……你们……其实不熟？"

恩祈与晓彤无言。

耀翔上前拉开怡倩："好了，怡倩，别说了……"

怡倩推开耀翔，喊道："黎耀翔，你还站在这里做什么？她不是你的女朋友吗？这个时候应该是你去救她、你去抱住他才对。你怎么会不闻不问呢？难道你看到你的女朋友让别的男人抱在怀里你一点都不介意吗？你有这个度量我可没有！"

怡倩一步上前，揪住恩祈："恩祈，我们回去，我们现在就回去。"

恩祈紧紧抱住晓彤，不为所动。

怡倩的语调里带了哭音："恩祈，你这是做什么？"

耀翔看不下去了，上前拉开怡倩，鼓起勇气说："别拉扯了。怡倩，我就明白告诉你吧。我根本不是她的男朋友！从头到尾我都是骗你的。"

恩祈叹了口气，晓彤沉重地闭上了眼。

怡倩茫然地问："你说什么？"

恩祈抬起头："让我来说……"

晓彤想要阻止。

恩祈说："晓彤，我再也没办法违背自己的心意，欺骗你、欺骗自己了。"恩祈歉意地望着怡倩，"怡倩，关晓彤是我三年前的女朋友，也是我一直没有办法忘记的人，到现在，我更确定我忘不了。这样，你明白了吗？"

怡倩听闻，犹如晴天霹雳，踉跄地往后退了几步。

恩祈抱起晓彤，转身离去。

# 三十二

耀翔跟小三疲惫地回到家里,打开灯,看见黎港生坐在椅子上怒气冲冲地望着他们。

"死回来啦?"

耀翔诧异:"老爸?"

小三高兴地说:"干爹!你从黄山回来啦?"

黎港生不满地说:"看来,我不在的时候你们是夜夜笙歌啊!"

耀翔心情不好,懒得理他:"抱怨什么!你自己不也出去玩了吗?啐!"耀翔说完,沉重地走进自己的房间。

黎港生见耀翔脸色难看,也不敢再骂,"小三,我儿子哪根筋又不对啦?"

"别理他,没事!"小三兴致勃勃,"干爹,你快说说黄山好不好玩?风景很棒吧?"

"嗯,当然棒!尤其是坐缆车上了那个南天门,风景是如诗如画啊。"

小三瞪大眼:"南天门?那是在泰山吧?"

黎港生神色一紧,"啊,说错了,我是上了玉女峰,那个玉女峰啊就宛如是个玉女般的美丽……"

小三不解:"玉女峰是在华山!干爹,你怎么搞的?没一个说对,你到底是去爬哪座山你自己都分不清吗?"

黎港生神色有些慌张:"哎呀,干爹累了!记不清楚了,反正山都一样,你了解我的意思就行了!"黎港生推小三进房,"晚了,晚了!快去睡吧!有什么话明天再说!"

小三突然想起什么,停下脚步,回头看他,正要开口。

黎港生抢先一步警告:"你别再问了啊! 这黄山的奥妙我是无法用言语形容给你听的,想知道啊,下次你自己去!"

"谁要跟你提黄山。我是要跟你说;翔哥参加摄影比赛得奖了!"

黎港生大喜,激动地揪住小三:"你没骗我? 耀翔他得奖了? 耀翔这一点就是随我,诚恳、踏实,所以才会有今天的成就。果然是我黎家的好子孙啊⋯⋯"

看见黎港生沾沾自喜的样子,小三顿时意兴阑珊:"我困了,有话明天再说吧!"

小三要走却被黎港生拉住:"喂! 你还没说他得这个奖,可以拿到多少奖金?"

小三打哈欠:"不多啦。而且今天已经被我们花完了。"

"什么? 钱花光了? 你还说得出口?"

"那又没多少钱,你放心,翔哥现在不一样了,他以后肯定能挣更多的钱来孝敬您,到时您还在乎这笔小奖金吗? 啐!"


怡倩坐在美龄身边,双眼无神。

美龄将事情的来龙去脉听清楚了。"唉,你没事安排那个烤肉会做什么? 你要是先告诉我,不就没事了。"

怡倩苦笑:"我若先说了,也许你会替我处理。但我是不是永远要被蒙在鼓里,还把我的情敌当好朋友,掏心掏肺地跟她诉苦。妈,你这么保护我,到底是帮我还是害我?"

"怡倩,你怎么这么说,我始终都是站在你这一边的。我哪知道你会去认识那个姓关的。好啦,现在说这些都没用了,恩祈回来,我让他给你一个交待就是了。"

"你说得轻松,他现在连家都不回了。妈,你说,他是不是跟关

晓彤在一起,他会不会不回来了?"怡倩有些慌乱,"他要是不回来我该怎么办?"

美龄心里也慌,只能耐着性子安抚:"别急,恩祈不是一个绝情的人。他不会不要这个家,不要我这个妈,不要你的。"

话音刚落,恩祈就进了屋。

怡倩赶紧迎上去:"恩祈,你总算回来了,你上哪去了?"

恩祈不语,美龄瞪了他一眼,冷然问道:"在问你话呢,你怎么不说话。"

恩祈沉吟片刻,直言:"我在晓彤家里。"

美龄神色一沉:"你还说得这么脸不红气不喘的。哼,在关晓彤家里?你忘了你已经有未婚妻了吗?啊?"

"她需要照顾。"

"她的亲朋好友都死光了吗?轮得到你来操心。"

"我得守在她身边。"恩祈振振有词,"因为我是她最爱的人,她也是我最爱的人。"

美龄瞪目,怡倩愤愤地说:"陆恩祈,你当着我的面说这些话,你有没有良心啊?她是你最爱的人,那我呢,我守了你这么多年,我算什么?"

恩祈满怀歉意:"怡倩,我们不要再自欺欺人了。你很清楚我们之间的关系,我们的问题早在晓彤出现前就存在。我一直将你当妹妹看待。那是一种亲情,不是爱情啊。我努力过了,但是我真的做不到……"

怡倩痛心地反驳:"你当然做不到,我努力走近你、改善关系,你却努力地想着别人、破坏这关系。关晓彤不出现在你的生活中,你不是也做得很好吗?为什么她出现了你就变了,你现在跟我说这些公平吗?"

怡倩害怕恩祈要谈及跟她分手的事,转身想要离开。

· 265 ·

恩祈追上去,紧紧抓着她的手,"怡倩,我们不要再逃避问题了,我们的感情一开始就建立在不平等的关系上。可以错三年五年,难道真要错一辈子吗?"

怡倩颤抖着问:"你跟我说这些,是要跟我分手吗?"

"我知道这么说很残忍,但是爱情不能建立在同情的基础上。跟一个不爱你的人在一起,会误了你一生,你懂吗?"

怡倩眼泪汪汪,缓缓地说:"我宁愿误一生,也不要跟一个我不爱的人在一起,遗憾一生!"怡倩轻轻一笑,望着恩祈紧揪着她的手,"我曾经多么渴望你紧紧地抓着我,你现在做到了。只是……你紧揪着我却是要跟我分手。这真是一个天大的讽刺啊。"

怡倩甩开恩祈痛心地离去。

美龄冷冷地望着恩祈,"哼,我们等了你一个晚上,没想到竟然得到这样的答案。我告诉你,我绝对不会允许你这么做的。"

"要是我坚持呢?"

"你敢?难道那个姓关的,值得让你跟一家人翻脸?"

恩祈哀恸地失笑:"妈,你说,我活着的意义是什么?我活着难道就是为了顺应每个人的要求跟期望吗?"

美龄说:"就算我要求你也都是为了你好,我会害你吗?"

"就是一句为我好,我必须按照你的意思去过完我的人生。你为什么不问问我,我真的开心吗?"恩祈坚定地说,"妈,我不要再过这种没有自我的日子了。"

美龄怒道:"你这话什么意思?"

恩祈沉痛地说:"过去,我为了做一个孝子,为了达到你的期望,我牺牲太多事情了。我真的很不开心,我真的很痛苦啊……妈,只要你答应,我会去处理后续问题,大家就皆大欢喜了。过去我让步,现在能不能请你为我想想,好吗?"

"你的意思是要我成全你们吗?哼!办不到!"

"妈,我不懂,我到底是不是你的儿子?为什么你可以无视我的感受,强迫我做我不想做的事情,只为满足你的尊严与快乐。"

"好啊,我安排天堂的路给你走,你却要往地狱里钻。"美龄脱口而出,"要自由是吧?可以,有本事你就跟你爸一样,什么都不要带走,两袖清风地滚出这个家!"

"你以为我真的眷恋这些财富、名利吗?我可以什么都不要!"恩祈沉痛地说,"妈,对不起。"

美龄眼睁睁地望着恩祈转身离去,这才发现话说急了,真把儿子逼走了。

耀翔挂了电话,口中喃喃自语:"国内知名的摄影大师要跟我见面?"愣怔片刻,随即去找照片了。

黎港生大叫:"太好了!小三你听到没?大师要见我儿子!我们黎家等了三代,终于出了一个光宗耀祖的好子孙。"

耀翔忙着找照片,黎港生追着他说:"耀翔,老爸真是没有白疼你,我这辈子为你受的苦现在都有回报了!"

小三冷言冷语:"干爹,做人要厚道,说话要摸摸良心啊。"

黎港生有些尴尬:"总之,儿子,老爸以后再也不会数落你了,从今天起,我就把你当大师看待。"说着抢过小三正要夹的鱼,放到耀翔的碗里,"来,我今天特别为你煮了你爱吃的菜,你快来吃一点吧!"

耀翔收齐了照片,看看表,"来不及了,我不吃了!"

耀翔转身要走,黎港生将他拦住:"那怎么行,人是铁饭是钢,吃了饭你才有体力、有精神、头脑才会清楚。这样,大师问你什么,你才回答得出来。"

"我真的来不及了,先搁着我回来吃吧。"耀翔急着出门,突然感到一阵心悸,捂着胸口大口喘气。

AEGEAN SEA

LOVE OF THE

"儿子,你怎么啦?"

羡翔做了几个深呼吸:"没事,可能太兴奋了。我走了。"

耀翔急匆匆出了门。

黎港生不安地问:"他怎么啦? 怎么突然心痛呐? 小三,耀翔最近常这样吗?"

小三边吃边说:"没太注意,不过,烤肉那天好像也痛了一下。"

吃过饭,黎港生回到自己房间里,从旧铁盒中翻出妻子的照片,满脸愁容地望着照片发呆:"老伴,耀翔这兔崽子怎么也心痛了? 他不会那么倒霉跟你一样吧?"


耀翔在柜台边打着电话:"你们晚上的工作时间是几点到几点啊? 是,我想上晚班……"突然电话里传来一阵忙音,耀翔一愣,"喂? 喂……"

李莉一手叉腰站在耀翔旁边,另一只手按掉了电话:"别喂了,我已经挂了。"

耀翔拨开李莉的手:"你挂我电话做什么?"

李莉也不甘示弱:"那你找工作做什么? 你是嫌这里的工作不够累,还是钱不够多啊? 看你每天已经累得像条狗似的,还要去兼职。找死啊你!"

"有什么办法,我需要拍照的材料费啊! 为了开摄影展我现在正头大呢!"

李莉喜出望外:"你要开摄影展? 你早说嘛! 我以为你想借工作麻痹自己呢,原来是为了摄影展,黎耀翔,我可以帮你啊!"

耀翔没兴趣,"谢了,你的好意我心领了,我还是靠自己吧。"

"干吗这么见外啊,大家都是自己人了,帮个小忙有什么关系呢?"

"谁跟你自己人,你只是我的同事。别说了,上工吧!"

耀翔转身去搬重货，突然心脏一阵绞痛，手一松，货物掉在地上。

"小心啊！"李莉一惊，只见耀翔手捂着胸口，表情痛苦。

李莉关切地问："你没事吧？"

耀翔咬着牙，"没事……"

"你究竟怎么回事？要不要去看医生啊？"

耀翔挺直腰杆活动筋骨："啐！看什么医生！我身体好得很，死不了的！一定是最近累坏了，休息一下就没事了。"

李莉见耀翔似乎又精神奕奕了，这才稍微放心："我看你也不是累坏了，根本是为了关晓彤在心痛吧？"

"胡说什么？我黎耀翔是这么小心眼的人吗？"

李莉试探着问："喂，关晓彤真的跟陆恩祈在一起啦？"

耀翔心烦地说："你不是已经知道了吗？还问什么问！"

黎港生小心翼翼地捧着一个花瓶，仔细端详着，露出不敢相信的眼神。

小三不耐烦了："干爹！看够了吧？我们可以走了吧？"

黎港生兴奋得结结巴巴："小三，这……可是……真的蟠龙花瓶啊！"

小三不屑："真的又怎么样？你又没钱！放下，放下！走人啦！"

"你急什么！我还没看完呢！真是个好货。少见，少见啊！"

小三的朋友强哥笑吟吟走出来："小三，怎么样，你干爹看到满意的货色了吗？"

黎港生马上拿着花瓶迎上去："太满意了！真是太满意了！小兄弟，你这蟠龙花瓶可是实实在在的真货啊！"

强哥有些意外："小三，看不出来你干爹还挺识货的呦。"

　　黎港生得意地说："当然,想当年北京琉璃厂荣宝斋的老板跟我曾祖父可是换过帖的拜把兄弟呢! 小兄弟,我们打个商量,冲着小三跟你的关系,这花瓶先让我拿去卖,我保证钱一到手,我马上……"

　　强哥立刻打断他："等等,等等,您老别说我不给您面子……您也知道,现在这古董地下交易的风险太大了! 要不是我们都是自己人,这花瓶我还不敢拿出来给您看呢! 我一定要收到现金才能把这花瓶交给你,其他的您就不必说了。"说完将花瓶收起来。

　　小三松了一口气："你听到了吧? 走啦!"

　　黎港生不情愿地跟着小三出来,不断摇头叹息："可惜啊,眼看着煮熟的鸭子又飞了,你知不知道,这一转手我可以赚一大票呢!"

　　"您别再做梦了! 不属于您的,您就别强求了!"

　　黎港生认真地说："小三,我真的有个朋友想要买花瓶啊! 只要你朋友愿意通融一下,让我先卖了花瓶,我保证……"

　　小三不耐烦："您死了这条心吧! 刚才人家已经说得很清楚了,一手交钱,一手交货! 没钱就不用多说了!"

　　"不行,不行,这么好的机会我不能再错过了。"黎父一咬牙,"我得想办法凑出钱来,放手搏一搏!"

　　小三越听越生气,停下脚步："干爹,您别再动歪脑筋了,你也不想想,就是您的搏一搏,害我们翔哥背了多少债,我说您就发发善心,别再给翔哥找麻烦了!"

　　黎港生耐心地解释："小三,你听干爹说,干爹这次真的没诓你,干爹真的有把握,你想想,要是干爹能赚到这笔钱,别说是耀翔要开摄影展了,他就是要开个公司都没问题啊!"

　　"翔哥他不想开公司,我也不想再听你说了! 我真是后悔,刚才就算你把我掐死我都不应该带你来! 干爹,我告诉你,今天这花瓶你就当从来没见过,我也不会让我朋友卖给你的! 你自己回家吧,再见!"

# 三十三

餐桌上已摆了几道菜,恩祈穿着围裙,"还不错吧? 我可是特意为你学的。还过得去吧?"

"你没事学什么做菜,这是我的事情。"

"我们两人还分什么你我,家事就是要共同分担。不只是现在,以后等我们结婚了,我一样会烧饭做菜给你吃。再说,你最近不是要忙着练琴准备演奏会吗? 你就少做点事,多放点心在表演上,知道吗? 吃完饭我来洗碗,你去练琴。"

晓彤说:"你不也有很多事情要忙,还是让我来吧。"

恩祈说:"差不了那么一点时间。听我的。"

晓彤笑了:"看不出来,你还是个新好男人。"

"我的优点啊,你用一辈子都发掘不完。"

晓彤一想,牵起恩祈的手,拿起一旁的笔,在他手上画了一个心的图案。

恩祈问:"这个时候画颗心,是表示谢谢我吗?"

"是告诉你我爱你!"

恩祈也在晓彤掌心上画了一颗心,"我也是!"

两人甜蜜一笑。

正准备坐下吃饭,门铃响了。

"这时候会有谁来? 我去开门!"

晓彤打开门,"怡倩?"

怡倩冷冷望着晓彤,"恩祈呢?"不等晓彤反应过来,径自走进客厅，一眼看见恩祈穿着围裙，怡倩不敢相信自己的眼睛，"恩祈，你这是什么样子？我跟你认识那么久，我连杯茶都舍不得让你去倒，难不成……这顿饭还是你做的吗？"

晓彤和恩祈互视一眼，都不知道该说什么好。

怡倩望着桌上成双成对的碗、筷子、茶杯，不由得怒从心起，"你们这算什么？我的事情还没解决呢，你们却快乐地在这里过日子？"

怡倩愈想愈气，就要摔锅砸碗，恩祈上前制止："怡倩，你不要这样！我们好好谈谈……"

"我不跟你谈，我要你跟我回去！恩祈，我们走，我们走……"怡倩紧揪着恩祈，要把他往屋外拽。

晓彤拉开他们，恳求道："怡倩，你别这样。你若要怪就怪我，你别为难恩祈……"

怡倩甩开晓彤，意外发现她手掌心中的那颗刚画的心，再看恩祈的手中也有着一颗心，简直要崩溃，上前揪住晓彤的手，愤愤然道："你手中这是什么？你们过不过分，一手一颗心在向我示威吗？表示你们的感情很坚贞吗？"

怡倩愈说愈激动，攥晓彤的手也愈加用力，晓彤忍不住喊出声来："好痛……你放手……"

恩祈上前欲拉开怡倩，怡倩的手一转方向，反而扭到晓彤的手，只听"咔"的一声轻响，晓彤望着自己的手腕，脸色惨白。

恩祈心里一沉，知道出事了。

耀翔打起精神将摄影器材、底片装入背包，小三兴奋地说："翔哥，你要走出门去拍照啦？"

耀翔点头。

"我这就去收拾些东西。"小三走到客厅，将一些饮用水丢进包

里,小三那个卖古董的朋友一脸喜色地走进来。

小三诧异:"强哥?你怎么来了?"

强哥笑得合不拢嘴,握着小三的手:"我来谢谢你啊。"

"不客气不客气!慢着,你跟我谢什么?"

强哥说:"还说你这小瘪三没本事。这么一大笔交易都让你给牵成了。我今天是特意拿回扣来给你的。"说着将红包塞在小三手中。

小三纳闷:"我?牵成什么啦?"

"不就是那个蟠龙花瓶吗?"

小三瞪目:"什么?"

"那花瓶摆了多久都无人问津,就你特有本事,一说就成。说起来你那干爹还真看不出是个阔佬,一分钱都没跟我杀。真是难得一见的好客人。"

小三听着,握着红包的手已经在发抖了。

"咦?小三,有朋友?"耀翔走出来。

小三随即将红包一收,对强哥说:"强哥,咱们有空再聊吧。我明儿再到你那儿去坐坐,先这样啦……"忙推强哥出去。

强哥边走边说:"你急什么?我都还没谢够呢。"

"甭谢了!再见啊……"

待小三回来,耀翔问道:"小三,他跟你道什么谢?"

小三心虚地说:"谢我那天请他吃了一顿饭。"

"那你该高兴啊,怎么像做了亏心事一样,脸色这么难看?"

"我是高兴,只是……"小三突然捂着肚子,"肚子好疼,不行,我快受不了啦。翔哥,我不能跟你去拍照了,你今天自己先去吧。"

小三装模作样地去厕所了。

"小城故事多,充满喜和乐……"黎港生哼着歌回来了。

小三赶紧迎上去，黎港生吓了一跳："臭小三，你想吓死我啊？"

小三怒气冲冲："我才被你吓掉半条命，还有心情唱歌？你哪来的钱买花瓶。你该不会去走地下管道吧？"

黎港生自知瞒不了了，嬉皮笑脸道："这种买卖本来就是要这样嘛！这叫买黑卖黑，黑黑得财。呵呵，还好我这笔交易价格高，等拿到钱不光可以帮兔崽子开摄影展，还能开公司呢！我今天连公司的房子都看了，有间不错，方正格局四面采光，肯定是个赚钱的好房子。"

小三已经快要崩溃了："这么说，你花瓶卖了，连钱都还没收到？"

黎港生知道他在担心什么，安抚道："唉呀，那买主是个老实人，我的眼光不会错的。我们全谈好了，过两天他就汇钱到我折子里了。你尽管安心啦。好啦，别说了，我饿了，我去弄些吃的。"说罢哼着歌走进厨房，"小城故事多，充满喜和乐……"

小三捂着头，心想死定了。

耀翔拍完照回到家，问小三："巷口有几个讨债的熟面孔，你们看到没？"

小三心一紧，黎港生牵强地笑着："有吗？我怎么没见到？"

耀翔起疑："老爸，你该不会又跟人借钱了吧？"

"我？我都答应你不借钱了，怎么会明知故犯，对不对，小三？"黎港生偷偷捏了小三一把。

小三勉为其难地说："是啊，干爹没借。一定是这附近的街坊邻居借的，不是干爹。"

"看！连小三都这么说，你可以相信我了吧？"

耀翔这才点点头走回房。

小三气急败坏地低声道："要债的来盯梢了，你说怎么办？"

黎港生心里也急，沉住气说："再等一天就没事了。迟早你会

知道,等待是值得的。"

耀翔在暗房的红灯下审视着自己的照片。

黎港生在外面喊:"儿子啊,我能进来吗?"

"进来吧。"

黎港生拉开了布幔,端了一碗面进来:"今天晚上瞧你忙得连饭都没吃,我特别给你下了碗面,还多加了两片肉呢!闻闻,多香!"

"老爸,我不是跟你说过,别把这油腻的东西往这儿摆,你怎么老记不得。"

"我只记得你没吃饭呀。"

耀翔轻叹一口气,不忍心再苛责。

黎港生说:"先吃点吧。有了体力才有活力。"

耀翔望着自己一手药水,"你先搁到外头去吧。"

"等你忙完都冷掉了,趁热乎乎的不吃,非得凉了才吃……"看见耀翔一脸不耐烦的样子,"好好,知道你嫌我唠叨、嫌我吵,我不说了。我把面搁外头,你记得待会儿吃啊。"

耀翔只顾看着照片:"知道啦……"

停了半晌,耀翔一回头,见老爸没还走,捧着面望着耀翔。"你还没走? 盯着我看什么?"

黎港生有些感慨:"看着你,突然觉得我儿子成器啦。儿子啊,你真的不一样了。看来,我要巴着你鸡犬升天是指日可待啦。"

"你别老进来吵我。"

黎港生不服:"我吵你! 我这是关心你啊。你以为我爱进来受你的气吗? 也不想想,年纪一大把了,连个老婆都没有,你羞不羞! 要不是念在你孤家寡人,又没人照顾怪可怜的,我才不想当你的佣人呐。你真以为我巴望你给我荣华富贵,我现在只求你快点找个

LOVE OF THE

人伺候你,那我也不用天天挂心你饭吃了没。"黎港生说着转身出了暗房,"唉,儿子不成气候我嫌他没用,成气候了却连跟我说话的空都没有,人生呐,真是没有两全其美的事情啊……"

耀翔听着有些内疚,"我这么拼命,还不是为了想让你早日享清福。啐! 就是爱唠叨……"耀翔叹了口气,转念一想,洗完这些照片,明天带老爸去吃顿好的,让他一次唠叨个够!

"恩祈真的到别家公司去了?"美龄问秘书,心情沉重起来。

"是的! 虽然陆先生跟那家公司都很低调,但是陆先生已经开始开拓客源了,这消息在业界恐怕也瞒不了多久了。"

美龄愤愤地说:"恩祈,你是真的跟我对上了吗? 我摆着金椅子让你坐,你非要去挑个木头椅子,这样,你会比较快乐吗?"

秘书说:"陆先生去了那家公司后,业绩成长了不少,业界都啧啧称奇。"

美龄火了:"我不需要你来告诉我他的丰功伟业。"

怡倩进来了,美龄心里一凛。

怡倩冷冷对秘书说:"你先出去。"

美龄望着怡倩的冷默,有些不安。

怡倩说:"你应该都知道了吧。恩祈到别的公司上班,这是真的了。"

"我也不知道会这样……"美龄有些无可奈何。

"怎么? 你也会有无话可说的时候? 之前不是信誓旦旦地说他会回来,你有十足的把握吗?"怡倩语带嘲讽。

美龄无语。

"我看,这该不会是你的诡计吧?"

美龄愕然:"怡倩,你怎么会这么想?"

怡倩语气平和,却字字尖锐:"天知道你是不是在报复我们连

家？三年前我爸对你绝情，你看准了我喜欢恩祈，利用我扭转了你差点破产的命运。这些年，你们私下应该也攒不少钱了吧？其他投资也做得不错，是不是我就没利用价值了？"

"怡倩，你想到哪去啦？你扪心自问，我对你不好吗？我一直是那么的疼你啊，你这么污蔑我公平吗？"

怡倩冷冷说："你是喜欢我的人，还是我家的财富呢？应该是后者吧？你也别怪我这么想，恩祈可以这么快跟朋友成立公司，搞不好还是你在背后帮他。我这一方面，你怕对不起我，落人口舌，所以用缓兵之计安抚我的情绪，事实上什么也没做，只是在等机会脱身吧。我说得对吗？"

美龄气得发抖："怡倩，妈对你这么好，你说这些话……很令我心寒呀……"

"这句话该是我说才对吧。我对恩祈这么好，却落到这种下场，你说我能甘心吗？"怡倩的语气突然凶狠起来，"别说我没警告你，我不会善罢甘休的。你去告诉你儿子，让他等着……"

美龄拽住怡倩："你想做什么？你想对恩祈做什么？恩祈只是现在脑筋转不开，你再给他一点时间，你千万别伤害他……"

怡倩冷冷一笑，轻轻推开了美龄："还说你没帮他。我随口说说而已，你就吓成这个样啦。你终究还是为儿子的嘛！你告诉恩祈，现在回头，我还能原谅他，否则就别怪我无情。"

美龄美龄跌坐在沙发上，怡倩的转变，让她震撼。


"怪啦？怎么没人接啊？"黎港生放下电话。随即见小三拎着存折垂头丧气地走进来。

黎港生紧张地问："干儿子，怎么样啦？"

小三有气无力："干爹，人傻没关系，也要会看脸色。你瞧瞧我这张脸，你说怎么样啦？"

黎港生心里一阵抽搐,抢过存折一看,故作镇定:"不会的!唐先生不会诓我的。"

"事实都摆眼前了,你还要自欺欺人吗?他要不骗你,为什么今天不汇钱。"小三快哭了,"怎么办啊,你今天不是也该还钱吗?现在我们拿什么还那群牛头马面的家伙。"

黎港生声音有些颤抖:"急什么。今天都还没过完呢。少安毋躁,我会去解决的。回来等我好消息。"说罢匆忙出去了。

小三跌坐在椅子上,脑中一片空白。

黎港生一出门,就看见几个追债小弟笑吟吟地朝他走来。

黎港生暗叫不妙,低着头,装作没看到,转身想溜。才走了几步,就撞到前方的人身上。

黎港生朝四周看看,显然已经无路可逃了。

为首的人叼着烟,笑嘻嘻地说:"黎老头,想躲哪儿去啊。不是说好今天要来还钱吗?"

"是是!只是大哥……能不能再宽限个两天,"黎港生哀求。

"什么?"为首的人眼睛一瞪。

黎港生解释:"我不是不还。是我那买主不知出了什么事情找不到人,求你宽限个两天,等我拿到了钱,我一定连本带利拿去还您。"

那人把烟一丢:"黎老头,都几年了,你的把戏、说词还不变。该换新的了吧。"

"我这回没耍把戏,是真的。"

"少废话,抓起来。"

几个人上前反扭住黎港生,他挣扎着:"你要抓我去哪?我又不是不还,我只是迟个几天。"

"你以为我们借你钱真图你会还?哼,若不是看在你儿子有些

信誉,谁会理你。揪你回去,钱不就自动送上门了。"

黎港生一惊,"不行! 你们别去烦我儿子,他现在要做大事业啊,他日理万机很忙的。拜托您行行好,我的事我自己负责,就是千万别烦他。"

"由不得你!"为首的人吩咐手下,"带回去! 打电话给姓黎的,叫他带钱来赎人。"

黎港生见已无商量余地,突然喊道:"警察!"

众人一凛,放松了抓着他的手。黎港生趁机落荒而逃。

跑到一处工地,见后面的人越追越近,他一咬牙,往工地里跑去。

"黎老头,你别躲了,出来!"

黎港生缩在墙角,浑身颤抖,低声道:"绝不能被你抓到。要不然那兔崽子哪成就得了事业……"

"在那里!"有人发现了他的踪迹。

黎港生一惊,见已无后路,推起一旁的推车向众人冲去。"你们休想捉到我!"

众人慌忙躲闪,一窝蜂散开,黎港生丢下推车转身跑上楼梯。后面的人紧追不舍。

跑到楼梯尽头,眼前再也没有路了。他停住了脚步。

"黎老头,我看你还能往哪儿跑。"众人慢慢逼近。

黎港生节节后退,口中还在虚张声势,"别过来……再过来,我就往下跳啦。"

有人笑道:"我就赌你没这个胆跳。你跳给我们看啊。"

黎港生退着退着,一脚踩空,失去重心,真的摔了下去。

下面传来"砰"的一声闷响。

与此同时,在花店的耀翔突然间心口剧痛,一头倒在地上。

李莉见状大惊失色:"喂,黎耀翔,你怎么了?"

耀翔痛得无法言语，额头渗出豆大的汗珠。

# 三十四

薇薇正在和大家一起练习，晓彤来到练习室门口，探头入内。

几个团员一见门口的晓彤，纷纷用鄙夷的眼光打量着她，窃窃私语交头接耳。

晓彤低着头走进去。

薇薇赶紧起身，晓彤拿出票，低声道："薇薇，这是我的演奏会门票，要麻烦你帮我拿给大伟哥。"

众人冷眼看着薇薇，薇薇赶紧接过票，拿起背包，拉晓彤出来："我有事找你。我们到外面说。"

到了走廊里，薇薇从背包中拿出一本杂志，封面则是斗大的标题，"关晓彤"几个大字随即映入眼中。

"你看过了吗？"

晓彤接过杂志，一看内容便愣住了。

薇薇咬牙切齿："这个老巫婆真可恶，先是在团里放出风声，现在居然又弄上杂志了！现在团里那些认识你的人都受到影响了，更别说其他不认识你的人了。"

"没想到她会用这种方法……"晓彤突然紧张起来，"薇薇，这次演奏会的票房呢？有没有受到影响？"

"当然有，老实告诉你吧，今天早上已经听说不少人退票了。"

晓彤一听，心情落跌到谷底。

薇薇义愤填膺："所以，我说你不能再闷不吭声任人欺负了，要是我，我一定要去告她毁谤！"

晓彤犹豫,"那不是把事情闹得更大吗? 我不能这么做。"

恩祈迎面走来,"晓彤……"

晓彤赶紧将杂志藏在身后,"恩祈,你怎么来了?"

"我在琴房找不到你,原来你跟薇薇在这聊天。"

薇薇有点生气:"什么聊天,我告诉你……"

"薇薇,别说了。"晓彤阻止,又问恩祈,"你找我有什么事?"

恩祈夺过晓彤手的杂志:"我已经看到了。"

晓彤低下了头。

"你在团里一定不好受吧?"恩祈问。

"你才知道。"薇薇说,"陆恩祈,晓彤为了跟你,名誉都快扫地了。她现在跟个过街老鼠一样,真的很可怜你知道吗?"

晓彤说:"恩祈,你别听薇薇夸大其词。"

"我不能再让你受这种不白之冤了。"恩祈拉住晓彤,"跟我来!"

晓彤骇然:"你做什么?"

恩祈拉着晓彤进入练习室。大部分团员装作没看见,调音的调音,练习的练习。

恩祈大声说:"麻烦大家听我说句话好吗?"

有些团员真的停了下来,有人不屑地说:"你是谁啊! 凭什么进来大呼小叫的! 滚出去!"

恩祈毫无惧色,拿出杂志,亮在众人面前:"我是谁大家应该都很清楚了。很抱歉,我想耽误大家几分钟,跟你们澄清一点事情。我想各位这些日子也许听到、看到了什么,因此对我跟晓彤的关系有些疑问。我想我有必要出面跟大家说明,我跟晓彤之间绝对不像杂志上说的那样。"

有人说:"睁眼说瞎话! 难道你没有未婚妻吗?"

"我的确有未婚妻,但是晓彤绝不是传言中的第三者,是我要放弃没有感情的未婚妻跟她在一起的,不负责任的人是我,晓彤是无辜的,更何况她跟各位一起相处这么久了,各位宁愿听信这种未经求证的流言,却不相信自己的同事吗?如果大家真的要抱不平,那就来怪我吧!"

恩祈直视着众人,众人不免有些悻悻然,都沉默了。

"这一切都是我的错,是我处理不当,我罪该万死。但是各位,请你们不要再为难她了。晓彤没有错,就算有,也是因为她爱上了一个没有自由、没有自我的人。为此她付出了极大的代价,承受了那么大的压力。三年了,难道她的付出不该得到一点回报吗?"

晓彤在一旁看着恩祈涨红了脸为自己辩驳,红了眼眶。

小三哭肿了眼,将黎港生的照片高挂在墙上。

耀翔木然望着眼前的照片,默默跪下。

李莉和薇薇忍不住哭出声。

耀翔望着老爸笑得挺开心的照片,口气平静:"你倒好,留了一屁股烂账给我,还笑得出来。真是上辈子欠你的。到最后这节骨眼,你还不放过我。想想你实在真够浑蛋!"

耀翔冷静得出人意外,小三扶着耀翔,"翔哥,你要伤心就哭出来吧。别憋着。"

耀翔不语。

一个穿着笔挺的人走上前问:"请问黎港生住这儿吗?"

李莉迎上前去:"你有什么事吗?"

那人说:"是这样的,我老板就是那个跟他买蟠龙花瓶的唐先生,他出国了。唐先生交待我说好昨天要汇钱给他,谁知道他留给唐先生的账号不对,钱汇不进去。我昨儿才打听到他的住处,今天终于找到他的地址,特地将钱送上来。"

众人面面相觑。

耀翔倏地起身，一把揪住那人咆哮着："你这浑账！你为什么不早一天来，为什么？"

小三上前拉开耀翔："翔哥，别这样……"

"怎么啦？发生什么事情了？"那人莫名其妙。

李莉说："先生，谢谢你来这一趟，你还是请先回去吧。"

那人惊恐地将一包钱留给小三："你替我把钱转给黎生先。我先走了。"

小三捧着那些钱，"翔哥，这是干爹拼了命挣来的，为的就是帮你忙啊。干爹这一辈子没成就过什么好事，可终于为你做了件像样的事了。"

耀翔看着眼前的钱，再望望父亲的照片，突想起什么，转身到餐桌上找东西。

"翔哥，你做什么？"

耀翔不答，掀开报纸，找到了老爸那晚为他留的面。

"这是老爸为我煮的面，我答应要吃掉它，我差点给忘了。"

耀翔拿起筷子，小三赶紧制止："翔哥，你做什么？这面搁了两天都坏了，翔哥……"

耀翔紧握住面碗，转身怒喝："不要吵我。这是我爸的心，这是我爸留给我的，你们走！别吵我，通通出去！"

耀翔捧着那碗面节节退后，众人见状，虽不忍心，但也了解他的心情，李莉索性带着小三与薇薇出去了。

耀翔捧着面，坐到桌前，慢慢吃着，边吃边说："老爸，这才是您留给我的最好的东西啊。我为什么现在才懂，这是人间美味。你骂得没错，趁热不吃，非得要凉了才吃，我才是浑账！我真是浑账！"

晓彤赶到了，进屋就问："瘟神呢？"

李莉说："在屋子里。你进去看看他吧。"

耀翔将面吃个精光,用衣角一抹嘴,显得很满足。

"老爸,我吃完了,你看到了吗? 这下你放心了吧?"耀翔跪在父亲照片前,"老实说,你还真没什么强项,就是饭做得还可以。可是以后,我没机会吃啦……老爸,你知道吗? 你这回真的发财啦。可是你却无福享受了。你留这些钱给我又有什么意义呢? 我倒宁愿换你几句骂,多希望你再骂我两句。我不会嫌你了,不嫌啦……老爸,我们来个约定吧。下辈子,我还是要做你的儿子,就算你是个穷鬼,我还是要做你的儿子。咱们说定啰,下辈子我继续为你背债,那你做饭给我吃……好吗?"

站在耀翔背后的晓彤泣不成声,"瘟神……"

耀翔望着照片,根本无视晓彤的存在。

晓彤默默地站在耀翔身边,陪他一起默哀。


恩祈神色凝重地看着眼前的报表。

一个股东说:"看到没有,这笔材料费可是好不容易谈下来的,价钱可是空前的低啊。有了这批芯片,我们就可以多接些订单,这净利算下来可是很可观。恩祈,你觉得呢?"

恩祈断然说:"我反对买下这批材料。"

"为什么?"

"虽说这家公司在业界已经很久了,信誉也算可靠。但是开出这么低的价钱,实在是太令人匪夷所思了。"

"那是靠我这三寸不烂之舌谈出来的呀。你啊,别想太多了。"

"但是依我的经验,这种价钱等于没利润可言了。再说他们要求一次付清所有的成本,我们公司现在兴建厂房已经入不敷出了,再加上这一笔账,会是很大的负担。"

"就是这样我们才要拼啊。恩祈,你向来是以作风干脆、果断闻名业界,怎么这一次却这么优柔寡断?"

"这事我直觉有问题。我们要赚钱没错,但也要做有把握的事情。"

股东脸色一沉,"这么说你是不相信我了。我也是公司的股东之一,难道我会做让公司赔钱的事情吗?"

"商业陷阱太多了。有时为了一时图利,拖垮整个公司的例子比比皆是。我们不能掉以轻心。"

其他的股东上前斡旋:"好了! 大家所持的意见都是为公司着想,不过,还是先冷静一下,再做一次评估看看吧。"

等大家都走了,恩祈望着合约内容,满腹疑云。


音乐厅里冷冷清清。

郑父拿着票找位子,不时还看看周围,仿佛在搜寻什么。

郑母念叨着:"说什么不来不来,结果还不是来了。你真是的,晓彤诚心邀请你听,你还把她骂一顿,影响人家心情嘛!"

郑父不耐烦地说:"你说够没有? 你以为我喜欢骂她吗? 我还不是为她好!"

两人找到位置,正要坐下,郑母表情突然一变,郑父顺着郑母的视线一看,原来是慧玟跟良平已坐在另一处。

慧玟和良平也见到了二老,良平起身礼貌地向郑父点了点头,郑父生气地转过头去。

良平尴尬地坐下。

郑父对老伴说:"还看什么看,坐下吧!"

坐下以后,郑父专注地看着手中的节目表,动也不动。

慧玟看着父母,咫尺天涯,心中酸楚:"良平,对不起……"

良平轻轻一笑:"没事!"立刻转移话题,"今天观众真少。"

慧玟叹息:"唉,我看多少也受了那个杂志的影响。"

郑父偷偷瞄向慧玟的放向,见到女儿,还是欣慰多了,郑母瞥见,心知肚明:"你刚才进来一直东张西望的,是想见到慧玟吧?"

郑父尴尬地收回视线,还在嘴硬:"你胡说些什么?"

工作人员提醒:"关小姐,时间差不多了,麻烦你到后台准备了。"

晓彤紧张地起身,对着镜子做最后的检查,突然间镜子里出现了美龄的脸。晓彤骇然转过头。

"意外吧?"美龄在晓彤身边坐下。

晓彤怯怯地说:"伯母,您来做什么?"

"做什么?当然是来看看你啊。"美龄冷笑,"关晓彤,你真行啊!发生了这么多事,你居然还沉得住气上台演奏。"

"伯母,这些事情我们可不可以有空再谈。"晓彤想出去,反被美龄拉住。

"你也知道不要影响你的情绪。那你影响了别人的情绪又该怎么说呢?你只顾自己,你管过别人吗?你有没有想过,因为你的出现,把怡倩害得多惨?她现在已经完全变成另一个人了。你怎么这么自私啊!"

晓彤强忍激动的情绪,不想与美龄正面冲突。

美龄咄咄逼人:"你说话啊!以为不说话就没事了吗?我倒想听听看你到底是什么想法,我给你机会,你说话啊!"

晓彤低声恳求:"伯母,我求您别再说了……"

"哼,求我?你别在这边装可怜了!我才快被你这个阴魂不散的女人给逼疯了,你居然还来求我?你真是会演戏啊!"

此时薇薇走进来,见状奔上前挡在晓彤面前:"喂,你又来干什么?你把晓彤害得还不够惨吗?你快点滚出去!出去啊!"

"哼,没教养的女孩!我不是要跟你说话,你走开一点!"

薇薇说:"你才没教养呢!专门做一些偷鸡摸狗的事情,你还

LOVE OF THE

AEGEAN SEA

不走,是不是要我叫警卫来赶你出去啊!"

美龄冷笑:"你不用紧张,我没兴趣跟你们呆在一起! 我现在就到观众席去等着。我倒要亲眼看看,一个不知廉耻的女人,究竟会得到多少掌声!"美龄说完转头就走。

薇薇看见晓彤在发抖,安慰道:"晓彤,你别在意她的话! 她心理不正常,她有病!"

晓彤虚弱地说:"薇薇,你让我一个人静一静吧。"

"晓彤,你没事吧?"

"我没事,我要调整一下我的情绪。"

薇薇一走,晓彤整个人瘫软下来,口中喃喃地说:"我不能被打败,我答应恩祈一定要撑下去的,恩祈,你现在在哪里? 我好需要你……"


恩祈扶着酒醉的怡倩走在街上,怡倩死命要挣脱。

恩祈斥责:"好好一个女孩,为什么要喝成这样! 把衣服穿上!"

怡倩推开恩祈:"你凶什么! 我不要做好女孩! 好女孩会被抛弃,从现在开始我要做个坏女孩,我要让大家都跌破眼镜。"

"不要说这种无聊的话! 如果让你爸看到你现在这样,他不知道会有多伤心。"

恩祈径自拖着怡倩的手走在前头。

怡倩吼叫:"我不要回家!"

"由不得你!"

怡倩挣脱不了恩祈,生气地拉起恩祈的手咬了一口,恩祈痛得甩开怡倩。

怡倩恨恨地说:"不要以为把我送回家就没事了!"

怡倩脚步踉跄地从人行道奔到马路中央,恩祈看看表,时间来

AEGEAN SEA

LOVE OF THE

不及了。"你再这样自暴自弃,我管不了你了!"

怡倩大叫:"反正我自暴自弃也不会有人心疼,让我死了算了!"怡倩赌气干脆蹲在马路中间。

舞台上的灯光渐暗,演奏即将开始,台下响起了稀落的掌声,晓彤不敢看,快速向观众席鞠躬,走到钢琴前坐下。

台下的慧玟小声说:"良平,晓彤好像很紧张啊……"

良平亦有同感。

郑母也不安地对郑父道:"老伴,晓彤今天的气色怎么看起来不太对劲?"

晓彤深吸一口气,脑中还是一片紊乱,迟疑着,双手悬在空中不敢落下。

侧幕旁的团长开始心急:"这关晓彤怎么了? 发什么呆啊?"

晓彤知道不能再拖了,只好硬着头皮将双手落在琴键上,开始弹奏。虽然弹着琴,但耳中仍不断回响着方才的事情。

晓彤一咬牙,尽量不再去想这些事,但愈是不去想,那些事情越是往她脑子里钻。

晓彤痛苦地摇头,琴声也跟着凌乱了起来。晓彤自己也开始慌了,愈是想弹好,愈是不听使唤,终于在一阵快速琶音时停了下来。

全场一片死寂,晓彤愣坐在台上,脑中一片空白,双手颤抖,完全不知该怎么接下去。

郑父、郑母愕然。

慧玟则是急得差点要站起来。

晓彤望着台下,意识到自己失败的演出,羞愧难当,倏地站起身跑了出去。

台下观众哗然,嘘声四起。

# 三十五

耀翔静静地坐在诊室里,望着屋外的星光灿烂。

医生手上拎着几张 X 光片走进来。"黎先生,很抱歉让你等那么久。你的初检报告已经出来了。"

"医生,我这到底是什么毛病?为什么最近心绞痛愈来愈厉害?"

医生沉重地说:"我看过你的心电图跟片子,我怀疑你这是扩大心肌症。"

耀翔一愣,思忖着这个名称以前仿佛也听过。

医生说:"这病通常会有家族性遗传的。黎先生,你的家人有心脏方面的毛病吗?"

耀翔吞吞吐吐地说:"我妈,好像……以前就是死于这种病。"

医生吃惊地说:"黎先生,我要你现在立刻住院做详细的检查。我要看你的心脏究竟恶化到什么程度了。"

耀翔猛地站起身:"住什么院?不行,我不能住院。开什么玩笑,我还有多少事没做,我还有一大堆的事情要忙,哪有时间躺在医院里睡觉。"耀翔边说边往后退,"不行,我不能呆在这里……"

医生还要劝说,耀翔转身就跑。

耀翔直跑得浑身无力,才捂着胸口,蹲在路灯下,气喘吁吁,"为什么我也会得这种毛病?为什么……"

恩祈冲入琴房,只见晓彤坐在琴边拼命地练着琴,薇薇与团长焦急地站在一旁。

"这到底怎么回事?"

薇薇说:"恩祈,我跟团长的话她都不听,你快劝晓彤停手吧!"

恩祈了然,来到晓彤身边:"晓彤,你休息一下吧。"

晓彤无视恩祈,固执地继续弹着。

"晓彤,你停一停!"

晓彤甩开他,"你不要吵,我一定能弹好,我一定要弹好!"

恩祈索性上前拉起晓彤,晓彤着急叫道:"你放开我! 你放开我! 我要弹琴! 你别阻止我!"

晓彤挣扎着,恩祈一咬牙,硬从座位上抱开晓彤。

晓彤哭出声来:"恩祈,你别阻止我,我要让大家知道我可以弹! 我的手没问题,没问题的……"

团长见状不忍:"晓彤,我只是希望你休息一阵子,调适好自己的心情,我不是说你不能弹啊。"

"我不需要休息! 我能弹! 我能弹! 恩祈,你放开我!"

恩祈难过地抱住晓彤,将晓彤拖出琴房。"晓彤,听话,我们回家。"

恩祈心情沉重地出了门,却见耀翔在外面徘徊。

"耀翔?"

耀翔说:"我看到报纸了。姓关的,她还好吧?"

"老实说,不好。"

耀翔黯然,随即从口袋里拿出一张纸:"听说她手受伤了,我这里有一个强筋壮骨的药方,很有效,你可以给她试试。"

恩祈接过药方,"谢谢你。我会试试看的。耀翔,你是晓彤的好朋友,她这个时候,很需要朋友的鼓励,你愿意进去跟她聊聊吗?"

耀翔迟疑着该不该进去。恩祈拍拍耀翔的肩:"进去吧,帮我

好好劝劝她,好吗?"

耀翔推开门,看到晓彤颓丧地呆坐在沙发上,耀翔安静地坐到晓彤旁边。

晓彤无力地说:"瘟神,你来了。"

"你的票我收到了。但是我刚好有事没去听,对不起。"

"还好你没去,没看到我出丑的样子。"

耀翔有点难过:"别这么说,谁不是跌倒过几次才能站得更稳呢? 只要别像我老爸,再也没机会站起来就行了……"

晓彤沉默。

耀翔说:"我不会安慰人,也不会说什么好听的话,我只是要让你知道,在你身边的这一群朋友,都很关心你的,你别让大家失望了。还有,我决定要出去拍照了,以后也没办法常来看你了。我今天……也是来跟你说再见的。"

晓彤抬起头看着耀翔。

耀翔鼓励她:"你要知道,现在你不是一个人了,就算再难过,为了陆恩祈,你也要快点振作起来。知道吗? 我要走了,你自己多保重,"耀翔站起身,"希望我回来的时候,你能再邀请我参加你的演奏会。下一次,我一定不再缺席,好吗?"

晓彤不语,眼眶浮着泪,直到耀翔离开了,眼泪才掉下来,望着自己的双手喃喃道:"瘟神,我还会有机会请你听演奏会吗?"

耀翔走到外面,捂着胸口:"我还能有机会听她的演奏会吗?"

餐厅内幽静的一角,吴秘书介绍:"这位就是宏泰的刘董事长。"

怡倩冲刘董点点头。

刘董说:"连小姐,久仰您父亲的大名了,没想到连董还有一个这么能干、漂亮的千金啊。"

"谢谢您的夸奖,请坐。"

三人坐下,秘书拿出合约放在刘董面前。

怡倩说:"刘董,转让合约您都看过了吗?"

"我看过了。"

"我们开出的条件还能接受吗?"

"当然,连小姐开的条件非常好,不过,我很想知道,为什么连小姐对我们公司这么有兴趣呢? 先是要我低价出货,现在又想收购公司,连小姐您到底有什么打算啊?"

怡倩淡淡说:"老实告诉你,我对宏泰并没有兴趣,买下来,只是为了要让它倒闭。"

刘董吃了一惊,"噌"地站起来:"倒闭? 连小姐,你开什么玩笑? 我的宏泰虽然业绩不好,还不到亏本的地步,你要让它倒闭,那我的员工怎么办?"

"刘董,我开的价钱足以让你再开两家公司,你若真的在意你的员工,以后再请他们回去工作就行啦! 至于你的后路,我也都替你安排好了。我替你想得这么周到,你还有什么不满意的?"

刘董沉吟半响,慢慢坐下:"话是没错,不过,宏泰可是我一手建立起来的,你要让它倒闭,这我实在没办法接受啊。"

怡倩冷冷说:"刘董,卖或是不卖一句话,我不会强求。"

刘董看看怡倩,一咬牙,在合约上签字。

晓彤走到钢琴边,有些恐惧地轻触着琴身。接着,勉强坐到钢琴前,打开琴盖,想要伸手去弹。这时,晓彤耳边响起一阵噪音,那是观众的嘘声。晓彤又羞愧又惊恐,双手重压琴键,钢琴发出一阵刺耳的声音。

晓彤颤抖着:"我要怎么弹? 我真的不会弹琴了⋯⋯"

晓彤愤而起身,抓起琴上的琴谱,用力撕起来:"还要这些做什

么！关晓彤，你真没用！你完了！你彻底完了！"

晓彤像一只受伤的野兽，痛苦地啜泣着，琴谱如雪花般被抛向空中。

恩祈与薇薇进来见状大惊。

恩祈奔上前制止："晓彤！你做什么！你住手！"

晓彤抽泣着说："我要毁掉这些谱！我讨厌它们！我讨厌它们！"

"你住手！你知不知道这些谱有多重要！没有他们你不会知道肖邦在想什么！贝多芬有多痛苦！毁了谱就等于毁了你跟他们沟通的渠道！你怎么忍心让这些给了你灵魂的音乐，从此在你心里消失！你怎么忍心啊？"恩祈大声说。

晓彤愣住。

薇薇赶紧上前抢救其他幸免于难的琴谱。

恩祈痛心地说："难道对你而言，音乐只是一个成就你荣耀的工具吗？它从来没有安慰过你的心灵吗？"

晓彤流下眼泪："恩祈，它不要我了，它不要我了……"晓彤像个受委屈的孩子，嚎啕大哭起来。

恩祈把晓彤抱进卧室，安置在床上，为她盖好了被子，心疼地摸着晓彤的头，轻声说："睡吧，就当这是一场噩梦，等你醒来，它就会结束了……"恩祈轻吻晓彤的额头。

恩祈出来，见到薇薇正专心地补贴撕坏的琴谱："不好意思，麻烦你了。"

"她睡了？"薇薇问。

恩祈点点头。

"她的手伤好点了吗？"

"我已经带她看过很多医生，但是手伤不是重点，严重的是她的心病，她现在已经完全丧失自信心了。"

LOVE OF THE

薇薇直言："这都要怪你妈！手受伤后她的心理压力已经够重了，再加上杂志的事让演奏会卖票受影响，晓彤已经很自责了，结果演出前，你妈还跑到后台来打击她，你说这样晓彤能有好的演出吗？你妈真是太可恶了！"

恩祈心里一凉，"我真是个浑蛋！偏偏在这么重要的时候，我还被怡倩绊住，没能陪在晓彤身边……"

薇薇生气地说："我看这大概都是她们设计好要整垮晓彤的！"

恩祈痛苦地说："是我害了晓彤，晓彤，我还能为你做些什么呢？怎么样你才会好起来呢？"

"这真的很难，"薇薇突发奇想，"对了！我听过一个说法，如果你想要快点达成心愿，就要集合众人的意念一起帮你完成，只要你把心愿写在纸片上，找到一万个人帮你签上大名，这叫万心祈福。这样，你的心愿就会达成了，不过要找一万人实在太难了……"

薇薇抬头，看见恩祈一脸严肃，惊觉自己说了没建设性的想法："对不起，对不起！我只是突然想到就随口说说，你一定觉得这是个馊主意，不要理我，就当我没说，我们再想想其他的办法。"

花店的车在街道疾驰，小三开车，李莉板着一张脸在一旁坐着："死黎耀翔，说要拍照就真的去流浪了。啐！"

"喂，莉姐，你从一早骂到现在，不累吗？"

"黎耀翔连个道别都没跟我说，我不该生气吗？真是太不负责任了，让你来代班就没事了吗？他不尊重老板，好歹尊重一下我这合作伙伴吧！"

"你别怪他了。这一阵子实在发生太多事情了。翔哥在感情上受挫折，老爸也走了。这一切都是始料未及的事。他性子倔，有心事也不会说的，继续闷在家里也会闷出病来的。他去走走散散心拍拍照也是好事，你就体谅体谅他吧。"

"没人说不体谅他啊。只是看他最近精神都不好,我真担心他一个人在外面没人照顾。"

小三不平:"喂,你的眼睛只看高处不看低处的啊?我也没人照顾啊,你怎么不说我可怜!"

"啐!你吃什么醋?专心开车啦。"

也是在这条街道上,恩祈望着来往人群,手拿着一沓签名小纸片,显得有些踌躇。半晌,终鼓起勇气,上前拦住一位路人。

"这位小姐,可以麻烦你……"

小姐话也不听就走掉了。恩祈有点挫败,只好再找人:"先生,麻烦你……"

先生也飞快地走了。恩祈愈挫愈勇,再拉住一位太太。

"这位太太,请你帮我一个忙好吗?"

太太终于停下脚步。

恩祈受到鼓舞:"你能替我签个名吗?"

太太问:"这是什么?"

"我女朋友生病了。我要替她做一个万人签名祈福。请你帮帮我好吗?"

太太犹豫半晌,签了名。

小三停车等绿灯。一转头,见远处恩祈在找人签名,小三一愣:"喂,莉姐,你看看前面那个人是不是陆恩祈啊?"

李莉顺着小三手指的方向望去,并不太确定:"太远了,我看不清楚。"

小三说:"我看分明就是他,他在做什么?干吗到处拉人呀?"

李莉说:"我看应该不是他吧?这个时间他应该在公司上班,怎么会在这里做这种像问卷调查的工作。"

"可是真的很像他呀!"

后面的车子在按喇叭。

李莉催促:"管他像谁？开车啦。"

晚上,薇薇买了盒饭,送到小三家。

小三闻着香味:"难得呀！你也会做这种送饭的事情。"

"看你可怜没人照顾。连瘟神都不知道跑哪去了,想想你一定很寂寞吧?"

小三感伤地望着屋子:"自从干爹不在后,这个家好像就不像家了。"

薇薇转移话题:"好啦,吃饭就要想点开心的事情,来,坐,说说最近有没有什么有趣的事。"

小三坐下,边吃边想:"哪有什么有趣的事。不过,我倒是碰见了陆恩祈。喂,我问你,他什么时候转行去当问卷调查员啦?"

"什么？你认错人了吧？他在公司上班呀。"

"不可能！我绝对不会认错人的。我明明看见他在街上拿着纸片,沿街找人签名呢!"

薇薇愣了,"签名？不会吧？他真的把我的话给听进去了?"

黄昏,正是下班时间,人车拥塞。

恩祈在人群中找人签名,忙得不亦乐乎。

恩祈拉着两个学生:"对不起,可以耽误你们一点时间吗？可以为我签个名吗?"

女学生念着纸片上的字:"祝关晓彤早日康复。万心祈福对不对?"

恩祈点头。

"好感人喔,没想到真的有人做这种事情。她一定是你的女朋友吧？你女朋友好幸福喔。"

恩祈轻轻一笑,女学生很配合地签了名,恩祈连忙道谢。

女学生对他说:"加油喔!"

恩祈收着小纸片,疲惫地松了一口气。

不一会儿,一位太太又签了名。恩祈向她致谢,将纸片收起来,转身到安静处找了一个干净的位置坐下,打开公文包,数着增加的纸片。

恩祈边擦汗边记录数字,累计下来也有七千多个了,恩祈感到很欣慰。

电话响了,恩祈一看是晓彤打来的。

"恩祈,你在哪里?"

恩祈故作轻松:"我出去跟客户谈事情,现在在路上。我今天会晚一点回去,你别等我吃饭,自己先吃好不好?"

电话里没了声音。

"喂,你怎么不说话了? 该不会生气了吧? 我不会太晚的,我一忙完,就回去陪你了。"

"恩祈,你……这傻瓜……"

恩祈莫名其妙:"你怎么骂我了?"身后传来一阵急促的喇叭声,恩祈听着,竟发现电话里也传来这声音,恩祈一愣,立即起身寻找晓彤身影。

晓彤拿着电话,就站在恩祈后面,热泪盈眶地望着恩祈,对着电话泣声道:"你怎么会去信这种事情,你怎么会去做这种傻事?"

"只要是为你,都不是傻事。只要有一丝希望,再辛苦我都要试试看。"恩祈对着电话笑道,"你再等等我。快了,还差两千个,快了……"

"够了! 够了! 恩祈,我已经好了,这样就够了……"

晓彤挂了电话,跑过来,在街头紧紧拥着恩祈:"你有这份心,一切都足够了。我已经好了,我不再让你担心了……不再让你担心了……"

LOVE OF THE

两人在人群车流中紧紧相拥。

# 三十六

恩祈精神饱满地进入公司,与秘书打招呼:"早安!"

秘书沉着脸,面有难色:"总经理,出事了。"

会议室里,几个股东愁云惨雾地望着合约发呆,恩祈冲进来:"怎么回事?"

没人敢答话,恩祈看见桌上的报纸,快速拿起一看,报纸上斗大的标题:"宏泰恶性倒闭,投资人措手不及"。

一个股东怯怯地说,"恩祈,我们没听你的,背着你和他们签了合约……"

股东们都低着头,最初主张签约的股东开口了:"这一次都是我们不听你的劝告,导致今天的局面,很抱歉。"

恩祈说:"这个时候说这些做什么。"

那个股东继续说:"都是我的错。恩祈,我们考虑过了,公司现在已经是一团乱了,我们实在没有理由留你在这里跟我们一起受罪。"

恩祈一愣:"你们这是什么意思?"

"外面邀请你的公司很多,你还有大好前途。我们不能碍着你。"说着他拿出一个信封,"恩祈,这是我们大家的一点心意,请你收下。"

"我们不是说好要同甘共苦的吗? 在这个时候我怎么能离开呢。"恩祈把信封推了回去。"我不离开。就算要离开,也得是公司稳定了,我才能放心。这个时候是解决困难的时候。我们应该快

想办法才对呀。好了！不要垂头丧气的,打起精神吧。"

慧玟喝着晓彤端来的茶,担心地问:"这几天你还好吧?"

晓彤笑笑:"本来是不太好,不过,现在没事了。"

"真的?"

晓彤点头,"这几天恩祈一直陪着我,鼓励我,想尽办法让我重拾信心,爱的力量真的很伟大,它能让人变得勇敢,心烦的时候想到他,心情就完全不同了。所以,我现在一心只想着要让手快点好起来,然后就可以重新面对挑战。"

"这样就好。这几天我想到你的事就睡不着呢!现在总算可以安心了。"

门铃响了,"不知道是谁? 我去开门。"

晓彤打开门,美龄站在门口,冷冷地望着她,"我有话要跟你说!"

屋内的慧玟听见美龄的声音,下意识地将手中的茶杯握紧。

美龄想要进屋,晓彤挡住美龄,"我正在打扫,屋内很脏,不方便请你进来,有事就在这儿说好吗?"

美龄也不再坚持:"好,那我就直说了。我要你马上离开恩祈!"

晓彤轻叹一口气:"这话我听过很多次了。很抱歉,我做不到。"

美龄强硬地说:"你做不到也得做。你跟他在一起是害了他,你懂不懂?"

"伯母,我是真的想好好爱他,好好对他,怎么能算是害了他?"

美龄生气地说:"你不懂的事情还多呢。爱能当饭吃? 恩祈为了你已经搞得灰头土脸了,你这个自私的祸水,跟你在一块儿,只会为恩祈带来晦气。"

晓彤见美龄失去了理智，只好说："如果你只是想骂我出口气，我认了。但很抱歉，今天实在不是时候，对不起，我还有事。"

晓彤下逐客令，作势要关门，美龄抢先一步冲进来，"我话还没说完，你想赶我出门吗？"

晓彤恳求道："伯母，我已经一再退让了，你不要这样咄咄逼人，口出恶言，麻烦请你出去。"

美龄眼尖，看见了屋内的慧玟，更是怒火中烧，冲进屋内。

慧玟紧张地站起身："太太……"

"你还敢叫我太太？"美龄失笑，"你忘了我的名称已经被你取代了吗？"

慧玟难堪地低下了头。

美龄嘲讽地说："怪不得你说屋内脏。原来是抢了别人老公的大肚婆坐在这里，怎么能不脏呢！你们这两姊妹，真的是让我完全佩服了，死缠着我们陆家的男人不放，到底是什么居心？"

晓彤忍着气说："伯母，我敬你是恩祈的母亲，是长辈。但也请你放尊重一点！"

"你们没资格跟我讲尊重这两个字！"

晓彤赶紧来到慧玟旁边："慧玟姐，你先走！这里我来处理。"

晓彤牵着慧玟，绕过美龄，不料美龄向前一步，紧揪住慧玟的手，骂道："我还没说完，你想走？"

晓彤拉开美龄："伯母，您别这样……"

在两人拉扯之际，美龄一放手，慧玟踉跄地跌坐在地，惨叫一声。

晓彤大惊。

慧玟抱着肚子，痛苦地呻吟起来。

美龄一愣。

晓彤冲到慧玟面前，抱着慧玟，慧玟断断续续地说："我的孩

子,我的孩子……"

晓彤在手术室外不安地来回走着,良平慌慌张张跑进来,美龄一见他,无脸面对,赶紧背过身去。

良平没发现美龄,上前抓住晓彤:"慧玟怎么样了? 怎么样了?"

晓彤颤抖着说:"医生说,情况不乐观,也许……需要将孩子取出……"

良平踉跄后退:"怎么会变成这样? 晓彤,到底出什么事了? 她不是好好的吗? 怎么会变成这样?"

晓彤一言难尽,一抬眼,见郑父、郑母两人蹒跚而来,"表叔、表婶……"

郑母紧张地问:"慧玟怎么样了? 要不要紧?"

晓彤安慰:"您先别紧张,医生已经在急救了。"

此时医生出来了,郑父迎上去:"医生,我女儿怎么样了?"

医生沉重地说:"郑慧玟的先生来了吗?"

"我就是。"良平说,"医生,我太太的情况怎么样了?"

"你太太有小产的现象。再加上她还患有子痫症,为了母子安全,我们恐怕得开刀取出。"

良平一愣:"子痫症? 我从来没听慧玟说过? 这是怎么回事?"

医生解释:"怀孕妇女最怕出现子痫症,因为婴儿会跟孕妇产生排斥,危害母亲的安全。你太太怀孕时就诊断出有这种情况了,但她不肯放弃,一直用药物在控制。"

众人大惊。良平恍然:"为什么? 慧玟……你为什么冒这个险呢?"

医生说:"陆先生,现在你得决定,万一大人跟孩子只能保住一个时,你要选择哪一个?"

众人震惊，远处美龄也知道事态严重了。

良平毫不犹豫："当然是大人。医生，无论如何，你一定要救救她。"

良平颤抖着签了字，"医生，一切拜托您了。"

医生沉重地点点头，此时护士慌忙推门出来："孕妇情况危急，不能再等了！"

医生命令："马上准备开刀，以保住孕妇安全为优先！"

护士说："可是……孕妇一直说她先生爱孩子，想要自己的孩子，所以坚持要保住孩子……"

良平跳起来抓住医生："我求你，你听我的，一定要保住大人！"

医生有些为难："别紧张，我们现在说的都是最坏的打算，我一定会想办法让他们母子平安的。"

"医生，拜托你，拜托你了……"

手术室的门关上了。

郑母拉着晓彤哭出声："这个傻孩子，怎么这么傻！到了这种时候，她还只顾着要救小孩，这个傻孩子！"

美龄失神地转身，脚步踉跄，边走边喃喃自语，"我到底做了什么？我到底做了什么！她愿意为良平的孩子牺牲生命……我又给了良平什么？"

恩祈赶到了，一见晓彤就问："这是怎么回事？为什么会突然送到医院呢？"

晓彤还来不及回答，就见良平上前激动地抓住恩祈，"恩祈，你来得正好！你回去问你妈，为什么事隔多年了，她还要对慧玟这么残忍，连一个小生命她都不放过。如果她恨我，就针对我来，不要波及无辜的人呀。"

恩祈一怔，就见良平懊恼地捶着墙，恩祈上前拉住良平："你别这样！你先镇定一点！"

良平颓然坐下。

恩祈问："晓彤，这到底是怎么回事？"

晓彤低声道："我们到外头去说。"

良平起身跪在郑父郑母面前："对不起，都是我没好好照顾慧玟，现在让慧玟受这种罪，都是我的错，我该死……"

二老痛苦地转过头，无言以对。


看见耀翔的行李丢在客厅里，李莉惊喜地问，"他回来了？人呢？"

小三说："我只见到这包行李。人应该在暗房里吧。"

"啐！回来也不打声招呼。那堆底片比我们重要吗？我去找他。"

小三制止："喂，你别吵他。翔哥在做事的时候，你进去只是讨骂。别自讨无趣了。"

李莉想想有理，"也不知道他在拼什么命？想借工作来忘记伤痛也得有个限度吧？他只顾自己，难道不知道别人也会担心他吗？"

小三没辄地叹了口气。

耀翔手机响了，小三从行李袋里拿起电话："喂？找黎耀翔呀，请问您是哪位？医院？"

李莉也专注地听着。

"请问您找我们翔哥做什么……"

电话被抢了过去，耀翔不知什么时候出现了。耀翔对着电话说："喂，我是黎耀翔，我知道了。请你别再打来了。"耀翔挂了电话，李莉和小三愣怔地看着他。

李莉问："黎耀翔，你跟谁讲电话？干吗这么凶？"

耀翔随意搪塞："没事，推销东西的。别理他。"

"那是医院打来的不是推销呀……"

耀翔一瞪眼："干吗？你不相信我的耳朵吗？"又对李莉说，"李莉，我还得忙，不招呼你了。"

"你呀，从来也没招呼过我。用不着说这些客套话了，去忙吧。"

耀翔回暗房去了。

小三不甘愿地嘀咕："真的不是推销的嘛！我的耳朵明明没听错……"

李莉警觉地问："小三，刚才那医院讲了什么？"

"什么都还没听见呢，电话就被他抢去了。"

李莉沉吟："我觉得事有蹊跷呀！知道是哪家医院打来的？"

"好像是徐汇医院。"

手术室里传出婴儿的哭声。

众人都紧张地盯着手术室的门，良平既喜又惧，担心慧玟是不是出事了。

医生终于出来了，众人紧张地围上去。

"陆先生，恭喜你！是个儿子，虽然是早产儿，但是非常健康。"

良平拉住医生，"那我太太呢？她怎么样了？她怎么样了？"

医生一笑："你太太的意志力非常坚强，现在已脱离险境了，母子平安。"

怡倩心平气和地通着电话："关晓彤，听你的口气，心情好像不错嘛！"

晓彤没说话。

"你的心情怎么还能这么好呢？看来，你是完全不知道恩祈的公司出事啦，"怡倩幽怨地说，"恩祈果然是把你捧在掌心啊！"

晓彤紧张地问："你说什么？恩祈的公司出了什么事了？"

"想知道吗？你过来我就告诉你。"

晓彤迟疑，不知怡倩存的什么心。

"怎么？你不敢过来吗？"怡倩挑衅地说，"还是要跟恩祈商量后你才敢来？"

美龄从医院回来，想起自己害了慧玟难产，自责不已，坐在沙发上手足无措。

恩祈轻轻走进来，寒着脸望着美龄。

美龄看见恩祈，宛如在大海中找到一块浮木，上前紧揪住他："恩祈，你回来看我了，你知道妈现在好不安，我真的很需要一个人来陪陪我……"

恩祈松开美龄的手，痛心地问："你为什么连一个孕妇都不放过？为什么？"

美龄踉跄后退："你都知道了？她现在怎么样了？脱离险境没有？"

"你还会关心这些问题吗？伤害她不正是你的目的吗？妈，你到底要做到什么样的地步才愿意放手？"

美龄喊道："我没有要她死呀！我承认我是恨她，我只是想让她受点折磨，但是我没那么心狠手辣，还不至于要置她于死地……"美龄惊惶失措，"谁知道她不能生孩子？谁知道我今天会遇见她、伤了她，这些都是我始料未及的呀！万一她出了意外怎么办？不行，他们母子都一定要平安，因为良平多想要一个自己的孩子……她都不顾生命危险怀下了孩子，就一定要安全地生下来，一定要生下来才行啊……"

恩祈望着母亲胡言乱语，感到纳闷，"妈，你在说什么？你说爸多想要一个自己的孩子？我不是他的儿子吗？"

美龄不语。

恩祈追问："妈,你刚才那话是什么意思? 你再说清楚一点,这到底是怎么回事?"

美龄推开恩祈,"你别管我刚才的胡言乱语……我累了,我要去休息了……"

美龄踉跄转身,走了两步,又停下来,"恩祈,你一定对我这个做母亲的很失望,对不对?"

恩祈耐着性子劝道："我一样是那句老话。只要你放手,一切都会雨过天晴,不论你做了什么,我都会原谅你。因为你是我的母亲。我不会丢下你一个人不管的。"

美龄哽咽。

"妈,忘记所有的怨恨吧。活在仇恨中的人,一辈子都不会解脱,都不会快乐的。我最后一次求你,求你听进去好吗?"

美龄流泪不语,似乎是有所觉悟,但仍一发不语地转身走上楼。

恩祈见她无动于衷,又叫了一声,"妈……"

美龄停步,幽幽然道："你让我想一想……"

争执了这么多年,母亲终于有点让步,是恩祈始料未及的。

"或许我真的做错了。因为我的骄傲、我的不甘心,让身边的人都受苦了。到现在……"美龄望着自己的双手,"我又得到了些什么呢? 甚至连怡情原本这么乖巧的女孩,也都变了样了……恩祈,妈害了怡情,也害了你。你们公司的事情,是怡情搞的鬼。"

恩祈一愣："怡情? 这不可能吧?"

"连我也认为不可能,可是这是事实啊。连我都劝不了她了。我这就叫自食恶果吧,我老想着算计别人,结果现在反而被算计了。恩祈,妈现在帮不了你了,你可要自己小心一点啊。"美龄无力地走上楼去。

"坐呀。"怡倩冷冷望着眼前的晓彤。

晓彤沉着气："我等你说完话我就走。恩祈的公司究竟出了什么事了？"

"他们公司财务出了问题了。而这问题的导火线……你想也该知道是谁做的？"

晓彤难以置信："是你？"

"想不到吧？我也会有这么恶毒的一天。"怡倩哀凄地看着晓彤，"这都是拜你所赐啊。"

"怡倩，你为什么要这样？难道我的道歉，我的手伤，都不足以让你原谅我吗？"

"哼！你的付出跟我相比，简直是小巫见大巫。你不配拿来跟我比较，更别说还不还得清。我不跟你废话了。恩祈的公司现在已经被我搞得人仰马翻了，为了成全你们的爱情，已经赔上了一堆人。关晓彤，你不觉得惭愧吗？"

"你要恨我，加害于我，我都无话可说。但是能不能请你放过恩祈，放过那些无辜的人。请你不要再为难他们了。"

怡倩一笑："你好伟大喔。这情操真是令我佩服。好啊，要我不为难大家，可以！一条路！"

晓彤坚定地望着她，"除了跟恩祈分手，其他我都答应你。"

怡倩起身，睨着晓彤："你还跟我谈条件？"

"你不也在跟我谈条件吗？这是我的底线，我可以连我的命都不要。这样够不够？"

怡倩失笑："好个坚贞的爱情。你想跟我证明什么？你爱恩祈比我还深吗？好啊，我倒想知道你是个怎么不要命法。我倒想知道你会怎么牺牲？"

怡倩敲碎桌上的玻璃杯，拿着尖锐的一面对着晓彤："你敢死吗？你死给我看啊，让我感动，让我自叹不如，让我放过你们两人啊。只要你敢做，我就放过你们。"

半晌，晓彤接过玻璃，"如果这么做可以让你甘心，我愿意。但是怡倩你别忘了，就算我死了，恩祈的影子、我的影子，都会一辈子留在彼此的心中，这是任谁都抹煞不掉的，也不会有任何人可以取代，你懂吗？"

怡倩咆哮："不需要你来教训我。"

晓彤说："我没权力教训你，我只是衷心希望你变好。如果我这么做可以让你不要再为难自己，不再伤害别人，我认为很值得！"

晓彤拿起碎杯，就要往自己的手上割。

怡倩一手挥去，将碎杯打到地上。"关晓彤，你真的很可恶！都这个节骨眼了，你这么做不是分明让我羞愧，让我自叹不如吗？你想用你伟大的情操来感动我，但是你知道你的举动只会让我更自惭形秽，你懂不懂？"

恩祈赶到怡倩处，一见晓彤也在，一愣："晓彤，你为什么在这里？"又看见地上的碎杯子，惊骇地看着怡倩，"你对她做了什么？你事情做得还不够绝吗？你伤晓彤还不够深吗？"

晓彤制止："恩祈，你别再说了。"

恩祈义正严词地说："怡倩，我今天来找你，就是要告诉你，不论你用什么手段，我永远一句话，我不会屈服的！哪怕是我穷困潦倒，我都无所谓。"恩祈紧握着晓彤的手，"我们走！"

怡倩双腿一瘫，坐在地上："你们都走吧！通通都走吧。反正我做什么都不对了，我已经是错到底了，没救了，都没救了……爸爸，你在哪儿，来帮帮我啊！"

走进客厅，晓彤怯怯地叫了一声，"伯母……"

美龄抬头一看是晓彤，赶忙换上戒备的神色，"你来干吗？我

不想见到你！你出去！"

晓彤原地不动。

美龄喊道："你听不懂吗？我叫你出去！"

晓彤说："伯母，我是来谢你的。"

美龄诧异。

"我知道你不喜欢我，也反对我跟恩祈在一起，但是我还是要谢谢你。要不是你提醒恩祈，要他小心，恩祈也不会到怡倩家，看到我跟怡倩对峙。如果没有他，我跟怡倩不知道会僵持到什么地步。虽然我们的立场对立，但是我一直觉得，恩祈很幸运，有一个这么爱他的母亲。你为恩祈所做的一切，就连我这个外人，也都能够感受得到。"

美龄有些惭愧，但还是冷冷说："你不必说这些话来拉拢我，我做了什么我自己知道。反正，从你们一家子出现后，我做的事从来没有人会领情。"

"不！恩祈是个重感情的人，很多贴心的话他没有对您说出口，但是他对您的关心，是真的都放在心坎上。我在他身边，我最能感受到。我今天来，没别的意思，最主要还是谢谢您。当然，也要告诉您，慧玟姐已经没事了，您不用担心。"

美龄心里松了一口气，不过还是嘴硬："谁说我担心了。我巴不得她没好下场。"

"如果您不担心，昨天就不会跟着到医院去了，对吧？"

美龄语塞。

晓彤柔声劝道："我自始至终，都不相信您是那么不可理喻。您只是一时间乱了阵脚，失去理智了。其实，您还是个好母亲，绝对是的。我不打扰您了，有空……我会再来看您的。"

美龄跌坐在沙发上，喃喃说："关晓彤，我这么对你，你却在我最无助的时候，第一个出面来鼓励我。你这么做，岂不是让我惭愧吗？过去……我真的都做错了吗？"

会议室的桌子上凌乱地摊着账本和文件。有人在打电话，有人抽烟，有人在打计算器算亏损，众人为了筹钱已筋疲力尽。

恩祈拿着电话，在等对方的答复："是，我听到了……真的？谢谢方董帮我这次忙，过些日子我一定将所借的钱亲自拿去还您，谢谢……"

众人听闻恩祈处传来喜讯，都喜形于色。

恩祈挂了电话，松了口气。

有个股东问："方董愿意借你钱了？"

恩祈点头："长那么大，头一次跟人家开口借钱。"看着自己双手都是汗，笑笑，"我真是没用，吓得手都出汗了。"

几个股东面面相觑，十分不好意思："对不起，恩祈。没想到找你来，竟然还得让你为我们收拾烂摊子。"

"别说这些了。厂房的钱有着落了，现在大家也可以安心点了。"

秘书摇头："还不够呢。还有客户的应收账款没付。"

恩祈没想到还得再筹钱。众人惭愧地低下头。

恩祈振作精神："没关系，那就一样样来吧。我不能先倒下，我也不允许你们倒下。别忘了我们在同一条船上，我们的目的地还没达到呢。"

众人一起响应："恩祈说得没错。我们不能再这样要死不活的。错误已经造成了，现在忏悔也来不及了，重要的是我们要记取教训，赶快弥补这个破洞才是最重要的。"

"好，"恩祈欣慰地说，"那就分头再找找看有没有人可以帮忙吧。大家加油了！"

众人分头去忙活。恩祈翻着电话簿，在找是否有人可以帮他。

门口,有人拿着一信封交给秘书,秘书拿到恩祈面前:"总经理,有人请你收下这封信。"

恩祈开信封,里面是一张支票,签名处竟是美龄的名字。

信封里还有一张字条,"你今天会变成这样,我也该负一些责任。恩祈,我不指望你照我的意思做任何事情了,但我希望,若你还认我这个母亲,就收下我这份心意,让我为你做点补偿。"

## 三十七

怡倩坐在沙发里出神。连镇鑫寒着脸坐在一旁,责怪地望着眼前的恩祈:"说呀,我倒想听听你怎么解释?"

恩祈带着歉意,拿出订婚戒指放在桌上。

怡倩怨怼地望着恩祈:"你……这是什么意思?"

"对不起,我要取消婚约。"

连镇鑫大怒:"陆恩祈,怡倩纵然做了一些傻事,那也都是为了你啊!她犯的错需要到罪不可赦、要解除婚约的程度吗?"

恩祈解释:"我没有怪怡倩,也不觉得是她的错。我知道董事长看得起我,才愿意将怡倩托付我,但是我心里很清楚,怡倩跟我在一起不会幸福。"

"你说什么鬼话!这分明都是借口。你别以为我不知道,我警告你,同样的错误不要一犯再犯。你赶快跟那个女人分手!"

恩祈坚定地说:"您说得没错,错误不能一犯再犯,这次我不会跟她分手的。"

"你说什么?"连镇鑫暴跳如雷,"陆恩祈,你别忘了我们连家待你不薄啊!这就是你报答我的方式吗?"

"董事长,您的栽培我点滴记在心中。我报答您的方式就是努力让镇鑫集团的业绩蒸蒸日上,但是感情的事是不能强求的,我请您别再逼我了。往后我一定会想办法来补偿怡倩的。"

怡倩幽怨地说:"我不要你的补偿,我只要你爱我!"

连镇鑫心疼地看了怡倩一眼,"陆恩祈,你听到了吗?我女儿是这样死心塌地地爱着你,你要是还有一点良心,就收回你说的那些鬼话!"

恩祈愧疚地说:"对不起,我真的做不到。"

怡倩倏地站起身:"陆恩祈,你真的太绝情了,就算是一条陪伴你三年的狗,你也不能说不要就不要,更何况我是你的未婚妻!"怡倩边说边流着泪,怨恨地看着恩祈,"你可以嫌弃我,不要我,但是我也要让你知道,我绝不会放手的……"

恩祈跟了上去:"怡倩,你不要这样,我真的不愿意让你伤心,你这样……让我很心疼自责啊。你振作一点,好吗?"

怡倩一听笑了起来:"唉哟,真好笑,现在你是在开导我吗?"怡倩的表情转为哀怨,"你不用开导我,也不用安慰我,你说得够清楚,做得也够明白了……难怪人家说分手时,话语依然温柔的一方,往往就是绝情的那个人……"

恩祈沉默。

"你的心里只有关晓彤,所以我求你你没反应,我为你自甘堕落你也无动于衷,如果我为你寻死……"

恩祈一惊:"怡倩!"

怡倩笑着说:"我相信你一样没感觉。所以你放心,我很安全,我绝不会像你妈一样,用死来威胁你……"

"怡倩,你别说这种话,我们做不成夫妻还是可以做朋友啊!"

怡倩径自坐到了梳妆台前,专心地梳起头发,自顾自地说:"你不爱我,我死了不就成全了你们两个?那不行,我一定要好好活

AEGEAN SEA

着,专心地盯着你……"

怡倩梳着头发,愉快地哼起歌来,完全无视恩祈的存在。


李莉在开车,小三在一旁哭得死去活来。

李莉嫌吵,"别哭啦!"

小三哽咽:"我只要一想到,我就忍不住……翔哥,你怎么那么命苦啊……"

李莉强打精神:"够了! 你再哭就是触霉头。你给我镇定点。"

小三逐渐镇定了情绪。

李莉思忖:"你说他交了照片之后,还会去哪?"

"我也不知道,莉姐,再这样瞎找下去不是办法,我看不如回家等他好了……"

李莉想想有理,利落地将车子掉头,打道回府。

到了家,两人垂头丧气地正要进屋,却发现耀翔在天台上躺着,李莉和小三冲了过去。

见耀翔沉沉睡着,小三顿时掉下了泪,跪在地上泣不成声:"翔哥,你该不会这样就走了吧? 翔哥……"

李莉见耀翔不动,顿时一阵鼻酸,上前捶打耀翔:"黎耀翔,你给我死回来。我还有一大堆话还没跟你说呢,你起来。"

两人哭得死去活来。

耀翔一睁眼,没好气地看着他俩,"我睡个午觉你们到底在吵些什么? 啐!"

两人顿时破涕为笑,小三大喜:"翔哥,你还醒着! 太好了!"

李莉擦着眼泪:"还好你没事,老天保佑,老天保佑!"

耀翔莫名其妙:"你们到底在说什么? 我好端端的提什么死不死的。"

小三和李莉互觑,"翔哥,你还想瞒我们到什么时候?"

"我们都知道了。"李莉拿出医院的报告,"医生都告诉我了。"

李莉和小三紧跟在耀翔身后,一人一句劝着。

李莉说:"黎耀翔,医生劝你住院,你就好好配合吧。"

小三说:"是呀!东西我都替你准备好了,只要你现在住院,也许还有治好的机会。"

耀翔光火:"你们还想自欺欺人到什么时候?我这种病能怎么治?除了换一颗心脏以外,根本就无药可医。难道医生没告诉你们吗?"

两人不说话了。

耀翔说:"你们别白费力气了。反正我早晚要死,留在家里还自在一点。你们若要我开心一点,就别惹我生气了。听到没?"

耀翔转身回房。

小三无措地望着李莉:"怎么办?他都不听。"

李莉沉吟:"看来得叫那个姓关的来劝劝他。"

话还没说完,耀翔又探出头来,义正词严:"我警告你们,谁都不许告诉姓关的这件事,听到没有!"

李莉不服:"黎耀翔,你这是做什么?她是你的好朋友啊,告诉她有什么不对?"

"她的事情已经够多了,我不想让她担心。我警告你们,我在此发下重誓,谁要敢说出这件事,我黎耀翔就不得好死!你们要是不希望我早死,就把嘴给我闭起来。"

小三苦着脸:"哪有发誓诅咒自己的。翔哥不只是心坏了,脑子也坏了吗?"

孤灯下,美龄一个人发着呆。

恩祈拿着一袋食物走进来:"妈。"

美龄回过神,赶紧擦干眼泪,不想让恩祈看到她的狼狈。

恩祈开了灯,室内一片明亮。

"你来做什么?"美龄冷冷地问。

恩祈摊开一些吃的,"看你都没人照顾,我放不下心。我替你带了些吃的,你吃一点吧。"

美龄眼眶一红,"我过去这么对你们,你们难道都不恨我吗?"

恩祈淡然说,"说这些做什么? 天下无不是的父母,母子间有争执是难免的,但我不会恨你,更不会弃你而不顾。除非你真的不要我,要不然,我永远是你的儿子。"

美龄泣不成声:"恩祈,能听到你这些话,我真的很安慰。只是,我不配做你的母亲,我不配!"

恩祈不解其意:"妈,你在说什么? 过去我们是伤了和气,但是现在都过去了。你别胡思乱想了。"

"不!"美龄拉着他的手,"恩祈,我是说真的。你……并不是我的亲生儿子。"

恩祈愕然。

"其实……我不能生育。这件事情,你爸爸也知道。你是我们两个领养来的。我们始终瞒着你,没让你知道。"

恩祈脑子里一片空白。

"或许……我没尝过怀胎十月生下你的辛苦。有儿子,只是为了满足我身为一个女人的虚荣心。"美龄惭愧地说,"我没做好一个母亲,也不知道该怎么做才完美。正如你父亲所说的,我向来只将你认定是一个商品……可以到处炫耀的一个商品,而不是将你当成一个儿子对待。我从来没想过,你真正想要什么? 我只知道我给了你什么,你就该接受什么。现在想想,我真的是为难了你呀。如果我是真的爱你,就不会无视你的感受,逼迫你做不想做的事情,不是吗?"

“妈……”

“我不配让你喊我妈。”美龄自责地说，“这些年，你用尽最大的力气去做好一个儿子，我都看在眼里。你做得很好，我无话可说。你欠我的，也不过就是养育之恩罢了。而这么多年来，你已经还够了，够了……”

“你说这话……是什么意思?”恩祈迟疑。

“从现在开始，我……我不再牵绊你了。我放你自由了。你可以展翅高飞，随心所欲去做你想做的事情了。”

良平将一些衣物放进提袋中，准备到医院去照顾慧玟，打开门要走，却发现恩祈站在门口。

“恩祈，你怎么来了?”

恩祈沉重地望着良平:“妈告诉我，我不是她亲生的，这是真的吗?”

良平诧异，“美龄竟然将这件事告诉你了?”

“她还说，她要还我自由。”恩祈沉痛地望着良平，“这一切都太突然了，要我怎么相信?”

良平叹了口气:“恩祈，美龄说得没错。你的确是我们从孤儿院抱回来的。你妈不能生育，当时她为了这件事情，郁郁寡欢了很久。直到见到了你，她仿佛燃起了生命的斗志。你都不知道当时她每天抱着你有多开心。你小时候既聪明又漂亮，人见人夸，也成了你母亲的骄傲。久而久之，我发现她已经不当你是个儿子了，诚如她所说的，是个商品。我知道她爱你的方式是错的。但我也惭愧，在那节骨眼无力改变她什么，只能任由她为所欲为。我和慧玟出事的时候，当时，我见到你为了美龄放弃晓彤，我多想告诉你，你不是我们亲生的，你不需为我的荒唐背负这些责任。但是我说不出口……我已经不是个好先生、好父亲了，我实在不忍心剥夺美龄惟一的依靠。哪怕知道她的方式是错误的,我也只能眼睁睁地看着你痛苦下去,却无法帮你些什么。恩祈,我对不起你,因为我的自私,让你受了那么多苦,我真的很对不起你……"

恩祈镇定着情绪,缓缓说:"别说了。这是我的命,我不怨谁。生养一日,都是一生父母。我更不会因为不是你们亲生的,就弃之不理。没有你们,哪有今天的我? 不论你们做对做错,你们对我的养育之恩,我一辈子无以回报。你们……永远是我的父母。"

良平感慨地紧握恩祈的手,老泪纵横。

# 三十八

晓彤把买来的食品摆在桌子上,怯怯地望着美龄:"恩祈担心你没吃饭,要我为您送些吃的过来。"

美龄望着晓彤不语。

晓彤将食物放好,站起身:"那我就不打扰了。"

"慢着!"美龄叫住她。

晓彤暗叹一口气,担心美龄不领她的情。

美龄沉吟半晌,生硬地说:"坐下一起吃吧。"

晓彤诧异地回过头。

美龄轻轻一笑:"你买的都是我喜欢吃的东西。谢谢你。"

看着美龄的转变,晓彤心里感动。

美龄自责地说:"我过去对你那么坏,你不气我吗?"

晓彤摇头:"都过去了,恩祈跟我说过了,你永远是他的母亲,以后我们结婚了,我也要将你当自己的妈妈看待、孝顺……"

就在这个时候,怡倩冲进来,见状诧异:"妈……"

LOVE OF THE

AEGEAN SEA

美龄和晓彤一起站起来。

怡倩恨恨地望着她们，怒骂道："你不是说会永远支持我吗？为什么？你们两个现在坐在这里有说有笑的？为什么？"

"怡倩，你听我说……"

"我不要听！你骗我……我猜得没错，你们都联合起来骗我。你太过分了……你太过分了……"

晓彤上前劝说："怡倩，你冷静点听我说……"

怡倩怒目而视："还要说什么？事实不是摆在眼前了？关晓彤，最可恶的人是你，我绝不能饶了你……"

怡倩说完，竟掐住晓彤的脖子。

美龄大惊："怡倩，你放手……"

美龄拉不动怡倩，眼见晓彤被掐得脸色苍白。

"救命啊！救命呀！"美龄大喊。

恩祈进来，惊骇地问："怡倩，你做什么？"上前拉开怡倩，晓彤跌坐在地，美龄搀扶住她。

怡倩喃喃道："只要她死了，恩祈，你就会跟我在一起了，对吧？"

望着胡言乱语的怡倩，恩祈不知所措。

连镇鑫带着秘书赶了过来，"怡倩，你在这儿做什么？"吩咐秘书，"带回去！"

秘书上前拉怡倩，怡倩挣扎着："我不要回去！我不要回去！恩祈，你别让我走，求你……"

连镇鑫咆哮："带回去！"

秘书硬是将怡倩拖了出去。

恩祈上前恳求："董事长，怡倩的状况不能再拖了……"

"你住嘴！你若不要怡倩，她的事情就跟你一点关系也没有。轮不到你来操这个心。"

连镇鑫气急败坏地离去。

恩祈拿毛巾为晓彤敷脖子:"好一点了吗?"

晓彤苦笑:"我没事了。"

恩祈心疼地说:"都红肿了还说没事。"

美龄说:"恩祈,晓彤,我有话要对你们说。"

美龄坐下,恩祈和晓彤互视一眼。

美龄对晓彤说:"我先为怡倩的行为向你道歉。也请你原谅她。"

"伯母,我不会放在心上的。"

"怡倩的行为我很能了解。看到她这么疯狂,就像是一面镜子,让我看到过去的自己,也是这么面目可憎。她现在就像颗不定时炸弹,不知道何时会爆发、何时会伤人。为了你们两个的安全,我希望你们离开一阵子……"

恩祈说:"妈,这个时候我怎么能走?"

美龄感慨地说:"怡倩会这样,我是罪魁祸首,我自己酿成的祸,理当由我自己收拾。万一怡倩要是做了什么事情再伤害你们,那我会一辈子也无法原谅自己。为了不让你们受到牵连,我请你们听我一次……"美龄握住恩祈和晓彤的手,"等到怡倩有好转,我会叫你们回来的。恩祈,晓彤,这一次,答应我,好吗?"

耀翔有些愕然,"你们要去希腊?"

晓彤说:"对不起,这个时候才来告诉你。实在是因为太仓促了,我们也是临时决定的。

耀翔点点头,心有不舍,但也只能笑道:"也对啦。这个时候你们还是躲远一点比较好。去希腊是对的,那里是你们邂逅的地方,你们应该再回那个地方好好重温旧梦,去完成你们未完成的梦想。"

恩祈望着耀翔,知道他也是深爱着晓彤,要他说出这些祝福的话,是何等的为难他。

晓彤想说些什么安慰的话,却不知从何说起。

耀翔打起精神,"干吗? 你们两个不是来跟我道别的吗? 怎么一脸垂头丧气的样子? 你们苦尽甘来了,该高兴的,该快乐的!来,快点,笑一笑,快!"

恩祈和晓彤只有苦笑。

"你们别这样,我知道你们想说什么。我不要你们安慰的话。在这场爱情的战役中,我是输了,但是我输得心甘情愿。而且,我也很高兴,没输掉友谊。这一点,是我一直很庆幸的事。姓关的,恩祈,别管我了,只要你们幸福,就已经是我最大的安慰了。"

耀翔送两人上车:"姓关的,你多保重了。"

"瘟神,你也是! 看你脸色这么差,是不是生病了? 你要去看医生啊。"

"呸! 我好得很,别咒我。"

恩祈沉吟半晌,"耀翔,我们能借一步说话吗?"

两人来到车后边,恩祈说:"关于那条手链,我想告诉晓彤……"

"不!"耀翔打断他,"你答应过我的。你答应过我那是我们两个的秘密。"

"可是……"

"都已经过去了。你告诉她,只是增加她的负担罢了。我希望我跟她的友谊单纯些,不要有任何负担。"耀翔催促说,"上车去吧!离开这里的纷纷扰扰,回到你们自由的天堂,我一样老话一句,祝你们快乐幸福!"

恩祈感慨地握着耀翔的手:"谢谢你!"

耀翔目送他们离去。晓彤探出头跟耀翔挥手:"瘟神,你要多保重。"

耀翔忍着心痛笑着挥手:"知道啦,吵死了。"

"瘟神,你要加油,你也要快点找到你的幸福喔。"车子慢慢开远了。

耀翔忍不住追着车子,喊着:"管好你自己吧! 多事……姓关的,听说希腊的羊排很好吃,上次我没吃到,这一回去帮我多吃一点……"

晓彤答应:"知道了……"

"还有,听说爱琴海很美,上次我没好好看,记得多帮我看一眼……"

晓彤大声喊:"知道了……还有什么?"

耀翔停步,"没啦……再见了! 再见了……"

车子慢慢远去,耀翔与晓彤挥着手,直到彼此再也看不到对方。

耀翔低声说:"还有一个,就是请你要记得我,记得有个人,傻傻地爱着你……"

落日的余晖,照着耀翔孱弱的身影,耀翔拿出恶眼钥匙圈,噙着泪,知道这是跟晓彤的最后一面了。


怡倩对着镜子梳头,看见梳妆台前恩祈送给她的手链,拿起来细细欣赏着。

"以前那段日子真是快乐,恩祈,你还记得吗?"怡倩喃喃地说。

连镇鑫带着秘书走进来,"怡倩,今天天气不错,爸爸带你去走走好吗?"

怡倩伏在床角呕吐不止。

"怡倩,你怎么啦?"

秘书看怡倩的样子觉得不对劲:"小姐是不是吃了什么?"

连镇鑫快速为怡倩拍背,折腾半天,怡倩吐出了手链,连镇鑫大惊失色:"怡倩,你怎么把这东西吃了?"

怡倩被折腾得泪水直流,还不死心地打算抢回手链:"还我,我要吃下去……"

连镇鑫大怒:"你疯了吗? 这东西怎么能吃? 你真的疯了吗? 啊?"

"我没疯!"怡倩理直气壮,"爸爸,这是恩祈送我的,把它吃下去,恩祈才会在我心里,永远在我心里……"

见女儿这样,连镇鑫终于崩溃了。

怡倩说:"爸爸,我想去看恩祈,我想去看他……"

连镇鑫擦擦眼泪,"事到如今,我不承认都不行了。"转头对秘书说,"备车去医院!"

耀翔静静地站在天台上,仰望着万里无云的天空,脸色苍白而憔悴。

小三和李莉也不解地看着天空。

"翔哥,你在看什么?"

"嘘!"耀翔示意小三不要说话。

三人望着天空,直到飞机飞过,耀翔露出欣慰的笑容。

"我当是在看什么呢? 原来看飞机啊!"小三恍然。

"姓关的就这么走了。什么都不知道,真是两袖清风呀。"李莉发着牢骚。

耀翔凝望着天空,像是了了一桩心愿,微微闭上了眼。

小三打起精神,"翔哥,你一定也很想到希腊对不对? 没关系,只要你快点好起来,我们一起去希腊,一起去找姓关的。"

小三回过头,竟没看见耀翔:"翔哥?"

耀翔已经昏倒在地。

恩祈和晓彤在圣托里尼岛的海边并肩而坐,静静地观看日落。
恩祈问:"还记得这里吗?"
"我怎么会忘记呢。三年前,你在这里偷走了我的心。"
恩祈望着晓彤,"你不也将我的心给偷走了。"
晓彤轻笑,"我一直以为,我们不会有这一天……恩祈,我到现在都不敢相信这一切,这是真的吗?"
恩祈轻咬晓彤的手指。
"好痛啊……"晓彤说。
"相信这不是梦了吧?"恩祈心疼地说,"晓彤,对不起,这些年,让你吃苦了。"
"只要我们的等待没有白费,吃这么一点苦又算什么呢?"
恩祈将晓彤拥入怀中,"我不会再让你为我掉眼泪了,不会了……"
夕阳西下,两个有情人紧紧相依。

晓彤漫步在希腊的街道上,经过当铺的时候,随意看了一眼橱窗。橱窗里摆着许多拍卖物,而最显眼的一条黄金链,就摆在最高处。晓彤立刻停下脚步,贴近橱窗,盯着黄金链仔细打量,越看越觉得面熟。

耀翔的手机响了。
电话里传来晓彤的声音:"小三吗? 我是关晓彤。瘟神在吗?我想要跟他说话……"
小三哽咽:"他……翔哥他……现在没法儿接你电话。"
晓彤说:"小三,我有很重要的事情要问他,请你快叫他来接电话,好吗?"

小三对着电话却一句话也说不出来。

"小三,你听到没有?"

小三泣不成声:"翔哥他……现在在医院里……"

黄昏,晓彤坐于高处,望着雅典城,静静地思忖着。

恩祈喘着气跑过来,"晓彤,对不起,我来晚了。"

晓彤幽幽回过头,望着恩祈没说话。

"你怎么啦? 在想什么?"

晓彤深吸一口气,轻轻一笑,缓缓道:"坐在这里等你的时候,才突然想起,第一次到希腊时,我也和耀翔来过这里……那天因为你不告而别,我难过得要命,觉得好像世界末日似的。黎耀翔……就在这里安慰我……虽然他说话不好听,但当时有他那几句气话,的确是让我活了过来……"

恩祈上前紧握晓彤的手,"你放心,我不会再让你等我了。你相信我,从现在开始,我自由了! 我有足够的心力,陪你共度未来的人生,陪着你,让我们一起到老。"说着,拿出了一条手链。

晓彤一愣:"这手链……"

"以前送你的那一条你丢了,也好! 就当作我们把过去那些不开心的事情全都抹掉了。我好不容易才找到这条新的手链,也就表示,从现在开始,我们是一个全新的开始……"恩祈深吸一口气,郑重地说,"晓彤,嫁给我吧! 从现在开始,你的未来,不会再是一个人了,因为有我!"

晓彤望着手链,泪水顿时夺眶而出:"恩祈,你知道吗? 从爱上你的那一天起,我就一直盼着这一天、这一刻。盼了好久好久,我总算是没白等……现在我美梦成真了,是多么幸福……"晓彤泣不成声,"但是这幸福……为何偏偏来得不是时候……"

恩祈不解地望着晓彤。

晓彤拿出黄金链,断断续续地说:"我刚刚才知道,当年,你送我的手链,我弄丢了,是黎耀翔当掉他母亲留给他的遗物,买一条新的,骗我说……他找到了……耀翔这是做什么? 他明知道我不爱他啊,他还这样傻傻地疼我、呵护我……他无怨无悔的,陪我度过我人生中最低落的每一分每一秒,但是我……竟然连他有病,他现在快死了,我都不知道。我只知道接受他的付出,却在他现在病危的时候,连一点做朋友该尽的义务都没做到……我是什么朋友啊? 我这个朋友是怎么当的啊? 他为我做了那么多……而我这些年来,又为他做过什么啊? 耀翔,你这样对我,你要我拿什么才还得清欠你的感情啊……"

恩祈沉吟半晌,"你放不下他这个朋友对不对? 你一定很想回去看看他吧?"

晓彤泪眼婆娑地看看恩祈,再看看手链。

恩祈一笑,"我们回去吧! 我了解你现在的心情。我明白你的感受。我爱你! 但是我不要你有遗憾。"

晓彤有些歉意:"恩祈……"

恩祈轻摸着她的头,"结婚只是一个形式,我可以等,等到是时候了,我们一样可以再回到这个地方,实现我们的承诺。"恩祈说着,就将手链放在晓彤的手中,"只要你记得,有个人在等着为你戴上手链,等着你当他的妻子就好了!"


李莉拉开了窗帘,病房里透进了阳光。

耀翔感到阳光刺眼,抬手轻轻挡在眼前。

李莉说:"要多见阳光,人才会有活力。"

小三把耀翔的床位提高,让耀翔坐起来。

耀翔孱弱地骂道:"很刺眼啊……我现在是没力气,要不我一定揍你。"

"喂,说话要算话啊,我等着你揍。就怕你孬种、没胆!"

耀翔知道李莉在激他、鼓励他,只有苦笑。

小三附和:"翔哥,千万别让莉姐看扁了。快点好起来,咱们两个对她一个。"

耀翔忍着不适,缓言道:"我要回家……"

小三神色一敛:"翔哥,这里挺好的,你还是留下来吧。"

耀翔说:"金窝银窝,哪比得上小三你的狗窝舒服。我在这里只是等死……"

"你不能等死,会治好的。"小三婉言央求,"翔哥,你不能丢下小三呀,如果连你都走了,我就没半个亲人了……"

"小三,我这病没救的,我妈当初就是这么走的……"

"不!你不同!你要是将我当哥们儿,就要撑下去。"

耀翔痛惜地望着小三,他自己何尝不想活下去。

李莉说:"没错!黎耀翔,你听着,要是你还重情重义,咬着牙你都得给我活下去。你要敢死,你就是胆小鬼,懦夫、垃圾、害虫……"

"够了!我没病死,先被你的话给气死了,"耀翔终于顺从地说,"我不走了,这总行了吧?"

"这样才对嘛!你看,你今天的气色比昨天看起来好多了。再多住几天一定会好的。黎耀翔,我敢说奇迹一定会出现在你身上,相信我准没错!"

耀翔苦涩一笑,"在这里真无聊,小三,去把我的相机拿来,好吗?"

小三点头出去了。

李莉拧了一条干净的毛巾给耀翔擦脸,"喂,我帮你擦擦脸。都几天没洗脸了,擦一擦,精神就会好一点。"

"轻一点,哪有人像你这么粗鲁。"

"你以为我爱这么粗鲁。我怕对你太温柔,让你太舒服,睡着了……就怕你睡了……不醒了……"

耀翔有些感动,突然握住李莉的手腕,"谢谢你……谢谢你让我知道……被爱的感觉……"

李莉眼眶一红,转过头去哽咽着。

小三拿着相机进来,李莉赶紧擦干了眼泪。

"翔哥,我把你的宝贝给带来了。"

耀翔接过相机,试着按快门,对着李莉拍了一张照。

"黎耀翔,你干吗给我偷拍。"

"你不是老怪我不给你拍照。"

"要拍也挑我好看时拍,现在这个鬼样子你拍什么?"

耀翔苦笑:"你知道我时间不多了……"

小三说:"翔哥,你别再说这种晦气话了。"

耀翔说:"小三,以后摄影展的事就交给你了,卖出的所得都归你管,当作是还这些年欠你的。记得还要带李莉去吃些好的,帮我还欠她的……"

李莉生气地说:"闭嘴,谁要你还。我的感情这么不值钱吗?几顿饭就能算数了吗?你还不清!你别再说这些话让我难受让我哭啦……"李莉终于忍不住扑到耀翔怀中放声大哭。

耀翔愧疚地拍了拍她的肩。

薇薇推开门:"哎呀,你们都在。瘟神,你看谁来看你了。"

众人往薇薇身后看,竟然是晓彤和恩祈。

耀翔吃了一惊,"你们怎么回来了?"

晓彤走上前来:"瘟神,你都病成这样了,为什么不说?你还将我当朋友吗?"

耀翔无语,望着恩祈。

LOVE OF THE

AEGEAN SEA

恩祈说:"晓彤知道了你的事情,硬是要赶回来看你。因为你是她最重要的友伴,她不能丢下你。"

耀翔低下了头。

恩祈低声对晓彤说:"你们一定有很多话要说。好好谈谈吧。"

沉默半晌,晓彤说:"你的病这么严重,为什么都不说。"

耀翔勉强笑笑:"从认识你开始,在你面前我永远是最糟的那一面。本来,想在死前留给你一个好印象的,结果还是被你看到了……"

晓彤从皮包中拿出黄金链:"瘟神,你看……我赎回来了。你真傻,你怎么会把传家宝给当了?你对我这么好,你要我怎么还得起?"

耀翔接过金链,"你这不是还我了。帮我赎回链子,也要帮我收尸……你已经很够义气了。你这个朋友,没白交……"

晓彤忍不住泪流满面。

"姓关的,你知道吗?你从来没好好叫过我名字,我也没好好叫过你名字,但是我还是很高兴。我有别人没有的,就是瘟神这个名字,这是我们的语言。我也喜欢叫你姓关的,只有那一刻,我会觉得……我们的友谊,跟别人不同……"

"我们本来就不一样,因为我们是友伴啊……"晓彤哽咽着说。

"对,友伴……"耀翔幽幽道,"友伴就是朋友,也是家人的意思,Paréa,对不对?"耀翔伸手,为晓彤抹去眼泪,"别哭,Paréa,为我做件事情,好吗?"

小三在花园里架好相机。

耀翔说:"认识你这么久,我们从来没一起拍过照。留一个纪念给我吧?"

"瘟神,你看看我……算是什么友伴,我竟然连一张跟你合照的照片都没有,我……"

"别这样,难得拍照,让我记住你的笑脸。"

晓彤擦了眼泪,小三对好了焦:"要拍了。"

耀翔与晓彤两人站好,欢欢喜喜、笑中带泪,合拍了一张照片。

耀翔浑浑噩噩地睁开眼,发现墙上挂着一套西装。看清楚了,耀翔缓缓坐起身,不明白这套衣服是怎么回事。

恩祈拿着一些资料进了病房,"你醒了? 我去跟医生要了你的资料,我想托我国外的朋友,为你想想其他治疗办法。"

耀翔孱弱地问:"这套衣服,是你拿来的吧?"

恩祈鼓舞他说:"我希望你能穿着它,去参加你的摄影展。"

"你开什么玩笑? 你不知道我现在是什么状况吗?"

恩祈坚定地说:"不管你是什么状况,我都要你打起精神去参加自己的作品成果展。这也算是为你的作品画下一个完美的句点。不是吗?"

"你这算是鼓励我吗?"耀翔反问,"你为什么要对我这么好? 你难道不知道,我曾经那么气你,气你的存在。如果没有你,或许我跟姓关的还有那么一点机会。但是因为你出现了,我完全被淘汰出局,你知道我有多讨厌你吗?"

恩祈没说话,只是安静地看着耀翔。

耀翔苦涩地说:"而你又是那么的出色,让我连扳回局面的机会都没有,现在你还要鼓励我活下来,你知不知道你是在增加一个敌人。你真是一个傻瓜,你知道吗?"

恩祈沉吟半晌,缓缓说:"我一直将你当一个可以信赖的朋友、一个可敬的对手。"

"对手?"耀翔苦笑,"我一无所有,我凭什么当你的对手。"

AEGEAN SEA

LOVE OF THE

"耀翔,你曾说过,你羡慕我有的。但是反过来,你所拥有的,才是我向往的。因为你是自由的,你可以凭着自己的双手,去做你想做的事情。不像我,要背负太多的家庭压力,导致辜负了那么多的人,造成许多遗憾。我多羡慕你能那么自在地活着。耀翔,你不能懦弱,不能被自己击垮,我要你好起来再跟我竞争。因为我们是那么有缘,同时喜欢上一个女孩子……"

耀翔哽咽,"你这样劝我,岂不让我惭愧。你们若不是因为我,现在,应该已经在希腊结婚了吧?"

恩祈不语。

"你们专程赶回来看我,已经很够义气了。如果我在世上还有遗憾,就是……不能看你们两个终成眷属。我惟一想活下来的理由也就只剩这个了……"

恩祈紧握耀翔的手:"你别说这种丧气话。我用我的幸福跟你打赌,你好起来,我就结婚。"

"你这傻瓜! 为一个讨厌你的人这么做,值得吗?"

恩祈坚定地说:"我认为值得! 你一定能活下来,绝对要活下来!"

"不管过去你是我的老板、还是朋友、还是情敌,我都谢谢你,"耀翔望着恩祈,"我会记得你。竞争,留着下辈子吧,我们约好了……"

耀翔伸出手,要跟恩祈击掌,恳切地说:"答应我……"

恩祈望着耀翔,哽咽不语,半晌,两人相互击掌。


怡情坐在床上安静地看着窗外。

医护人员拿着一小杯药走进来:"吃药了。"

怡情转头对医护人员笑笑,温顺地接过药,就水喝下。

医护人员称赞:"你今天很乖,如果你一直这么听话,很快就可

以回家了。"

怡倩笑笑:"一直坐在房里好闷喔,我可不可以出去看电视?"

医护人员打量着乖巧的怡倩,最后点点头。

怡倩坐在沙发上平静地看电视,此时在一旁下棋的两个病人突然争执起来。

一个病人说:"这是我的棋子,你不能拿走!"

另一个说:"你神经病,这被我吃掉了,就是我的!"

头一个病人突然激动地站起身,掐住对方的脖子:"我不是神经病! 我不是神经病!"

其他病人受到刺激,尖叫起来。

医护人员赶过来:"不要吵! 大家安静!"

一个护士情急之下,随手将一串钥匙放在桌上,上前帮忙。

怡倩死死地盯着那串钥匙。

"把瘟神送到国外医治?"晓彤有些惊讶。

恩祈说:"这是我朋友的建议。也得看他的状况能不能允许。刚才医生给了我他的病历,我必须回去跟我朋友研究一下。"

"这个时候,这么做好吗?"

"只要有一线希望,我们都要试试看。"恩祈望着晓彤,"他是你的好朋友,也是我的好朋友,我们都不愿意看他年轻的生命就此结束,不是吗?"

"恩祈,谢谢你这么帮他。"

"别这么说,认真来讲,也是我欠他的。我不在的时间里,他这么照顾你。我现在这么做,也只是想偿还一些亏欠罢了。"

晓彤低下头。

恩祈说:"你留在这里好好照顾他。我先回去处理一些事情,晚上再过来陪你。"

晓彤点头："加油了。"

恩祈说："你也是！要看紧耀翔，我们不能让任何人夺取他的性命。"

恩祈下楼了，晓彤突然想起什么，跑到窗户旁，俯瞰着楼下花园，见到恩祈正要前往停车场，晓彤唤道："恩祈！"

恩祈抬头。

晓彤喊："你忘了什么？"顺手在玻璃窗上，画了一个心形图案，"我给你打气！"接着调皮地伸出手掌，"那我的呢？"

恩祈望着身边人来人往，也没地方好画，"先让我欠着，晚上还你。"

"说话要算数喔。"晓彤挥手，"晚上见！"

恩祈一笑，转身离去。

晓彤站在窗边，望着恩祈的背影，恩祈走了几步，回过头，见晓彤还在，不解地问："你还站在那里做什么？"

"我想多看你一眼……"

恩祈一笑："神经，赶快进去了，天冷……"

晓彤点点头，却又不舍地在窗前眷恋着，恩祈边走边回望，晓彤笑着跟他挥手，直到看不见人影……


晓彤走回病房，一开门，却见房中空无一人，耀翔的床位也是空的。"瘟神？"晓彤大惊失色，急忙跑出病房。

耀翔被医护人员推入急诊室，小三、李莉、薇薇紧张地跟在后面，晓彤跑上前，急诊室的门却砰的一声关上了。

"瘟神……他怎么回事？"晓彤问。

薇薇难过地说："他刚才突然没心跳了，现在要急救！"

四人在门外焦急地等待着，晓彤默默祈祷："瘟神，你一定要好

LOVE OF THE

AEGEAN SEA

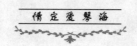

起来,我求你……"

小三忍不住哭出声:"翔哥……"

李莉沉默,泪水却止不住地滑落。

许久,医生推门走出来,众人屏气,只企盼医生别说出噩耗。

"暂时救回来了……"

众人顿时松了口气,晓彤喜极而泣。

医生接着沉重地说:"不过,我要告诉你们,他现在只能靠药物跟电击维持生命。如果你们不想让病人痛苦,可以签下拒做心肺复苏的同意书。"

李莉说:"这是什么意思? 就是放弃急救,让他走了吗?"

医生点头:"要不然,病人只是存着一口气,对他也是痛苦。"

晓彤激动地拉住医生:"不行! 不能就这样放弃了! 医生,我求你,别放弃他,千万别放弃,只要他还有一口气,就还有机会,也许会出现奇迹的,对不对?"

医生无奈地望着众人,众人泪眼相对。

晓彤说:"我相信瘟神也不愿意放弃的,对不对? 瘟神一定会醒过来的。我们一定要对他有信心啊!"

# 三十九

恩祈一边打电话,一边看着手边的资料:"我传过去的资料你收到了吗? 对! 不论多少钱,只要有一线希望,我都愿意试。还有,关于精神治疗的事,也请你替我问一下。麻烦你,有消息立刻给我电话。"

恩祈挂了电话,疲惫地叹了口气,打开抽屉,却意外发现了买给晓彤的求婚手链静静躺在角落里。

恩祈打开盒子，拿出手链，"结婚……真是遥不可及的梦想……"

恩祈下楼来到客厅，居然看见怡倩乖乖地坐在沙发上。

看见恩祈，怡倩诚惶诚恐，低声道："我看你在忙，不敢吵你……"

恩祈不解："你怎么来了？"

怡倩正经八百地说："我本来就没事啊。你看，我现在不是很好吗？"

恩祈愈想愈不对，看她还穿着医院的衣服，于是好言相劝："怡倩，我知道你没事了。不过，我先陪你回医院一趟，医生如果说你没事了，我就带你回家，好不好？"

恩祈边劝着，边拉起怡倩的手。

"我不要回去……"

恩祈不敢刺激她，柔声说："怡倩，听我的话，我们先回去，听听医生怎么说……"

"恩祈，那你先答应我一件事情，好不好？"

"好，你说……"

怡倩望着恩祈，泪水盈眶，哽咽道："我要我们永远在一起，好不好？"

恩祈望着怡倩，心生怜悯。

怡倩投入他的怀中，抱紧了他。

美龄一进屋，吃了一惊："怡倩？你怎么在这里？大家都在找你……"

怡倩笑着轻推开恩祈，恩祈则木然站在原地。

"怡倩你……"突然美龄张大了嘴。

恩祈腹中插着一把刀，血流如注。

怡倩满意地说："这样，我们就可以永远在一起了……呵呵……"怡倩笑着，缓缓走出客厅。

美龄顾不了怡倩，上前抱住恩祈。恩祈脸色苍白，倒在血泊之中，"妈……"

美龄双手是血，"谁来救救我儿子……"美龄撕心裂肺地叫着，"谁来救救我儿子啊……"

恩祈脸色惨白，满身是血地躺在救护车上，医护人员为他急救。

美龄紧紧握着他的手，"恩祈，都是妈害了你，害你走到这一步……恩祈，你千万不能有事……"

恩祈屏弱地睁开眼，喊了一声："妈……"

美龄流着泪："乖儿子，能听到你喊我一声妈真好……儿子，你再撑一下，医院快到了……你再撑着点……恩祈，你要活下来，妈还有好多事情没为你做，妈还没见到你幸福快乐的样子，妈留给你的遗憾还没补偿，你不可以，你绝对不可以……"

恩祈吃力地喘着气，力图将话说清楚："妈，别哭……听我说……我放不下你……跟晓彤，我想活，我很想……为你们活下去……"

美龄泪流满面："恩祈……"

恩祈断断续续地说："万一……要是有个万一……帮我留一样东西……给晓彤……"

"我不要听！我不要有万一！我不要……"

"妈……答应我，你一定要记得，我欠晓彤一样东西，我欠她……"

看见护士走出来，晓彤急忙迎上去，"护士小姐，已经这么久了,他现在到底怎么样了?"

"病人还没脱离险境。"

晓彤一听,心凉了半截。

护士说:"你们谁能来办一下他的手续。"

"我去。"小三跟着护士走了。

"真是急死人了。"李莉看看大家,"你们也折腾那么久了,一滴水都没喝。我去准备一些吃的东西。"

薇薇陪着李莉去了。

晓彤一人等在急诊室外,沉痛地闭上双眼,默祷着:"瘟神,你一定要快点好起来……你快点好起来,我们大家一起到希腊去。我们一样是最好的友伴。我不想失去你这个友伴啊……"

晓彤睁开眼,看到恩祈站在她面前,起身紧紧抱着他,哽咽着说:"恩祈,怎么办?瘟神他状况是那么的糟,我真的不想失去这个朋友……"

恩祈怜惜地拍拍她的肩膀,"放心,不会有事的。相信我,他绝对不会有事的。你忘了吗?我们要有信心啊。只要我们怀着乐观的信念,黑夜会过去的,耀翔,一定可以见到明天的阳光。"

有了恩祈的鼓励,晓彤强打精神笑了笑,恩祈牵起她的手,在她手中画了一个心,"这是今天欠你的……"

晓彤苦笑:"有你的心陪着我,我也就安心了。"

恩祈说:"我们一起在这里,陪着耀翔醒过来,好吗?"

晓彤点头,两人在这寒夜的长廊中,彼此依偎在一起。

恩祈问:"冷吗?"

晓彤柔声说:"有你在我就不冷了。有你在我就不怕了……"

恩祈将晓彤搂在怀中,晓彤疲惫地闭上眼。

晓彤翻了个身,睁开眼,倏地坐起来,意外地发现自己竟然躺

在自家床上。

晓彤莫名其妙,想不通这是怎么回事。

良平神情疲惫地走进来:"晓彤,你醒了?"

"我怎么回家了?我不是在医院里吗?"

良平似乎是难以启齿:"你……昨夜,在医院里累得睡着了。大家先将你送回来了。"

晓彤自责自己为何如此糊涂:"我怎么睡着了……天呀,那瘟神呢?"

晓彤跑到急诊室外,见小三等人都在,不知该喜该悲,上前急问:"你们还在这里……瘟神呢?他怎么样了?"

李莉说:"你先别急。昨天夜里有人捐心脏,耀翔可能有救了。"

晓彤诧异。

小三说:"翔哥现在做换心手术,应该也快好了才对……"

晓彤这才放下一颗心,"还好……还好……"

李莉说:"也不知道是哪个好心人捐的心脏。小三,你等一下去打听打听,我们一定要好好谢谢人家。"

手术灯熄灭了。

众人都站了起来。医生走出手术室:"手术很成功。现在就看会不会排斥。"

四人喜极而泣,拥抱在一起。

"太好了,翔哥有救了……"小三说。

晓彤说:"恩祈说得没错。瘟神会有救的,他说得果然没错!"向四周看了一眼,"咦,你们没见到恩祈吗?"

众人摇头。

"他来过呀!你们没看到吗?"

小三说："我昨晚到现在都没看到他呀。"

美龄失神地坐在客厅里，良平端来一杯热茶。

"喝点热茶吧。"

美龄不语，连接茶的力气都没有。

晓彤急急忙忙跑进来，"伯母……你们都在？对不起，我找恩祈，我打他的电话都不通。他在家吗？我有好消息要告诉他……"

良平低下头。

美龄艰难地说："恩祈……他不在……"

"不在？他去哪里了？"

美龄哽咽着，"晓彤，你听我说，恩祈他……走了……都是我害了他……晓彤，我对不起你跟恩祈……我对不起你们……"

耀翔虚脱地睁开眼，看见了面前的小三、李莉和薇薇。

"翔哥醒了，太好了……"小三激动地说。

医生快速检查耀翔的病情，显得很满意。

李莉低声问："医生，他怎么样了？"

医生说："他已经脱离危险期，再观察一阵子，只要身体不排斥，应该就没有问题了。"

"谢谢医生，那我们可以跟他说说话吗？"

医生点点头。

三人围了上去。

"翔哥，你现在还好吗？"小三问。

耀翔难以置信地望着三人："我还活着吗？"

"活着！你活得好好的呢。"李莉欣慰地说，"没事了，都过去了。"

"就是啊。"薇薇哽咽，"你现在换了这颗心，保准你长命百岁了。"

"换心？我真是好狗运啊……是哪个好心人捐心给我？"

众人不语。

耀翔望着大家："怎么不说话？"

怡倩望着窗外的天空，沉浸在自己的世界中，"今天是好天气……"

一旁两个警察互觑，耐着性子问道："小姐，你还没回答我的问题。你是不是去找了陆恩祈……"

怡倩回过头来，静静地问道："喂，你知不知道柏拉图的永恒？"

两个警察一愣。

"柏拉图的永恒……那就是为了心爱的人，至死不渝地等……"怡倩幽幽地说，"我是，黎耀翔也是，关晓彤也是，陆恩祈……也是……"

耀翔整理好行李，坐在床边等着小三接他，想起自己死里逃生，不禁万分感慨地摸着自己的胸口。

门开了，耀翔抬头，愕然看见晓彤走了进来，静静地望着自己。

"姓关的……"

晓彤轻轻关上门，"对不起，我都没来看你……"

"没关系。我知道，我都知道……"

两人无言以对，都想说些安慰的话。

"姓关的……"

"瘟神……"

两人同时开口，耀翔马上不说话了，等着晓彤先说。

晓彤鼓起勇气，"你……能不能……抱抱我……让我听听你的心跳？"

AEGEAN SEA

LOVE OF THE

耀翔缓缓站起身,将晓彤轻拥着,让她的耳朵靠近自己的心脏。

晓彤靠在耀翔胸口,安静地听着那心跳声。晓彤感到,是恩祈在抱着她,在对她倾诉:"晓彤,我没有离开你,我的心,没有停止跳动,没有停止过爱你……你不要让我放心不下……从今天起,让耀翔来照顾你……好吗?"

晓彤抬起头,同时间,耀翔开口了:"晓彤,从今天起,让我来照顾你……好吗?"

# 四十

一年后,耀翔随着杂志社的工作人员来雅典拍摄风景照片。站在教堂外的空旷处,耀翔望着雅典全景,若有所思地叹了口气。

工作人员说:"黎老师,我们都准备好了。就等你一个啊。"

耀翔驾轻就熟地装相机底片,"怎么样?要拍哪里?"

工作人员说:"你不是说你来过这里,你应当最了解哪个角度最美才对。我看你八成是吹牛!想借机出国玩吧?"

"啐!我骗你们会多块肉啊?我以前真来过啊……"耀翔手一指,"看见那个位置没有,想当年我还在那里安慰一个被放鸽子的女人啊……"

大伙儿根本就不相信:"你不是说你以前很穷,没钱怎能出来旅行?"

"啐!我那凄美浪漫的故事说起来有裹脚布那么长。只是跟你们这些人说,是浪费我的力气!不说了!干活了!"耀翔往前一指,"就那个位置,从我感情沦陷的那个区域开始拍起!"

　　耀翔将照相机转向以前安慰晓彤的那个位置，开始对焦。回想往事，耀翔神情中有一丝落寞。

　　一切就绪，正要按下快门之际，耀翔从相机的观景窗中看见了晓彤的身影，耀翔以为是眼花了，正要瞧个仔细，却被工作人员撞了一下。

　　"喂，敬业一点好不好，老子我正要拍照呢……"

　　再看观景窗内，那个身影早已不见了。

　　耀翔有些怅惘，心中暗叹："有些爱情只注定了缘分。因为上帝忘了给他们交会点。于是，爱情就只能成为永远的并行线了。

　　晓彤走进教堂，虔诚地跪下，双手合十，闭上眼，感到恩祈似乎就在他的身边，温柔地望着她，似乎也在责怪她。

　　"请原谅我，亲爱的，你该知道，我的心里，不会再有人可以取代你的位置。我仍会感到你的存在。亲爱的，我会坚守我与你这一段刻骨铭心的爱情，亦如柏拉图的永恒……"

　　"我知道你听到了。我知道，你一直在我身边，始终没有离开……亲爱的，你渴望过自由，知道它的可贵，所以，也请你成全我的任性。好吗？"

　　"亲爱的，我来实现我们未完成的承诺……"

　　晓彤说："陆恩祈，你愿意娶关晓彤为你的妻子吗？"

　　晓彤的耳边响起一个声音，"我愿意！关晓彤，你愿意嫁给陆恩祈，当他生生世世的妻子吗？"

　　晓彤为自己戴上了手链，自言自语，"我当然愿意做你的妻子。不止这一世，还要生生世世……"

AEGEAN SEA

LOVE OF THE

**图书在版编目(CIP)数据**

情定爱琴海 / 陈琼桦著 . —北京:九州出版社,
2004.7

ISBN 7 – 80195 – 113 – 1

Ⅰ. 情... Ⅱ. 陈... Ⅲ. 长篇小说—中国—当代

Ⅳ. I247.5

中国版本图书馆 CIP 数据核字(2004)第 071922 号

**情定爱琴海**

| | |
|---|---|
| 作　　者 / | (台湾)陈琼桦　著 |
| 出版发行 / | 九州出版社 |
| 出 版 人 / | 徐尚定 |
| 地　　址 / | 北京市西城区阜外大街甲 35 号 |
| 邮政编码 / | 100037 |
| 发行电话 / | (010)68992192/3/5/6 |
| 邮购热线 / | (010)68992190 |
| 电子信箱 / | jiuzhoupress@vip.sina.com |
| 印　　刷 / | 九洲财鑫印刷有限公司 |
| 开　　本 / | 880×1230 毫米　　1/32 开 |
| 印　　张 / | 11.125 |
| 字　　数 / | 249 千字 |
| 版　　次 / | 2004 年 8 月第 1 版 |
| 印　　次 / | 2004 年 8 月第 1 次印刷 |
| 书　　号 / | ISBN 7 – 80195 – 113 – 1/I·191 |
| 定　　价 / | 23.80 元 |